Les misérables

par Victor Hugo
1862

레 미제라블 _{개정판}

✝ 뮤지컬 해설 수록
✝ 뮤지컬 〈레 미제라블〉 추천 넘버 영상 수록

Les misérables

레 미제라블

빅토르 위고 원작
이찬규·박아르마 편역

구름서재

『레 미제라블』 편역본을 내며

한국 근대 문학의 선구자 중 한 사람인 육당六堂 최남선은 1914년 『너 참 불상타』라는 제목의 번안 작품을 세간에 내놓습니다. 빅토르 마리 위고의 소설 『레 미제라블Les Misérables』은 국내에 그렇게 처음으로 소개됩니다.[1] 프랑스어 책 제목 'Les Misérables'이 '비참한 사람들'이라는 의미를 담고 있으니, 번안 작품의 제목은 나름대로 온당한 의역으로 볼 수 있습니다. '온당함'이라 함은 원서의 책 제목들이 독자들의 흥미부터 끌기 위해 얼토당토않게 바뀌는 세태와 비교한다면, 1914년의 그 제목이 본래의 뜻에서 크게 어긋나지 않기 때문입니다.

---

1) 대다수의 국내 주요 방송사 및 일간지들은 『레 미제라블』을 처음으로 소개하고 번역한 이를 벽초碧初 홍명희로 소개하고 있습니다. 잘못된 정보가 여러 매체를 통해 확인 없이 유포되는 경우입니다. 홍명희는 『레 미제라블』을 번역한 적이 없습니다. 1914년 『청춘』 창간호에 실린 최남선의 원본은 서강대의 박숙자 선생님을 통해 직접 확인할 수 있었습니다. 덧붙이자면, 최남선은 1910년 『소년』에 『레 미제라블』의 본문 소제목에 해당하는 「ABC계契」라는 제목으로 일부 내용을 먼저 요약해서 소개한 적이 있습니다. 한편으로 홍명희는 우리나라 대하 역사소설 계보의 밑거름이 된 『임꺽정』을 집필한 작가입니다. 그러니까 번안자에 대한 오류는 임꺽정과 『레 미제라블』의 주인공 장 발장 사이에 이래저래 닮은 점들이 많아서 생겨난 것인지도 모르겠습니다. 가공할 괴력의 소유자, 도둑의 숙명, 좌절한 새 세상의 꿈들, 하지만 시공을 초월해서 다시 살아나는 참된 인간의 꿈들로 그들은 연결됩니다.

'너 참 불상타', 재미있는 표현이라고 많이들 말합니다.[2] 하지만 일제 강점기라는 국치國恥의 세월 동안 그 제목은 많은 사람들의 가슴속으로 서럽게 다가오기도 했을 겁니다. 위고는 『레 미제라블』을 통해 역사적 사건들이 어떻게 생겨나고, 역사의 올바른 길을 개인으로써 혹은 공동체로써 사람들이 어떻게 만들어 가는가를 보여줍니다. 게다가 그 올바른 길로 나서기 위해 얼마나 많은 참담한 과정들과 진실한 모험들을 우리가 감행해야 하는지도 고스란히 일깨워줍니다. 그것이 비록 대가 없는 길인 것을 알더라도 감행하는 인간들의 신비로운 실존, 세상에 정말 올바른 길이란 것이 있는 것인지 전전긍긍하는 인간들의 회의懷疑와 용기, 그리고 세상의 모든 역사들을 뛰어넘는 사랑의 사건으로 『레 미제라블』은 '우리들의 고전'이 됩니다.

1862년 위고는 자신의 나이 육십 살이 되던 해 『레 미제라블』을 출간합니다. 또 다른 걸작 『노트르담 드 파리』가 그의 나이 스물아홉에 출간된 것이니 약 삼십 년이라는 시간의 편차가 두 작품 사이에 흐릅니다. 그래서인지 빵을 훔친 죄로 십구 년 동안 징역살이를 하게 되는 장 발장은 작품 속에서 이미 초로初老의 모습으로 등장합니다. 그 외에도 『레 미제라블』에는 나이 든 인물들이 상대적으로

---

2) 1918년에 두 번째 번역본이 민태원의 번역으로 출간되는데 제목은 일본에서 출간된 것과 동일한 "애사哀史"입니다. 당시 중국에서는 "비참세상悲慘世上"이라는 제목으로 출간됩니다.

서사를 이끌어가는 주요한 역할들을 많이 담당합니다. 작품의 첫 장부터 가장 먼저 등장하는 미리엘 주교, 즉 사회로부터 버림받은 장 발장의 '영혼'을 다시 태어나게 하는 그이 또한 노인입니다.

『레 미제라블』이 선호하는 단어들 중의 하나이며 분명 19세기 식의 낭만주의적 가치를 지닌 '영혼'을 들먹거리지 않더라도, J. 데리다Derrida의 말에 따르면 인간은 자신의 일생—生에 있어서 한 번 태어나는 것이 아니라 여러 번 태어납니다. 『레 미제라블』을 찬찬히 읽고 받아 적은 소회所懷로 조금 더 덧붙이자면, 일생에 있어서 한 번만 태어나는 것은 그 일생에 굴복하는 것입니다. 굴복하지 않는 인간의 정신은 여러 번 다시 태어날 것입니다. 감람나무 밑에서 혹은 보리수나무 아래서 스스로 깨닫는 예수나 석가도 은총이지만, 장 발장처럼 다른 이의 손길과 마음으로 다시 태어나는 것은 더 큰 은총일지 모릅니다.

노인은 학습된 지식으로서는 쫓아갈 수 없는 연륜의 지혜를 지니고 있습니다. 그 연륜의 지혜란 수차례 다시 태어나는 과정을 겪으며 생겼을 것입니다. 가령 미리엘 주교가 지닌 연륜의 지혜는 어떤 죄에 대해서 신속하게 단죄를 하는 것이 아니라, 그 신속함을 의심하는 지혜입니다. 우리의 책 속에는 이런 구절이 나옵니다.

〈그의 대화는 상냥했고 명랑했다. 그의 웃음은 마치 아이의 웃음 같았다. 그리고 남부 프랑스의 가장 거친 방언으로 가장 위대한 것들을 이야기할 수 있었다. 게다가 그는 사교계의 인사들이건 서민들이건 한결같이 대했다. 그는 앞뒤의 사정들을 헤아려보지 않고 서둘러 단죄하는 일은 결코 없었다. 그는 이렇게 말하곤 했다. "그 잘못이 지나온 길을 살펴봅시다.">

장 발장이 빵 한 개를 훔친 죄로 체포되었을 때, 법률의 기계적인 적용이 아니라 "그 잘못이 지나온 길"을 우리가 살펴보았더라면 그 죄의 대가가 십구 년이라는 징역형까지 늘어나지는 않았을 것입니다. 장 발장도 인정한 것처럼 절도는 죄이고 그 죗값을 치러야 합니다. 하지만 그는 자신에게 가중된 도형수 생활을 하면서 이렇게 홀로 되묻습니다. "나 자신을 파멸로 이끈 그 사건 속에서 자신만이 유일하게 잘못을 저지른 것인가?" 미리엘 주교는 장 발장이 홀로 되물었던 질문에 대해 함께 대답하려고 했던 인물입니다. 그 대답은 행동으로 나타납니다. 때문에 주교관의 은식기들을 훔쳐갔던 장 발장을 용서할 뿐만 아니라 그에게 남아 있던 은촛대들까지 모두 가져가라 건네줍니다.

『노트르담 드 파리』와 『레 미제라블』사이에 깃든 삼십 년이라는 시간적 내공이 위고가 스물아홉 살에는 지나쳤을 법한 노년의 세대와 그 지혜들을 좀 더 풍요롭게 묘사할 수 있도록 허락합니다. 그러한 것이 '레 미제라블'을 읽는 남다른 재미들 중 하나입니다. 그런데 소설 속의 노년은 용서의 위대함을 구체적으로 보여주기도 하지만 "잘못된 옳은 소리"[3]로 비극을 초래하기도 합니다. 어떤 것만을 확실하게 옳다고 믿고 그것 외에는 가능성조차 생각지 않는 고정 관념, 꼰대의 비극입니다. 사실 세상에는 무수한 해답들은 있어도 정답이란 것 자체가 존재하지 않는데도 말입니다. 어쩌면 노년은 나이가 아니라 '잘못된 옳은 소리'를 그렇게 신념화할 때, 노년은 늙음보다 더 늙어 버리는 것입니다. 소설 속에서 법률과 국가를 위한다는 신념으로 장 발장을 생이 다할 때 까지 추적하는 자베르 경감이 그러한 경우일 것입니다. 따라서 자베르 경감은 일반적으로 생각하듯 악의 화신이라기보다는 차라리 가련한 인물일 것입니다.

기실 자베르 경감은 장 발장에 비해 한층 더 정직한 구석이 있습니다. 그가 위법을 저지른 자들을 예외 없이 "구제 불능"으로, 공무원들을 "결코 실수 하지 않는 자들"로 간주하는 것도 그의 공적 청렴성과 성실함에서 기인합니다. 하지만 "잘못된 옳은 소리"에 대한 신념이 너무나 강했기에, 그 강함이 용서하는 자 앞에서 혹은 사랑의 빛나는 무대가성 앞에서 하릴없이 무너져버리기에, 그는 살아서도 죽어있는 듯 절망합니다.

소설 속에 등장하는 젊은 주인공들인 마리우스와 코제트는 지금 어디에선가 살아있는 영원한 청춘으로 거듭나는 인물들입니다. 하지만 '영원한 청춘'이 긍정적 의미만을 지니지는 않습니다. 본문에 나와 있듯이 "빵을 구하지 못하는 날들, 잘 수 없는 밤들, 촛불 없는 저녁들, 불기 없는 난로, 일거리 없는 평일들, 희망 없는 미래"가

---

3) 채현국 선생의 표현을 빌려왔다.

그들을 질리게 만듭니다. 하지만 그들은 장 발장의 또 다른 가르침을 이어받습니다. 정말 가련한 사람들이란 "세상의 승리자가 된 모든 무지한 이들"이라는 가르침입니다. 영원한 청춘은 사랑엔 무지하게 되는 경우를 경계합니다. 그러니까 『레 미제라블』이 일컫는 '비참한 사람들'은 일반적으로 정의하듯 무산자無産者뿐만 아니라 권력과 부를 지녔으나 사랑할 대상이 없는 무애자無愛者도 지칭하고 있다는 마음이 듭니다. 1862년에 출간한 이 작품이 오늘날에도 숱한 마음들을 생기게 하는 것을 여기저기서 확인할 수 있다는 것, 고전古典의 참다운 묘미일 것입니다.

우리가 원전을 해치는 가장 위험한 방식, 즉 『레 미제라블』을 편역하기로 마음먹은 것은 나름대로 이유가 있습니다. 이 작품은 뮤지컬과 영화 등으로 재생산되면서 세간의 뜨거운 반향을 불러 일으켰던 것을 독자도 알고 있을 겁니다. 그런 덕분인지 엄청난 분량에 해당하는 완역판 또한 많이 판매가 되었습니다. 그런데 몇몇 고등학교와 대학교 학생들에게 설문 조사를 한 결과 예상치 않게 『레 미제라블』의 완역판을 제대로 읽은 사람이 없었습니다. 그렇게나 많이 판매된 다섯 권에서 열권에 이르는 완역판들은 모두 어느 서가에 비밀스럽게 꽂혀있는 것일까요.

하지만 학생들도 편역자들도 그 이야기를 언젠가 읽은 적이 있을 것입니다. 바로 축약본을 통해서입니다. 세계 명작 선집에 빠지지 않고 등장하는 '장발장'이라는 제목의 축약본, 편역자들의 이름조차 없고 다만 '편집부 옮김'이라고 적혀있는 축약본도 기억납니다. 2013 년도 설문조사에 응한 학생들이 그간 읽었던 축약본들을 우리는 다시 찾아서 살펴보았고, 며칠 동안 심란해하다가 편역을 하기로 마음 먹었습니다. 편역본이 더 이상 나와서는 안 된다는 마음, 완역판이 제대로 읽혀지지 않는 이 시절에 좀 더 좋은 편역본으로 읽히고 싶은 마음, 그 사이에서 이래저래 심란했습니다. 요컨대 편역본이기에 더 크고 어려운 책임감이 따라야 한다는 생각을 했습니다.

편역에는 대개 세 가지 방식이 있습니다. 줄거리를 요약하는 방식, 발췌 번역하는 방식, 그리고 일부분은 줄거리를 요약하고 일부분은 발췌하는 방식입니다. 우리는 두 번째 방식인 발췌 번역을 했습니다. 애초에는 프랑스에서 출간된 몇 권의 축약본들을 참조해서 줄거리를 요약하는 방식으로 작업을 진행했으나, 도중에 그것들을 모두 폐기할 수밖에 없었습니다. 위고의 문장을 적당히 바꾸는 일은 내용을 축약하는 것보다 더 어려울 뿐만 아니라 부조리한 일임을 편역 작업 중에 제대로 깨달았기 때문입니다.

원전으로는 Victor Hugo, *Les Misérables* (tome I, II, III), Gallimard, Coll. Folio, 1973, 그리고 1996년 L'écoles des loisirs 출판사와 2003년 Bordas 출판사에서 출간된 축약본 두 권을 참조했습니다. 각 장의 머리에 사용된 인용문들 중에는 이 책의 본문에는 없으나 원전에는 존재하는 문장들을 옮긴 것도 있습니다. 편역 과정 동안 국내에 나와 있는 완역판, 그리고 전문가들의 연구 성과들로부터 많은 도움과 깨달음을 얻을 수 있었습니다. 설문 조사에 응해주신 학생들, 그리고 도움을 주신 분들께 감사드립니다.

명륜동에서 편역자_ 이찬규

편역자의 말 ● 5

제1부_팡틴

1. 올바른 사람 ● 19
2. 전락 ● 25
3. 1817년에 ● 43
4. 신뢰하는 것, 그것은 때로 내맡기는 것 ● 51
5. 빠져들기 ● 63
6. 자베르 ● 80
7. 샹마티외 사건 ● 85
8. 가로막다 ● 96

제2부_코제트

1. 워털루 ● 103
2. 군함 '오리온' ● 113
3. 죽은 여인과의 약속을 위하여 ● 116
4. 고르보의 누옥 ● 128
5. 어둠 속 사냥, 그리고 벙어리 사냥개 무리들 ● 132
6. 프티-픽퓌스 ● 139
7. 묘지는 사람들이 건네주는 것을 간직한다. ● 141

제3부_마리우스

1. 파리를 이루는 지극히 작은 것 • 159
2. 상류 부르주아 • 162
3. 할아버지와 손자 • 166
4. 아베세(ABC) 친구들 • 176
5. 불행의 탁월함 • 179
6. 두 별의 만남 • 182
7. 추악한 빈민들 • 189

제4부_플뤼메 거리의 목가와 생 드니 거리의 서사시

1. 역사의 몇 페이지 • 225
2. 에포닌 • 227
3. 플뤼메 거리의 집 • 232
4. 땅의 은총이 하늘의 은총일 수도 있다. • 239
5. 끝이 시작과 같지는 않지 • 243
6. 꼬마 가브로슈 • 252
7. 은어隱語 • 263
8. 환희와 비탄 • 266
9. 그들은 어디로 가는가? • 273

10. 1832년 6월 5일 • 277

11. 티끌이 폭풍우로 일어나다. • 282

12. 코린트 • 285

13. 어둠 속으로 사라진 마리우스 • 292

14. 위대한 절망 • 294

15. 롬-아르메 거리 • 307

제5부_장 발장

1. 아무도 없는 곳에서의 싸움 • 315

2. 진창 속의 영혼 • 331

3. 혼란에 빠진 자베르 • 339

4. 손자와 할아버지 • 341

5. 뜬 눈으로 지새운 밤 • 346

6. 마지막 고난 • 349

7. 저물어가는 날 • 352

8. 마지막 어둠, 마지막 여명 • 356

소설과 함께 보는 뮤지컬《레 미제라블》• 366

실행되는 법률과 관습들로 인해 문명 세계의 한가운데서 인위적으로 지옥을 만들고 숭고한 삶을 인간의 불운으로 악화시키는 사회적 영벌永罰이 존재하는 한, 무산無産으로 비롯된 인간 존엄의 박탈과 배고픔으로 비롯된 여성의 타락 그리고 미망으로 시들어버린 아이와 같은 이 금세기의 세 가지 문제가 해결되지 않는 한, 몇몇 지역에서 사회적 질식 상태가 지속되는 한, 다시 말해, 좀 더 넓은 관점에서 말해보자면, 이 지상에 무지와 가난이 존재하는 한, 이 작품과 같은 본성을 지닌 책들이 헛될 수는 없을 것이다.

제1부

팡틴

1. 올바른 사람

과부나 고아가 된 가족들은 그를 부를 필요가 없었다. 그는 스스로 왔다. 그는 사랑했던 아내를 잃은 남편 곁에서, 아이를 잃은 어머니 곁에서, 오랫동안 앉아서 침묵할 줄 알았다. 그는 침묵하는 순간을 아는 만큼 말해야 할 순간도 알았다.

1815년, 샤를르-프랑수아-비앵브뉘 미리엘 씨는 디뉴[1] 지역의 주교였다. 그는 일흔다섯 살가량의 노인으로, 1806년부터 디뉴의 주교직을 맡고 있었다. 주교가 처음 그곳에 부임할 적에 나이가 열 살 아래인 그의 누이 밥티스틴이 함께 따라왔다. 그녀는 큰 키에 창백하였고, 온화한 모습이었다. 그리고 그들 남매에게는 누이와 동갑내기인 마글르와르라고 불리는 나이 든 가정부가 있었다.

황제의 칙명勅命에 따르자면 주교는 프랑스 군대의 여단장 바로 다음 서열에 해당하였다. 따라서 미리엘 씨는 부임하면서 그에 걸맞

_____

1) 디뉴Digne : 프랑스 동남부 프로방스 지역에 위치하고 있음.

은 예우와 함께 주교관에서 기거하게 되었다. 디뉴의 주교관은 병원에 인접해 있었는데, 진정 영주의 거처라고 할 수 있을 만큼 아름답고 널찍한 석조건물이었다. 반면에 병원은 비좁고 지붕이 낮은 가옥이었으며 작은 정원이 하나 딸려 있었다.

부임한 지 사흘 후, 주교는 병원을 방문하였다. 방문이 끝난 후 그는 병원장을 자기의 처소로 불렀다.

"병원장님, 현재 몇 명의 환자들이 있는지요?"

"스물여섯 명이 있습니다, 주교님. 헌데 병상들이 무척 비좁고 불편합니다. 어쩔 수 없는 일이지요."

"제가 보기에도 그렇습니다, 병원장님. 뭔가 잘못됐어요. 대여섯 개의 작은 방들에 스물여섯 명의 환자들이 들어차 있습니다. 반면제 식구는 세 명뿐인데 육십 명가량이 쓸 수 있는 처소에 있습니다. 잘못된 것이라 말씀드릴 수 있습니다. 당신께서 제 처소를 사용하시고, 제가 그쪽으로 가겠습니다. 자, 제 처소를 돌려주시고, 이곳은 이제 당신의 것입니다."

다음 날, 스물여섯 명의 가난한 환자들은 주교관에 자리를 잡았고 주교는 병원 건물로 옮겨갔다.

디뉴의 주교직을 맡고 있는 기간 내내 미리엘 씨는 이러한 조정을 바꾸지 않았다. 그는 국가로부터 주교의 연봉 만 오천 프랑을 받았다. 그런데 개인적인 지출, 요컨대 두 늙은 여인과 한 늙은 남자를 위해서는 천오백 프랑만을 지출했고, 나머지는 모두 가난한 이들을 위해 사용했다.

주교들은 자신들의 세례명을 신도들에게 내리는 교서教書 머리에 적는 것이 관례였다. 그 고장의 가난한 사람들은 일종의 애정 어린 본능으로 그냥 비앵브뉘[2] 예하猊下라고 불렀다.

그의 대화는 상냥했고 명랑했다. 그의 웃음은 마치 아이의 웃음 같았다. 그리고 남부 프랑스의 가장 거친 방언으로도 가장 위대한 것들을 이야기할 수 있었다. 게다가 사교계의 인사들이건 서민들이건 그는 한결같이 대했다. 앞뒤의 사정들을 헤아려보지 않고 서둘러 단죄하는 일은 결코 없었다. 그는 이렇게 말하곤 했다. "그 잘못이 지나온 길을 살펴봅시다."

어느 날 디뉴에서 비극적인 사건이 발생했다. 한 사내가 살인을 저지른 죄로 사형 언도를 받았다. 대단히 교양이 있지도 정녕 무식하지도 않은, 저잣거리의 어릿광대와 대서인代書人을 겸하면서 그럭저럭 살아온 불행한 사내였다. 그 재판으로 도시 전체가 떠들썩했다. 예고된 사형 집행일 전날, 감옥의 부속 사제가 병으로 드러눕게되었다. 그러니 마지막 순간에 사형수를 도와줄 다른 사제가 필요했다. 주임 사제에게 오기를 요청했으나, 그는 이렇게 말하며 거절했다. "그것은 나의 일이 아니오. 한낱 그런 어릿광대나 잡부를 위해 그런 일을 내가 하다니요. 나 또한 몸이 아프단 말이오. 더군다나 그곳이 내가 갈 자리는 아니오." 이러한 대답을 전해들은 주교는 말했다. "주임 사제님이 옳아요. 그의 자리가 아니고 나의 자리니까요."

---

2) 비앵브뉘Bienvenu에는 '환대하다'라는 뜻이 담겨 있다.

주교는 득달같이 감옥에 이르러, '어릿광대'의 독방으로 내려갔고, 그의 이름을 불렀으며, 그의 손을 잡고 이야기했다. 주교는 먹는 것도 자는 것도 잊은 채 사형수의 영혼을 위해 신에게 기도하고 사형수에게 자신의 영혼을 위한 기도 또한 간청하면서 하루 종일 그와 함께 있었다. 주교는 그에게 가장 단순하기에 가장 훌륭한 진리들을 말해주었다. 그는 사형수의 불안을 덜어주고 위로하고자 애썼으며 많은 것을 일깨워주었다. 그 사내는 절망 속에서 죽을 판이었다. 죽음은 그에게 하나의 깊은 구렁 같았다. 그는 죽음 앞에서 절대적으로 무관심할 만큼 충분히 무지하지 못했다. 주교는 그런 그에게 한줄기 광명을 발견할 수 있도록 해주었다.

이튿날, 사람들이 그 불행한 사람을 찾으러 들이닥쳤을 때, 주교가 거기에 있었다. 그는 사형수의 뒤를 따랐다. 그는 보라색 어깨 망토[3]를 걸치고 주교의 십자가를 목에 건채 밧줄에 엮인 그 가련한 사람과 나란히 군중들에게 모습을 드러냈다.

그는 사형수와 함께 죄수를 호송하는 수레에 탔고, 함께 단두대 위로 올라갔다. 그 전날 그토록 적막하고 그토록 처절했던 사형수의 모습에 밝은 빛이 어려 있었다. 그는 자신의 영혼이 용서받았다고 느꼈으며 신을 염원했다. 주교가 그를 포옹했고, 단두대의 칼날이 떨어지기 직전, 그에게 말했다. "인간에 의해 죽임 당하는 자는, 신께서 부활시켜 주십니다." 그가 단두대의 계단을 밟고 내려왔을

---

3) 고위 성직자들이 일반적의로 흰색 법의法衣 위에 걸치는 어깨 망토.

때, 그의 시선에는 사람들을 일제히 비켜서게 만드는 그 어떤 것이
서려 있었다.

병자나 죽음을 앞둔 사람들은 어느 때건 미리엘 씨를 부를 수 있
었다. 그는 자신의 가장 중요한 소명과 가장 큰 일이 그것임을 잊지
않았다. 과부나 고아가 된 가족들은 그를 부를 필요가 없었다. 그는
스스로 왔다. 그는 사랑했던 아내를 잃은 남편 곁에서, 아이를 잃은
어머니 곁에서, 오랫동안 앉아서 침묵할 줄 알았다. 그는 침묵하는
순간을 아는 만큼 말해야 할 순간도 알았다. 그는 믿음이 이롭다는
것을 알고 있었다. 그는 절망하는 사람에게 도움을 줄 수 있는 말들
과 더불어 마음 또한 다독거려 주었다.

그가 기거하던 집은 아래층과 위층으로 이루어져 있었다. 아래층
은 세 개의 공간으로 나뉘어 있고 위층에는 세 개의 방과 그 위로
다락방이 하나 더 있었다. 뒤켠에는 사분의 일 아르팡⁴⁾쯤 되는 정
원이 있었다. 두 여인들은 위층에서 기거했고 주교는 아래층을 사용
했다. 거리로 통하는 첫 번째 공간은 식당이었고, 두 번째와 세 번째
는 각기 주교의 침실과 기도실로 사용되었다. 기도실에서 나오려면
반드시 침실을 거쳐야 했고, 침실에서 나오려면 반드시 식당을 거쳐
야 하는 구조였다. 그리고 기도실 안쪽에는 손님이 왔을 경우 침대
로 사용할 수 있도록 알코브⁵⁾가 가려져 있었다.

---

4) 아르팡Arpent : 프랑스의 옛 측량 단위로 약 1에이커에 해당함. 현재도 캐나다의 퀘벡
   주에서는 일부 이 단위를 사용하고 있다.
5) 알코브Alcôve : 벽을 파서 침대를 들여 놓은 곳.

집안의 가구들은 상상할 수 있는 가장 검박한 방식으로 갖추어져 있었다. 거기엔 주교가 옛날부터 가지고 있던 은제 식기 여섯 벌과 스프용 국자 하나가 남아 있었는데, 마글르와르 부인이 하얀 천으로 만든 커다란 식탁보 위에서 화려하게 빛나는 그것들을 날마다 행복하게 쳐다보았다는 사실을 밝힐 필요가 있다. 또한 디뉴의 주교를 있는 그대로 묘사하고 있는 중이니, 그가 이따금씩 하던 말도 덧붙여야 하겠다.

"은제 식기로 식사하는 것은 포기가 어려울 듯하네."

그 은제 식기에다가 그가 대고모로부터 물려받은 두 개의 커다란 은촛대들을 추가해야겠다. 평소에는 그 은촛대들에 양초 둘을 꽂아 주교의 벽난로 위에 놓아두곤 했다. 그가 저녁을 손님과 하게 될 경우에는, 마글르와르 부인이 두 개의 양초에 불을 밝힌 은촛대들을 식탁 위에 올려놓곤 했다.

주교의 방에는 침대 머리맡에 작은 벽장 하나가 있었다. 마글르와르 부인은 저녁마다 여섯 벌의 은식기들과 커다란 국자를 그 속에 보관하곤 했다. 하지만 벽장을 열쇠로 잠그는 일은 결코 없었다는 점도 말해 두어야겠다.

집에는 열쇠로 잠글 수 있는 문이 하나도 없었다. 대성당의 광장 쪽으로 맞닿아있는 식당문은 예전에는 마치 감옥의 문처럼 자물쇠와 빗장이 달려 있었다. 주교는 그 모든 철물들을 없애게 하고 밤이건 낮이건 걸쇠 하나로만 닫을 수 있게 만들었다. 따라서 어느 때든지 방문자가 문을 밀기만 하면 그만이었다.

2. 전락

그들의 마을이라 했던 곳의 종소리도 그들을 잊었고, 그들의 밭이라고 했던 곳의 두 렁도 그들을 잊었다. 도형장에서 몇 해를 보낸 후, 장 발장 자신 또한 그것들을 잊었 다. 상처가 있던 그 가슴속에, 어느덧 딱지가 내려앉았다.

1815년 10월 초순의 어느 날 저녁, 디뉴의 주교는 꽤나 늦게까지 자기 방에 들어앉아 있었다. 여덟시가 되었건만 그는 '의무들'에 관 한 저술을 준비하는 데 골몰하고 있었다. 그때 마글르와르 부인이 평소처럼 침대 옆에 있는 벽장 속에서 은제 식기들을 꺼내러 들어 왔다. 잠시 후 식탁이 차려졌을 것이라는 생각에 주교는 보던 책을 덮고 책상에서 일어나 식당으로 건너갔다.

그때 누군가가 매우 거칠게 문을 두드렸다.

"들어오시오." 주교가 말했다.

문이 열렸다.

어떤 남자가 들어왔다.

그는 어깨에 배낭을 걸치고, 손에 막대기를 쥐고 있었다. 그의 눈에는 거칠고, 무례하고, 지치고, 난폭한 기운이 함께 떠돌았다. 벽난로의 불꽃이 그의 모습을 비추었다. 그는 흉측했다. 불길한 망령이 나타난 것 같았다.

마글르와르 부인은 비명조차 내지를 힘을 잃어버렸다. 그녀는 몸서리를 치며 벌어진 입을 다물지 못했다.

밥티스틴 양도 들어서는 남자를 돌아다보고는 질겁하며 일어섰다. 그리곤 고개를 되돌려 자신의 오빠를 바라보았고 그제야 그녀의 모습은 다시 고요하고 평온해졌다.

주교의 고즈넉한 시선이 남자에게 머물렀다.

그가 새로운 방문객에게 무얼 원하는지 물으려 입을 열었을 때, 남자는 주교가 입을 떼기도 전에 커다란 목소리로 말했다.

"그렇습니다. 내 이름은 장 발장입니다. 도형수[6]이지요. 십구 년을 도형장에서 지냈습니다. 나흘 전에 풀려나 목적지인 퐁탈리에로 가는 중입니다. 툴롱에서부터 나흘 동안 내리 걸었습니다. 오늘은 십이 리유[7]를 걸었습니다. 오늘 이 고장에 들어서자 어느 여인숙으로 갔지요. 하지만 그 전에 시청에 제시했던 나의 황색 통행증 때문에 쫓겨났습니다. 다른 여인숙으로 갔지요. 거기서 누군가가 말했습니다. '꺼져'라고. 이곳에서도, 저곳에서도 마찬가지였습니다. 아무도 나를 받아주지 않았습니다. 감옥을 찾아갔습니다. 간수가 문을 열

---

6) 감옥에 갇혀 중노동을 하도록 언도받은 죄수.
7) Lieue : 거리의 옛 단위. 약 4Km에 해당함.

어주지 않았습니다. 개집이 있기에 들어갔습니다. 개새끼가 나를 물어뜯고, 마치 사람들이 그랬던 것처럼 나를 쫓아냈습니다. 그놈도 내가 누구인지 아는 것 같았습니다. 아름다운 별들과 함께 잠들려고 들판으로 나갔습니다. 그런데 하늘에는 별들조차 없더군요. 비가 올 것 같았습니다. 비가 못 내리도록 해 줄 착한 하느님을 기대할 수 없었습니다. 그래서 어느 집 대문의 후미진 곳에서라도 몸을 누일 깜냥으로 시내로 되돌아왔습니다. 시내 광장에 마침 돌 벤치라도 있기에 거기에 누웠는데, 웬 선량한 여인네가 당신의 집을 가르쳐주며 말하더군요. '문을 두드리세요.' 그래서 두드렸습니다. 이곳은 무엇 하는 곳인가요? 여인숙인가요? 나에게 모은 돈이 있습니다. 십구 년 동안 도형장에서 노동으로 번 백구 프랑 십오 수입니다. 돈을 지불할 겁니다. 너무 지쳤고, 많이 배고픕니다. 머물러도 되는지요?"

주교가 말했다. "마글르와르 부인, 식기 한 벌을 더 준비해 주세요."

장 발장은 브리 지방의 어느 가난한 농사꾼의 집안에서 태어났다. 어렸을 때, 그는 배우지 못했다. 성년이 되자, 파브롤 고장에서 나무의 가지치기 일꾼이 되었다. 어머니의 이름은 잔 마티유였고, 아버지는 장 발장 혹은 블라장으로 불렸다. 블라장은 아마도 '부알라 장'[8]의 줄임말 인듯한데 그의 별칭이 되었다.

---

8) 'Volià Jean' : '장이 여기 있네'라는 뜻을 담고 있음.

장 발장은 침울하지는 않으나 자주 생각에 잠기는 인물이었다. 천성은 살가웠다. 하지만 한마디로, 적어도 겉보기에는, 장 발장은 상당히 둔하고 개성 없는 유형이었다. 그가 아주 어릴 적에 아버지와 어머니가 모두 돌아가셨다. 장 발장에게 남은 피붙이라곤 누님 하나였는데, 후에 일곱 명의 아들딸들이 딸린 과부가 되었다. 그 누님이 장 발장을 길렀고, 남편이 살아 있을 때는 동생을 큰 어려움 없이 재우고 먹였다. 그러다 남편이 죽었다. 그때 일곱 아이들 중 제일 큰 아이가 여덟 살, 막내는 두 살이었다. 장 발장이 스물다섯 살이 되던 해였다. 그는 아이들의 아버지를 대신하면서 자신을 길러준 누님의 버팀목이 되었다. 그러한 일은 어떤 의무처럼 자연스럽게 이루어졌다. 그의 젊은 날은 고되고 품삯 적은 노동으로 소진되어 갔다. 그 고장에서 그에게 '애인'이 있다는 소식을 들은 사람은 아무도 없었다. 사랑에 빠질 시간도 없었던 것이다.

저녁때가 되면 그는 지쳐서 돌아와 아무 말 없이 자신의 수프를 먹었다. 누님은, 그가 식사를 하는 동안, 그의 사발 속에 들어 있는 가장 좋은 것들, 고깃덩어리나 비계조각들을 수시로 건져내서 아이들 중 하나의 입에 집어넣었다. 그는 수프에 머리가 닿을 만큼 고개를 숙인 채 짐짓 아무것도 못 본 체했다.

나무의 가지 치는 계절이 돌아오면 그는 하루에 18수씩 벌었고, 그 일이 끝나면 수확을 돕거나 공사판 인부, 소치는 일 등 막일을 마다하지 않았다. 할 수 있는 것이라면 닥치는 대로 했다. 그의 누님도 나름대로 일을 했지만, 일곱 명의 어린 자식들을 데리고 무슨 일을 했겠는가? 가난이 에워싸고 목을 옥죄는 슬픈 공동체였다. 그러던 어느 해 겨울은 유난히도 혹독했다. 장은 일거리마저 없었다. 식솔들은 먹을 빵이 없었다. 글자 그대로, 빵이 없었다. 그리고 일곱 명의 아이들이 있었다.

어느 일요일 저녁, 파브롤의 교회당 광장에 있는 빵집 주인 모베르 이자보가 잠자리에 들려고 할 적에, 가게의 쇠창살과 유리로 두른 진열대에서 무언가 부수어지는 요란한 소리가 들려왔다. 지체 없이 달려간 그에게 주먹질로 구멍이 난 창살과 유리 너머로 들어온 팔이 보였다. 그 팔은 빵을 집어 가져갔다. 이자보는 득달같이 밖으로 나갔고, 도둑은 줄행랑을 쳤다. 이자보가 쫓아가서 그를 잡았다. 도둑은 빵을 집어 던졌으나, 팔뚝에서는 계속 피가 흐르고 있었다. 장 발장이었다.

그 일이 일어난 것이 1795년이었다. 장 발장은 당시 '야간 가택침입 절도 혐의'로 법정에 섰다. 그는 유죄판결을 받았다. 법은 단호했다. 우리의 문명 속에는 두려운 시간들이 있다. 형법제도가 난파를 선고할 때이다. 사회가 사고할 수 있는 존재들에 대해 포기를 선고하고, 더 이상 돌아보지 않는 것은 얼마나 비통한 일인가! 장 발장은 오 년간의 도형徒刑을 언도받았다.

1796년 4월 22일, 비세트르 감옥에서는 대규모의 죄수들이 쇠사슬에 함께 묶여졌다. 장 발장도 거기에 속해 있었다. 그는 다른 죄수들과 같이 땅바닥에 앉아 있었다. 그는 자신의 처지가 끔찍하다는 것 외에, 다른 것은 전혀 이해를 하지 못하는 것 같았다. 모든 것에 무지한 가련한 사내의 모호한 상념들 너머로 무엇인가 지나치다는 생각 또한 섞여들었을지 모른다. 그의 머리 뒤에서 자기의 목에 차는 쇠고리의 이음새를 구부리는 커다란 망치 소리가 들려오는 동안, 그는 흐느꼈고, 눈물로 목이 메어 말이 나오지 않았다. 그러면서도 그는 이따금씩 겨우 한마디씩 소리를 냈다. "저는 파브롤의 가지치는 일꾼입니다." 그리고 다시 오열하면서 오른손을 허공으로 치켜올리더니 각기 키가 다른 일곱 개의 머리들을 차례차례 쓰다듬어주기라도 하듯이 일곱 번씩 나누어 밑으로 쓸어내렸다.

그는 툴롱을 향해 떠났다. 쇠사슬에 목이 묶인 채 수레에 실린 그는 이십칠 일 만에 그곳에 도착했다. 툴롱에서 죄수에게 붉은 상의가 입혀졌다. 그의 예전 모든 삶들, 심지어 그의 이름까지 지워졌다. 그는 더 이상 장 발장이 아니었다. 그는 번호 24601이었다. 누님은 어떻게 되었을까? 일곱 아이들은 어떻게 되었을까? 누가 어린 것들을 돌볼까?

언제나 변치 않고 이어지는 이야기다. 더 이상 의지할 곳도, 길잡이도, 피난처도 없는 그 가련한 생명체들은 되는대로 길을 떠나, 인류의 음울한 행진을 따라 그렇게 많은 불운한 머리들이 차례차례 사라지는 구슬픈 암흑 속으로, 외로운 영혼들을 삼켜버리는 차가운 안개 속으로 파묻혀 갔다. 그들은 고향을 떠났다. 그들의 마을이라 했던 곳의 종소리도 그들을 잊었고, 그들의 밭이라고 했던 곳의 두렁도 그들을 잊었다. 도형장에서 몇 해를 보낸 후, 장 발장 자신도 그것들을 잊었다. 상처가 있던 그 가슴속에, 어느덧 딱지가 내려앉았다.

네 번째 해가 끝날 무렵, 장 발장의 탈옥 차례가 왔다. 그의 동료들은 이 비참한 곳의 관례대로 그를 도왔다. 그는 도망쳤다. 이틀 동안 들판에서 자유의 몸이 되어 떠돌아다녔다. 하지만 그는 내내 쫓겨 다녔다. 매 순간 뒤를 살폈고, 아주 작은 기척에도 소스라쳤고, 연기가 올라오는 지붕, 지나가는 사람, 개 짖는 소리, 달려오는 말발굽 소리, 시간을 알리는 종소리, 눈에 띄는 대낮, 보이지 않는 밤, 도로, 오솔길, 덤불, 졸음, 그 모든 것들이 그를 두렵게 했다. 이틀째 되는 저녁, 그는 붙잡혔다. 해군 법정이 탈옥행위에 대해서 복역 기간 삼년 연장의 선고를 함에 따라 모두 팔 년의 형량이 그에게 부과되었다. 여섯 번째 해에, 다시금 탈옥의 차례가 왔다. 그는 그 기회를 행사했으나, 변변히 도망쳐 보지도 못했다. 점호 시간에 그가 없는 것을 발견하고 비상을 알리는 대포 소리가 울렸다. 밤이 되었을 때, 순찰대원들이 건조 중인 군함의 용골 밑에 숨어 있는 그를 발견했다. 그는 붙잡으려는 간수들에게 저항했다. 탈옥과 반항에 대해 특별법에 따라 복역 기간 오 년 연장의 형량이 부과되었다. 도합 십삼 년이었다. 십 년째 되는 해에, 그의 차례가 다시 찾아왔고, 그는 이 기회를 마다하지 않았다. 이번에도 결과는 마찬가지였다. 새로운 탈주 시도에 대해 복역기간이 삼 년 더 연장되었다. 십육 년. 그가 마지막으로 탈주를 시도했을 때가 열여섯 번째 해였을 것이다. 그는 네 시간 동안의 잠적 끝에 체포되었다. 네 시간의 탈옥에 대해서 삼 년이 부과되어 19년이 되었다. 1815년 시월에 그는 석방되었다. 유리창 하나를 깨고 빵 하나를 취한 죄로 그가 수감되었던 해가 1796년이었다.

장 발장은 흐느끼고 덜덜 떨면서 도형장에 수감되었으나, 출옥할 때는 무덤덤한 모습이었다. 그는 절망한 상태로 그곳에 들어갔고, 음울해져서 나왔다.

이 영혼에게 무슨 일이 일어났던 것일까?

이미 말했듯이, 그는 무지한 사람이었으나 바보는 아니었다. 나름대로의 명료함을 지닌 불행이 그의 영혼 속에 들어있던 미미한 빛을 불러일으켰다. 몽둥이 밑에서, 쇠사슬 아래에서, 지하 독방에서, 혹사 속에서, 도형장의 뜨거운 태양 아래에서, 도형수의 널빤지 침대 위에서, 그는 자신의 의식 속으로 웅크리고 들어가 생각에 잠겼다.

그는 스스로 재판정을 열었다.

그는 먼저 자기 자신을 심판했다.

그는 자신이 죄도 없이 부당하게 형벌을 받은 것은 아니라는 사실을 인정했다. 그는 자신이 무모하고 비난받을 짓을 했음도 자인했다. 만약 빵을 부탁했더라면 거절하지는 않았을 것이라고 그는 생각했다. 자비심이든 노동의 대가든 무엇이든 그것을 기다렸어야 한다고 생각했다. '배가 고픈데 어떻게 인내하란 말인가?'라는 질문은 반박할 수 없을 만큼 합당한 이유가 되지 못한다고 생각했다.

그러고 나서 그는 자신에게 되물었다.

자신을 파멸로 이끈 이 사건 속에서 잘못은 오직 그에게만 있는가? 우선, 일하는 자에게 일거리가 없고 노력하는 자에게 빵이 없었다는 것은 심각한 일이 아닌가? 또한, 잘못을 시인했음에도 너무 가혹하고 지나친 처벌이 내려졌던 게 아닌가? 탈주 시도들 때문에 지속적으로 가중되고 얽혀지는 형벌은 가장 약한 자에 대에 가장 강한 자가 저지르는 일종의 폭력이요, 개인에 대해 저지르는 사회의 범죄행위가 아닌가?

이런 질문들에 그는 스스로 답변을 내렸고, 사회를 심판하고 단죄했다.

그는 증오심과 함께 사회를 단죄했다.

그는 자기가 감내하고 있는 운명의 근원이 사회에 있다고 보았으며, 언젠가는 사회에 그 책임을 묻는 것을 망설이지 않으리라고 작정했다. 그는 자신이 끼친 손해와 사람들이 그에게 끼친 손해 사이에 균형이 맞지 않는다고 생각했다. 그리고 마침내, 자신이 받은 처벌이 부당하다기보다는 사실상 하나의 죄악이라고 결론을 내렸다.

그리고 그에게 해를 입히기만 했던 인간 사회에서 그가 본 것은 정의를 외치며 타격하려는 사람들에게 사회가 드러내는 분노의 얼굴이었다. 사람들은 그에게 오직 상처를 주기 위해서만 손을 댔다. 그들과의 어떠한 접촉도 그에게는 하나의 타격이었다. 그는 증오라는 유일한 무기를 손에 쥐었다. 그리고 도형장에서 그것을 날카롭게 벼려서 나갈 때 갖고 가리라 다짐했다.

툴롱에는 '무지한 형제'[9]들이 운영하는 도형수를 위한 학교가 있었다. 그곳에서는 감옥의 불행한 사람들 중 배움의 열의를 갖고 있는 자들에게 최소한 필요한 것들만 가르쳤다. 그는 그러한 열의를

---

9) 무지한 형제 : 생-장-드-디유 교단의 수도사들이 자신들을 낮추어 붙인 이름.

가진 무리 중 하나였다. 나이 마흔에 이르러 처음 학교에 갔고, 글 읽기와 쓰기 그리고 산수를 배웠다. 그는 자신의 두뇌를 다지는 것이 곧 자신의 증오를 다지는 것이라고 느꼈다.

이렇게 고문과 노예생활로 점철된 십구 년 동안 그의 영혼은 상승과 추락을 함께했다. 영혼의 한쪽으로는 빛이 들이쳤고 또 다른 한쪽으로는 어둠이 들이쳤다.

대성당의 시계가 새벽 두 시를 쳤을 때 장 발장은 잠에서 깼다.

그가 잠에서 깬 것은, 침대가 너무 안락했기 때문이었다. 침대에 누워본 지 거의 이십년이 되었고, 옷을 벗지는 않았으나 그 느낌이 너무나 생경해서 도저히 잠을 이룰 수 없었다.

그는 눈을 떠서, 잠시 주변의 어둠을 응시했다. 그리고 다시 잠들기 위해 눈을 감았다.

온종일 잡다한 느낌들에 시달렸거나 걱정거리들로 심란했을 때, 잠에서 한번 깨어나면 다시 잠들기 힘들다. 장 발장도 마찬가지였다. 그는 다시 잠들지 못했고, 생각이 꼬리를 물었다.

많은 상념들이 찾아왔으나, 그 중 하나의 상념이 계속 다시 떠오르면서 다른 것들을 죄다 쫓아버렸다. 그 상념이 무엇이었는지는 지금 즉시 말할 수 있다. 마글르와르 부인이 식탁 위에 차려놓았던 여섯 벌의 은제 식기와 국자를 그는 유심히 눈여겨보아두었던 것이다.

그 여섯 벌의 은제 식기들이 그의 머리에서 떠나지 않았다. 그것들이 몇 발자국이면 이를 곳에 있었다. 그가 방으로 오기 위해 옆방을 가로지르던 순간, 늙은 하녀가 그것들을 침대 맡에 있는 작은 벽장에 올려놓고 있었다. 그는 그 벽장을 눈여겨보았다. 식당으로 들어오면서 오른편에 있었다. 고풍스러운 은제품이었다. 국자까지 치면 적어도 이백 프랑은 될 것 같았다. 그가 십구 년 동안 번 돈의 두 배였다.

그는 일어서서 잠시 머뭇거리더니 귀를 기울였다. 집안에 있는 모든 것이 침묵하고 있었다. 그는 곧장 어렴풋이 보이는 창문을 향해 조금씩 발걸음을 옮겼다. 시선을 집중해 살피며 그는 정원을 응시했다. 정원은 무척 낮아서 넘기 쉬운 하얀 담으로 둘러싸여 있었다.

그렇게 눈길을 한번 준 다음, 그는 결심한 듯 배낭을 집어 들었다. 그리고 그것을 뒤져 침대 위에 무언가를 꺼내놓았다. 구두를 주머니에 집어넣고 그는 다시금 배낭을 단속한 뒤 어깨에 걸쳤다. 그리고 더듬더듬 막대기를 찾아 창문의 한 귀퉁이에 세워놓고, 침대로 되돌아와 아까 침대 위에 올려놓았던 물건을 단단히 움켜잡았다. 한쪽 끝이 창처럼 날카롭게 벼려진 짤막한 쇠막대 같은 물건이었다. 낮이었더라면 그것이 다름 아닌, 광부가 사용하는 촛대였음을 쉽게 알아보았을 것이다.

그는 오른 손에 촛대를 거머쥐고, 숨소리를 죽인 채, 발걸음 소리가 나지 않도록 살금살금 주교의 방을 향해 다가갔다. 문에 이르자, 그는 문이 살짝 열려 있는 것을 발견했다. 주교가 문을 닫지 않은 것이다.

장 발장은 주교는 바라보지도 않고 침대 옆을 따라 벽장 쪽으로 재빠르게 걸어갔다. 그리고 자물쇠를 부서 버리려는 듯 철 촛대를 머리 위로 들어 올렸을 때, 열쇠가 거기에 꽂혀있는 것이 보였다. 그는 자물쇠를 열었다. 그의 눈에 먼저 들어 온 것은 은제품을 담아 둔 바구니였다. 그는 그것을 거머쥐자 소리가 나는 것도 개의치 않고 성큼 성큼 방을 가로질러 출입문으로 나갔다. 이어진 예배당으로 들어간 그는 아래층 창문을 열고 훌쩍 넘어갔다. 그러고 나서 은식기들을 배낭에 쓸어 넣고 바구니는 버린 다음, 정원을 가로질러 마치 한 마리 호랑이처럼 정원의 담장을 뛰어넘어 사라졌다.

다음 날, 비앵브뉘 예하가 정원을 거닐고 있을 때, 마글르와르 부인이 그를 향해 질겁한 표정으로 달려왔다.

그녀가 소리쳤다. "예하님, 예하님, 은식기가 담겨있는 바구니 못 보셨어요?"

"보았죠." 주교가 대꾸했다.

좀 전에 화단 안에 떨어져있던 바구니를 그가 주웠던 것이다. 그는 그것을 마글르와르 부인에게 건넸다.

"여기 있습니다."

"그러네요? 아무것도 들어 있지 않군요! 은식기는?"

"오! 당신이 찾던 것이 은식기였나요? 어디 있는지 모르겠는데요."

"맙소사! 도둑맞은 거예요! 바로 어제 저녁 그 사내가 우리 은식기를 훔쳐갔어요!"

주교는 잠시 동안 침묵하더니, 진지한 눈길로 마글르와르 부인을 바라보며 온화하게 말했다.

"그 은식기가 우리 것이던가요?"

마글르와르 부인은 어안이 벙벙했다. 또 한 번의 침묵 뒤에, 주교는 말을 이었다.

"마글르와르 부인, 제가 그릇되게도 그 은식기들을 오랫동안 지니고 있었네요. 그것은 가난한 사람들의 것이었어요. 그 남자가 누구던가요? 분명 가난한 사람일 겁니다."

잠시 후, 그는 장 발장이 전날 앉았던 바로 그 식탁에서 아침 식사를 했다. 비앵브뉘 예하는 아무 말도 하지 않는 누이와 안절부절못하는 마글르와르 부인에게, 빵 한 조각을 우유에 찍어 먹을 때는 나무로 만든 숟가락이나 포크조차 필요치 않다고 쾌활하게 말했다.

남매가 식탁에서 일어서려는데 누군가가 문을 두드렸다.

"들어오시오." 주교가 말했다.

문이 열렸다. 왠지 난폭해 보이는 한 무리가 문간에 모습을 드러냈다. 세 남자가 다른 네 번째 남자의 목덜미를 부여잡고 있었다. 세 남자는 헌병들이었고 다른 남자는 장 발장이었다.

인솔자인 듯한 헌병 대장이 출입문 가까이에 서 있었다. 그는 안으로 들어서더니 군대식 거수경례를 한 다음 주교를 향해 다가섰다.

"예하님…."

이 호칭에, 음울하게 넋을 놓고 있던 장 발장이 아연실색하여 고개를 들었다.

"예하라니! 신부가 아니었단 말인가…" 그가 중얼거렸다.

"조용! 주교 예하시다." 한 헌병이 말했다.

그런데 비앵브뉘 예하는 자신의 노령이 허락하는 만큼 빠른 걸음으로 장 발장에게 다가서더니 외쳤다.

"아! 여기 계시는군! 이렇게 보게 돼서 기쁘오. 그건 그렇고, 당신에게 다른 것들과 함께 은촛대들도 드렸을 텐데요. 이백 프랑은 충분히 될 터인데 어째서 은식기들과 함께 가져가지 않았나요?"

눈이 휘둥그레진 장 발장은 그 어떤 인간의 언어로도 설명할 수 없는 복잡한 표정을 지으며 존엄한 주교를 쳐다보았다.

헌병 대장이 주교에게 물었다. "예하님, 그럼 이 사람 말이 사실입니까? 이 사람과 우연히 마주쳤는데, 급히 도망치는 것 같았습니다. 그래서 붙잡아 조사를 해보니 은제 식기들을 지니고 있기에…"

주교가 빙긋이 웃으며 헌병 대장의 말을 끊었다. "그가 당신에게 이렇게 이야기 했겠지요. 어떤 신부 영감님 집에서 하룻밤을 묵었다고 했지요? 그리고 그 영감이 그 물건들을 주었다고요? 짐작이 갑니다. 그 때문에 이 사람을 데리고 왔군요. 오해를 하신 겁니다."

"그렇다면, 저 사람을 풀어줘도 되겠습니까?" 헌병 대장이 말했다.

"물론이오." 주교가 대답했다.

헌병들이 뒷걸음치는 그를 놓아주었다.

주교가 말을 이었다. "벗이여! 떠나시기 전에, 여기 당신의 촛대들이 있소이다. 가져가시오."

그는 벽난로 쪽으로 걸어가 두 개의 은촛대를 손수 장 발장에게 건네주었다.

　장 발장은 사시나무 떨듯 온 몸을 떨었다. 그는 넋이 나간 듯 기계적으로 두 개의 촛대를 받았다.

　"이제 편히 가시오. 참, 벗이여, 다시 올 때는 정원 뒤쪽으로 올 필요가 없소이다. 어느 때든지 대문으로 드나들 수 있습니다. 밤이나 낮이나 걸쇠만 열면 되니까." 그러고 나서 주교는 헌병들 쪽으로 몸을 돌렸다. "여러분, 이제 돌아가셔도 됩니다."

　헌병들이 멀어져 갔다.

　장 발장은 금방이라도 쓰러질 듯했다. 그에게 다가선 주교가 나지막하게 말했다.

　"절대 잊어선 안 되오, 이 돈을 정직한 사람이 되는 데 사용하겠다고 나와 언약한 거요."

　아무것도 약속한 기억이 없는 장 발장은 그저 어리둥절해 서 있었다. 주교가 다시 엄숙하게 말을 이어갔다.

　"장 발장, 나의 형제여, 이제 그대는 악이 아니라 선에 속해 있소. 내가 당신에게 산 것은 당신의 영혼이오. 나는 그것을 칠흑 같은 상념과 타락의 정령으로부터 거둬들여 하느님께 전해드릴 것이오."

　장 발장은 도망치듯 도시를 빠져나왔다. 들판에 접어들자 그는 서둘러 걷기 시작했다. 큰길이건 작은 길이건 닥치는 대로 따라 걸으며 아침나절 내내 헤매 다녔다. 그는 노도처럼 밀려오는 새로운 감정들에 사로잡혀 있었다.

그가 생각에 잠겨 있는 동안, 어디선가 명랑한 소리가 들려왔다.

그가 소리 나는 쪽으로 고개를 돌렸다. 오솔길을 따라 열 살 정도 되어 보이는 사부아 지방 꼬마가 교현금紋弦琴[10]을 옆구리에 끼고 노래를 부르며 오고 있었다.

꼬마는 노래를 부르면서 이따금씩 걸음을 멈춰 서서는 그의 전 재산인 듯 보이는 동전 몇 개를 가지고 공기놀이를 하고 있었다. 그 중에는 사십 수짜리 동전도 있었다.

장 발장을 미처 발견하지 못한 꼬마가 그 앞에 멈춰 서서 여태껏 손등으로 솜씨 좋게 받아내던 동전들을 몽땅 다시 공중으로 던졌다.

사십 수짜리 동전이 그의 손을 벗어나더니 장 발장이 서 있는 덤불 쪽으로 데구루루 굴러갔다.

장 발장이 그 위로 발을 올려놓았다.

아이의 눈은 그것을 쫓고 있었다. 아이는 놀라는 기색도 없이 곧장 사내에게로 걸어왔다.

아이다운 신뢰가 깃든 순진무구한 어투로 그가 말했다. "아저씨, 제 동전은요?"

"네 이름이 뭐지?"

"프티-제르베예요, 아저씨."

"가라."

"제 동전을 돌려주세요.."

---

10) 바퀴를 굴려 연주하는 중세의 현악기

장 발장은 고개를 숙였고 대답하지 않았다.

아이가 다시 보챘다.

"아저씨, 제 동전요!"

장 발장은 더 이상 아무 소리도 듣지 못하는 듯했다. 아이가 그의 작업복 옷깃을 잡고 흔들면서 자신의 보물 위에서 버티고 있는 징 박힌 커다란 구두를 치우려고 애를 썼다.

"동전 주세요! 사십 수짜리 제 동전이요!"

아이가 울었다. 장 발장이 고개를 들었다. 하지만 그는 자리에 꼼짝 도 하지 않았다. 그의 눈이 흔들리고 있었다. 놀랍다는 표정으로 아 이를 지켜보던 그가 막대기를 움켜쥐며 무시무시한 소리로 외쳤다.

"넌 누구냐?"

"저예요, 프티-제르베! 제발, 제 사십 수짜리 동전을 돌려주세요! 다리를 치워주세요, 아저씨, 제발요!"

"아, 또 너냐!" 장 발장은 동전을 밟은 발은 꼼짝도 않은 채 다시 소리쳤다. "어서 꺼져 버려라!"

질겁해 그를 쳐다보던 아이가 머리에서 발끝까지 떨기 시작했다. 그렇게 잠시 혼이 나간 듯 서있던 아이는 아무 소리도 못하고 뒤도 안 돌아본 채 뛰어 달아났다.

아이가 곧 사라졌다.

해가 졌다.

어둠이 장 발장 주위로 밀려왔다. 하루 종일 먹지 않은 그는 신열 에 들떠 있었다.

그때 그가 자기 발에 밟혀 땅속에 반쯤은 파묻힌 채 반짝이는 사십 수짜리 동전을 발견했다. 그는 감전된 듯 충격에 휩싸였다.

"이게 뭐지?" 그의 물음이 입 안에서 맴돌았다.

몇 분이 지난 뒤, 그는 미친 듯이 은화를 집어 들고 벌떡 일어서 벌판 먼 곳을 바라보았다. 그러고는 사방을 두리번거리며 온 힘을 다해 소리쳤다.

"프티-제르베! 프티-제르베!"

이렇게 아무 소리도 내지 않고 귀를 기울이다 그는 다시 먼 데 사방으로 눈길을 던지며 고함을 쳤다.

"프티-제르베! 프티-제르베!"

그의 목소리가 잦아들었다. "프티 제르베!" 그의 마지막 시도였다. 그리고 마치 보이지 않는 어떤 힘이 그를 찍어 누르듯 갑자기 그의 오금이 꺾였다. 그는 힘없이 커다란 돌 위에 주저앉았다. 그리고 두 손으로 움켜쥔 머리를 무릎사이에 처박은 채 소리 쳤다.

"나는 나쁜 놈이야!"

그러자 그의 가슴 깊은 곳으로부터 눈물이 터져 흘러내렸다. 십구 년 만에 처음 흘리는 눈물이었다.

그는 얼마나 오랫동안 울고 있었을까? 그러고 나서 어디로 떠났을까? 아무도 알지 못했다. 다만, 같은 날 밤 새벽 세 시경에 그르노블에서 디뉴에 도착한 짐마차꾼이 주교관 근처를 지나가다가 어둠 속에서 비앵브뉘 예하의 문 앞 포석 위에 무릎을 꿇고 기도하는 사내의 모습을 보았다는 사실이 확인되었을 뿐이다.

3. 1817년에

그녀는 살기 위해 일을 했다. 그리고 또한 살기 위해서, 마음도 나름대로의 배고픔이 있기에, 그녀는 사랑을 했다.

1817년은 루이 18세[11]가, 왕이랍시고 거들먹거리며, 자신의 재위 이십이 년이라고 공언하던 해였다. 가발 가게들은 분칠한 황실 극락조 모양의 가발이 유행할 것이라고 기대하며 외벽을 하늘색과 백합꽃 문양[12]으로 덧칠했다. 바로 그해였다. 네 명의 젊은 파리 청년들이 '익살극'을 벌이던 때는.

파리의 젊은이들 중 하나는 툴루즈, 다른 하나는 리모주, 세 번째는 카오르, 네 번째는 몽토반 출신이었다. 그들은 모두 학생이었는데, 사람들은 일반적으로 학생이라 하면 파리 사람이라고, 파리에서

---

11) 프랑스혁명으로 왕위에서 물러나 죽임을 당한 루이 16세의 동생. 나폴레옹이 엘바섬으로 추방당한 뒤 다시 왕위에 올랐다.
12) 프랑스 왕실의 문양.

공부한다 하면 파리에서 태어났다고 생각하곤 했다. 이 젊은이들은 평범하다고 할 수 있었다. 착하지도 나쁘지도, 유식하지도 무식하지도, 뛰어나지도 멍청하지도 않았다. 다만 스무 살이라는 매력적인 사월의 아름다움을 지니고 있었을 뿐이었다. 그들은 평범한 네 명의 오스카였다.

그 오스카들은 툴루즈 출신의 펠릭스 톨로미에스와 카오르 출신의 리스톨리에, 리모주 출신의 파뫼이유, 그리고 몽토반 출신의 블라슈벨이었다. 물론 모두 각자 애인을 가지고 있었다. 블라슈벨은 파부리트[13]를 좋아했는데, 그녀가 그런 이름을 갖게 된 것은 영국에 간 적이 있기 때문이었다. 리스톨리에는 꽃 이름에서 가명을 따온 달리아라는 아가씨에게 빠져 있다. 파뫼이유는 제핀을 우상처럼 섬겼는데, 그녀의 이름은 조제핀을 줄여 부른 것이었다. 톨로미에스에게는 팡틴이라는 연인이 있었다. 팡틴은 햇살처럼 아름다운 색깔의 머리카락을 지녔기에 금발의 여인, 즉 '블롱드'라는 별명으로도 불렸다.

팡틴은 몽트뢰이-쉬르-메르에서 태어났다. 하지만 그녀의 아버지나 어머니에 대해서 아는 사람은 없었다. 그녀는 구름에서 떨어진 빗방울이 이마에 떨어지듯이 이름 하나를 얻게 된 것이다. 사람들은 그녀를 꼬마 팡틴이라고 불렀다. 그녀에 대해 그 이상은 아무도 알지 못했다. 열 살 때, 팡틴은 도시를 떠나 인근 농가들을 전전하

---

13) 파부리트Favourite : '인기 있는 사람', '애첩'등의 의미를 지닌 영어 'Favorite'와 연관된 이름.

며 일을 했다. 열다섯 살이 되자 그녀는 '행운을 찾아' 파리로 왔다. 팡틴은 아름다웠고 할 수 있는 한 오랫동안 순결을 지켰다. 그녀는 예쁜 치아를 지닌 귀여운 금발 아가씨였다. 그녀의 지참재산은 황금과 진주였으되, 그녀의 황금은 머리 위에 있었고 진주들은 입속에서 빛나고 있었다.

그녀는 살기 위해 일을 했다. 그리고 또한 살기 위해서, 마음도 나름대로의 배고픔이 있기에, 그녀는 사랑을 했다.

그녀는 톨로미에스를 사랑했다. 남자에게는 한때의 사랑이었으나 그녀에게는 생애를 건 사랑이었다. 팡틴은, 숱한 사랑의 모험들이 맺어지고 또한 풀려지는 팡테옹 언덕[14]의 미로들 속에서, 오랫동안 톨로미에스를 피해 다니면서도, 늘 어떻게 하면 그와 마주칠까를 생각했다. 요컨대, 목가적 사랑이 이루어진 것이다.

블라슈벨, 리스톨리에 그리고 파뫼이유는 나름의 무리를 이루고 있었는데 톨로미에스가 그 중 우두머리 역할을 했다.

톨로미에스는 소위 구닥다리라고 할 수 있을 만큼 나이가 많은 대학생이었다. 그는 사천 프랑에 달하는 연금 혜택을 받을 정도로 부유했다. 벌써 서른 살이나 된 그는 삭아버린 방탕아였다. 얼굴엔 주름이 지고 이빨도 빠져 있었는데, 탈모까지 시작된 자신의 모습에 대해 그는 서글픈 기색도 없이 이렇게 말했다. "서른 살의 두개골, 마흔 살의 무릎." 소화기능도 형편없었고 한쪽 눈에서는 항상

---

14) 학교들이 밀집한 파리 라탱 지구를 주변에 두고 있는 언덕. 현재도 라탱 지구는 파리에서 가장 많은 젊은이들이 모여드는 곳이다.

눈물이 질금거렸다. 하지만 그의 청춘이 꺼져갈수록 그의 쾌활함은 타올랐다. 그는 자신의 사라진 이빨들은 익살로, 머리카락들은 유쾌함으로, 허약함은 비꼼으로 갈음했으며 눈물이 질금거리는 그의 눈은 늘 웃음을 띠고 있었다. 그는 황폐했지만 황폐함을 꽃피울 줄 알았다. 게다가 그는 모든 것에 대해 큰 의심을 품었는데, 약한 사람들의 눈에는 그것이 대단한 힘처럼 비쳐졌다. 요컨대, 빈정거리기 잘하고 대머리여서 그는 우두머리였다.

어느 날 톨로미에스가 나머지 셋을 따로 불러 마치 무슨 신탁이라도 내리듯 엄숙한 몸짓으로 말했다.

"팡틴, 달리아, 제핀 그리고 파부리트께서 깜짝 놀랄 선물을 우리에게 요청한 지도 거의 일 년이 되었구나."

그렇게 말하곤 목소리를 낮추더니 무언가 은밀히 속삭였다. 그 말이 재미있었던지, 네 명의 입에서 동시에 킥킥거리는 웃음소리가 터져 나왔다. 블라슈벨이 외쳤다.

"그거 좋은 생각이야!"

연기 자욱한 작은 카페가 그들 앞에 나타나자, 그들은 그리로 들어갔다. 어둠 속 회합의 결론은 다음 일요일에 소풍을 겸한 눈부신 파티를 열어 네 명의 젊은 여인들을 초대하자는 것이었다.

방학이 시작되었고, 청명하고 뜨거운 여름날이었다. 젊은 여인들은 도망쳐 나온 꾀꼬리들처럼 쉬지 않고 재잘거렸다.

톨로미에스는 무리 전체를 갈무리하며 뒤를 따랐다. 그도 매우 즐거워하였으나, 그에게서는 위엄 같은 것이 배어나왔다. 그의 쾌활함 속에는 독재의 의지가 들어 있었다. 그의 손에는 이백 프랑은 족히 되어 보이는 튼실한 등나무 지팡이가 들려져 있었고, 주저함이 없는 이 인물의 입엔 시가라는 희한한 물건이 물려 있었다. 그는 주저할 것이 없었으므로 이런 수상한 물건도 마음대로 피워댈 수 있었다.

팡틴으로 말하자면, 그녀는 한마디로 즐거움 그 자체였다. 빛나는 그녀의 치아들은 분명 신으로부터 하나의 역할을 부여받았으니, 바로 웃는 일이었다. 그녀의 탐스러운 금빛 머리카락들은 버드나무 밑으로 달아나는 갈라테이아[15]에게 어울릴 듯했고, 그녀의 장밋빛 입술에선 금세라도 황홀한 지저귐이 터져 나올 듯했다.

팡틴은 아름다웠으나, 본인은 그걸 제대로 인식하지 못했다. 그녀는 두 측면에서 아름다웠는데, 하나는 자태였고 다른 하나는 리듬이었다. 자태는 가장 이상적인 형태를 보여주었고, 리듬은 거기에 꿈 같은 생동감을 부여했다.

누구든 그녀를 주의 깊게 관찰한 사람이라면, 그녀에게서 발산되는 것이 바로 조심성과 겸손함의 웅숭깊은 성정性情임을 짐작했을 것이다. 어떤 때는 엄숙하다 못해 거의 도도할 정도의 고귀함이 그녀를 휘감기도 했고, 그러다가 즐거움이 갑자기 사라지면서 쾌활함 뒤로 기이하고 당황스러운 종교적 평온함이 드러나기도 했다. 갑작스레 드러나곤 하는 그녀의 엄숙함은 여신이 내뿜는 거만함을 방

---

15) 그리스 신화에 등장하는 바다의 님프. 갈라테이아는 '젖빛 여인'을 뜻한다.

붉게 했다.

식탁에서의 화제와 연인들끼리의 화제는 모두 이해할 수 없는 면이 있다. 연인들끼리의 대화는 뜬구름잡기 같고, 식탁에서의 대화는 안개 속을 헤매는 듯하다.

파뫼이유와 달리아는 콧노래를 불렀고, 톨로미에스는 술을 마셨으며, 제핀은 깔깔거렸고, 팡틴은 미소를 지었다. 톨로미에스가 자신의 술잔을 다시 채우며 말했다.

"흔히들 말하지요, 실수는 인간의 것이라고. 하지만 나는 이렇게 말합니다. 실수는 사랑에 빠지는 것이라고. 숙녀여러분, 당신들 모두를 숭배합니다."

그때, 파부리트가, 팔짱을 낀 채 머리를 뒤로 젖히더니, 단호하게 톨로미에스를 쳐다보며 말했다.

"이봐, 전부터 말했던 그 깜짝 선물은?"

톨로미에스가 다시 말을 받았다. "마침 그 이야기를 하려고 했지요. 숙녀 여러분들께서 요청하신 깜짝 선물의 시간이 도래했습니다. 숙녀 여러분, 잠시만 기다려 주세요."

그리고 네 사람 모두 손가락을 입에다 댄 채 출입문을 나갔다.

얼마간의 시간이 흘러갔다. 문득 파부리트가 잠에서 깨어난 듯 말했다.

"그런데, 깜짝 선물은 왜 안 오지?"

"그렇지, 그토록 떠들어대던 선물은?" 달리아가 대꾸했다.

"꽤나 꾸물거리는군!" 팡턴이 말했다. 팡턴이 그렇게 한숨을 내쉬는 순간, 식당에서 시중드는 종업원이 들어왔다. 편지 같은 것이 그의 손에 들려 있었다.

"그게 뭔가요?" 파부리트가 물었다.

종업원이 대답했다. "신사 분들께서 숙녀 분들께 남긴 쪽지입니다."

"왜 바로 가져오지 않았나요?"

"신사 분들께서 한 시간 후에 전해드리라고 당부하셨기 때문입니다."

파부리트가 종업원의 손에서 쪽지를 낚아챘다. 정말 편지였다. 그녀가 말했다.

"이것 봐라! 주소가 없어! 겉봉에는 이렇게 쓰여 있네."

이것이 깜짝 선물입니다.

그녀가 서둘러 편지를 뜯어 읽었다.

오 우리의 연인들이여!

우리에게 부모님이 계신다는 걸 알고 있을 겁니다. 그 부모님에 대해 당신들은 잘 모르겠죠. 당신들이 이 글을 읽을 때쯤이면, 혈기 왕성한 다섯 마리의 말이 이끄는 마차가 우리를 우리 아빠와 엄마 곁으로 데려가고 있을 겁니다. 우리는 떠납니다, 아니 우리는 떠났습니다. 툴루즈로 향해 가는 역마차가 우리들을 심연으로부터 벗어나게 해줍니다. 심연은, 오, 아름다운 소녀들이여, 바로 당신들입니다! 이제 우리를 이을 다른 사람들을 얼른 찾으세요. 혹시 이 편지가 당신들의 가슴을 찢어놓았다면, 편지에게 그대로 앙갚음을 해주세요.

아듀.

추신 : 식사비는 지불하였음.

네 명의 젊은 여인들은 서로를 바라보았다.

그리고 일제히 웃음을 터트렸다.

팡틴도 남들처럼 웃었다.

한 시간 후, 자기의 방으로 돌아와 그녀는 울었다. 이미 말했듯이, 이것이 그녀의 첫사랑이었다. 그녀는 톨로미에스를 남편처럼 생각하며 자신을 맡겼었고, 가련한 소녀는 아이를 가지고 있었다.

4. 신뢰하는 것, 그것은 때로 내맡기는 것

이 사람들은 천박한 졸부들과 낙오한 지식인들로 구성된, 소위 중간 계층과 하급 계층 사이에 있는 자들로, 중간 계층의 모든 악습들과 하층 계급의 몇몇 단점들을 버무린, 노동자의 인간적인 열정도 부르주아의 정직함도 가지지 않은 얼치기 계층이었다. 그들은 몇 가닥의 음험한 불길들이 자신들을 달궈줄 때면 금세 괴물처럼 되어버리는 난쟁이의 천성을 지니고 있었다.

이제 더 이상 존재하지 않지만, 금세기 초만 해도 파리 근교의 몽페르메이에는 싸구려 식당이 하나 있었다. 이 싸구려 식당은 테나르디에라고 불리는 부부가 운영했다. 그곳의 출입문 위에는 널빤지 하나가 납작하게 벽에 고정되어 있었다. 널빤지에는 어떤 남자가 다른 남자를 등에 업고 있는 듯한 그림이 그려져 있었는데, 업힌 남자는 커다란 은빛 별들이 박힌 장군 견장을 하고 있었다. 그림의 붉은 얼룩들은 피를, 연기가 피어오르는 배경은 아마도 전투장면을 나타내는 듯했다. 그리고 그림 하단에는 다음 글귀가 새겨져 있었다.

'워털루의 부사관에게.'

여인숙 문 앞에 화물마차나 수레들이 서 있는 것은 지극히 일상적인 모습이다. 하지만 워털루의 부사관네 식당 앞길을 거의 가로막고 있는 차량, 아니 정확히 말해서 차량의 일부분은 그 거대한 크기 때문에 분명 그곳을 지나가는 화가의 눈길을 끌었을 것이다. 그것은 두꺼운 판자나 통나무 등을 운반하는 데 쓰는 짐수레의 앞부분이었다.

짐수레에 달려 있는 쇠사슬의 가운데 부분은 땅 가까이로 처져 있었는데, 그날 저녁나절엔 그 굴곡진 부분에 어린 여자아이 둘이 마치 그네를 타듯 앉아 서로를 다정하게 껴안고 있었다. 한 아이는 두 살 반 정도, 다른 아이는 십팔 개월가량 되어 보였다. 작은아이는 큰아이의 품속에 푹 안겨 있었는데, 교묘하게 묶은 여성용 숄 하나가 아이들이 떨어지지 않도록 지탱해주고 있었다.

몇 걸음 떨어진 곳, 아이들의 어머니가, 그리 상냥해 보이지는 않지만, 그 순간만큼은 흐뭇한 듯 보이는 여인이, 여인숙 출입구에 쭈그리고 앉아 두 아이들을 그네 태우듯 흔들어주고 있었다. 모성만이 보여줄 수 있는 동물적이면서도 천사 같은 표정과 사고라도 날까 염려하는 눈길이 아이들을 감싸고 있었다. 그때 그녀 곁으로 다가온 누군가의 목소리가 들려왔다.

"귀여운 아이들이네요."

한 여인이 그녀 가까이에 서 있었다. 그녀도 아이 하나를 안고 있었다.

여인의 아이는 두세 살 정도의 여자아이로, 놀라울 정도로 피부가 발그레하고 건강했다. 사과 같은 볼을 깨물어주고 싶을 정도로 예쁜 꼬마 아이였다. 아이의 눈으로 말하자면 아주 크고 너무도 아름다운 눈썹을 지니고 있다는 것밖엔 말을 할 수 없었다. 아이가 잠들어 있었기 때문이다.

한편 어머니는 초라하고 슬퍼 보였다. 그리고 촌티가 가시지 않는 노동자 같은 차림새였다. 그녀는 젊었다. 또한 아름다웠던가? 아마도 그런 것 같은데, 차림새 때문에 잘 드러나지 않았다. 끈을 턱 밑에 묶은 베긴 수녀[16) 풍의 모자 밑으로 흘러내린 한 타래의 금발 머리카락은 매우 실해 보였다. 하지만 머리카락의 나머지 부분은 볼품없이 조여져 세심하게 감추어져 있었다. 그녀는 창백했고, 지쳐 보였고, 병색까지 있어 보였다. 볕에 그은 그녀의 두 손은 온통 주근깨투성이에 집게손가락은 바느질로 생긴 상처와 굳은살이 박여 있었다.

그 '익살극'이 있고 열 달이 흐른 후였다.

그 열 달 동안 무슨 일이 일어났던 것일까? 짐작 가능한 일이었다.

버림받은 뒤 곤궁함이 찾아왔다. 파부리트, 제핀과 달리아까지 팡틴의 곁에서 사라졌다. 남자들과의 관계가 끊어지면서 여자들의 관계도 망가졌다. 팡틴은 외톨이가 되었다. 아이의 아버지가 떠나면서, 일은 게을리 하고 즐기기만 좋아하는 타성에 젖어있던 그녀는

---

16) 중세유럽 사회에 생겨난 수녀회로서 빈민 구호나 간병 활동을 하였음.

고립무원의 처지에 빠지고 말았다. 톨로미에스와의 관계에 휩쓸려 그녀는 자신의 소박한 직업을 업신여기고, 일자리의 기회들까지 등한시했었다. 결국 모든 길이 막혀 버렸다. 살아갈 방도가 없었다. 팡틴은 간신히 글은 읽을 수 있었지만 쓰지는 못했다. 어릴 적 이름으로 서명하는 걸 배운 게 고작이었다. 대서인代書人에게 의뢰해서 그녀는 톨로미에스에게 편지 한 통을 썼고 다시 두 번째, 세 번째 편지를 부쳤다. 톨로미에스에게선 답장이 없었다.

더 이상 하소연 할 데가 없었다. 비록 과오는 저질렀으나, 돌이켜보면, 그녀의 천성 깊은 곳엔 순수함과 미덕이 자리 잡고 있었다. 그녀는 자신이 절망에 빠져 최악의 상태 직전까지 와있음을 어렴풋이 느꼈다. 용기를 내야했고, 자신을 다잡았다. 고향인 몽트뢰이-쉬르-메르로 돌아갈 마음이 생겼다. 거기에서는 누군가 자신을 알아보고 일자리라도 줄 것 같았다. 그렇다, 하지만 자신의 과오는 숨겨야했다. 그녀는 그렇게 첫 번째보다 훨씬 더 고통스러운 이별의 필요성을 막연하게 예감했다. 그녀의 가슴이 조여들어왔지만, 결단을 내렸다. 이후에 알게 되겠지만, 팡틴은 다부진 면을 가지고 있었다. 그녀는 이미 치장 따위는 과감하게 포기했고 싸구려 천으로 옷을 만들어 입었다. 그녀에게 남아있는 유일한 허영이란 자신의 모든 비단, 장신구, 매듭, 레이스들을 딸을 위해 쓰는 것이었다. 그것은 성스러운 허영이었다. 그 외에 가지고 있던 물건들은 모두 팔아 이백 프랑을 손에 쥘 수 있었다. 잡다한 빚을 갚고 나자 그녀에게 겨우 팔십 프랑 정도가 남았다. 스물두 살, 어느 봄날의 아름다운 아침에, 그녀는 아이를 업고 파리를 떠났다.

앞으로는 더 이상 펠릭스 톨로미에스 씨에 대해서 이야기 할 기회가 없을 것 같다. 이십년 뒤, 루이-필립 왕의 치세 밑에서 그는 부유하고 막강한 영향력을 행사하는 지방 소송 대리인이자 현명한 선거인이며 엄격한 배심원으로 활동하면서, 언제나 쾌락을 추구하는 남자로 살아갔다는 사실만 말해두자.

팡틴은 정오쯤 몽페르메이에 도착했다. 그녀가 테나르디에의 여인숙 앞을 지날 때, 괴물 같은 그네 위에서 즐거워하는 두 명의 어린 여자아이들이 그녀의 마음을 사로잡았고, 그 환희의 광경 앞에서 그녀는 걸음을 멈췄다.

"아이들이 정말 귀엽네요, 부인."

아무리 사나운 여성도 자기 아이들을 쓰다듬어 줄 때는 마음이 누그러지는 법이다. 어머니는 고개를 들어 감사의 표시를 하더니 지나가던 여인에게 문 옆의 의자를 권했다. 두 여인은 이야기를 나누기 시작했다.

"저는 마담 테나르디에예요. 저희 부부가 이 여인숙을 운영하고 있지요." 두 아이의 어머니가 말했다.

테나르디에 부인은 적갈색 머리에 살집이 있으면서도 얼굴은 각이 진 여자였다. 전형적인 군인의 아내를 떠올리는 용모는 전혀 우아하지 못했지만 그러면서도 소설책깨나 읽은 듯 생각에 잠긴 듯 야릇한 표정을 짓곤 했다. 마치 간살 떠는 사내 같은 태깔의 여자였다. 싸구려 식당 여주인들의 상상력을 자극하는 옛 소설들이 그러한 태깔을 지어냈으리라. 그녀는 아직 젊어 보였고 서른을 넘기지 않은 듯했다. 만약 쭈그리고 있던 그 여인이 일어섰다면, 큰 키와 장터에나 어울릴 듯 어슬렁대는 큰 어깨 폭이 애초부터 길을 지나던 여인을 질겁케 했을 터이고 뒤에 이야기하게 될 그런 일 또한 일어나지 않았을 것이다. 서 있지 않고 앉아 있었다는 사실이 운명을 뒤바꾼 것이다.

길을 가던 여인은 자기 사연을 조금은 바꾸어서 이야기했다.

자기는 직공이었는데, 남편은 죽었으며, 파리에서는 일거리가 부족했고, 그래서 다른 곳, 즉 고향으로 일거리를 찾아 가는 길이며, 그날 아침 도보로 파리를 떠났고, 아이도 조금 걸을 수는 있지만 먼 길을 걸을 수는 없었고, 그래서 안고 가야했고, 그러는 동안 그 보물단지가 잠들었다는 이야기였다. 그녀는 보물단지라는 말을 하면서 자기 딸에게 뜨겁게 입맞춤을 했고 그 때문에 아이가 깨어났다.

또 다른 어머니인 테나르디에는 두 딸을 그네에서 내려놓으며 말했다.

"셋이서 함께 놀려무나."

그 나이 또래는 금방 친해지기 마련이다. 잠시 후, 테나르디에의 딸들은 새로 도착한 아이와 함께 즐거워하며, 땅에 구멍을 파면서 놀았다.

두 여인은 이야기를 이어갔다.

"아이 이름이 뭔가요?"

"코제트랍니다."

"몇 살인가요."

"곧 세 살이 됩니다."

"제 큰아이와 비슷하네요."

그러는 동안 세 꼬마 아가씨들은 큰 근심과 황홀경에 빠져 똘똘 뭉쳐 있었다. 사건이 하나 터졌으니, 커다란 지렁이 한 마리가 땅 속에서 기어 나온 것이다. 아이들은 무서워하면서도 환희에 차 있었다. 아이들의 눈부신 이마가 서로 맞닿아 있었다. 세 개의 머리들이 모여 하나의 커다란 후광을 발하는 것 같았다.

"아이들이 저렇게 금방 친해지네요! 셋이 자매라고 해도 믿겠어요!" 테나르디에 부인이 외치듯 말했다.

이 말은 다른 어머니가 필경 고대하고 있었을 것에 불씨가 되었다. 그녀는 테나르디에 부인의 손을 잡고 간절하게 말했다.

"제 아이를 맡아 주시렵니까?"

테나르디에 부인은 동의도 거절도 아닌, 몹시 놀란 표정을 지었다.

코제트의 어머니가 말을 이었다.

"보다시피 제 딸을 고향으로 데리고 갈 형편이 안 됩니다. 일 때문에 그럴 수가 없어요. 아이가 딸리면 일자리를 찾을 수가 없으니까요. 선하신 하느님께서 저를 당신의 여인숙 앞을 지나가게 한 겁니다. 저토록 귀엽고 저토록 순수하고 저토록 즐거워하는 댁의 아이들을 보면서 감동을 받고 저는 생각했답니다. '정말 좋은 어머니구나. 그래, 세 자매가 될 거야.' 게다가 오래지 않아 찾으러 올 거예요.

제 아이를 맡아 주시렵니까?"

"생각해 보아야겠어요." 테나르디에 부인이 말했다.

"매달 육 프랑씩 보내 드리겠어요."

그때 싸구려 식당 안쪽에서 남자의 목소리가 들려왔다.

"칠 프랑 밑으로는 안 되오. 그리고 육 개월 선불이오."

"그렇게 할게요." 어머니가 말했다.

"그리고 초기 추가 경비로 십오 프랑." 남자가 목소리를 덧붙였다.

"합해서 오십칠 프랑." 테나르디에 부인이 말했다.

"모두 드릴게요. 제게 팔십 프랑이 있습니다. 고향으로 가는 여비는 남겠네요. 물론 걸어서 가야겠지요. 거기서 돈을 벌 겁니다. 돈이 조금이라도 모이면, 내 사랑하는 아이를 다시 찾으러 올 거예요."

남자의 목소리가 다시 들려왔다.

"아이의 옷가지들은 있소?"

"제 남편이에요." 테나르디에 부인이 말했다.

"변변하진 못하지만 우리 보물단지의 옷가지가 있어요. 예쁜 옷가지들이 많아요! 열두 벌씩이나. 귀부인 같은 비단 치마들도 있지요. 제 여행가방 속에 들어 있어요."

"그것도 건네주셔야 합니다." 남자의 목소리가 다시 이어졌다.

"물론 드려야지요. 제 딸아이를 벌거숭이로 내맡긴다면 얼마나 우습겠어요!"

주인의 낯짝이 모습을 드러냈다.

"좋소." 그가 말했다.

홍정이 끝났다. 코제트의 어머니가 떠나자, 남자가 아내에게 말했다.

"덕분에 내일 만기가 되는 어음 백십 프랑을 틀어막을 수 있겠군. 오십 프랑이 부족했거든. 당신이 어린 것들이랑 멋진 쥐덫을 놓았어."

"그럴 생각은 없었네요." 아내가 대꾸했다.

잡힌 생쥐는 몹시 가냘팠다. 하지만 고양이는 마른 생쥐조차 잡으면 즐거운 법이다. 테나르디에 내외는 어떤 인물들이었을까?

이 사람들은 천박한 졸부들과 낙오한 지식인들로 구성된, 소위 중간 계층과 하급 계층 사이에 있는 자들로, 중간 계층의 모든 악습들과 하층 계급의 몇몇 단점들을 버무린, 노동자의 인간적인 열정도 부르주아의 정직함도 가지지 않은 얼치기 계층이었다. 그들은 몇 가닥의 음험한 불길들이 자신들을 달궈주면 금세 괴물처럼 되어 버리는 천성을 지니고 있었다. 여자의 속에는 짐승의 본성이, 남자의 속에는 거지 근성이 들어 있었다. 둘 모두 악행으로 이어지는 추악한 일들에는 최고로 적합한 사람들이었다. 하지만 악독함만으로 번창 할 수는 없는 모양인지 그들의 싸구려 식당은 기울어가고 있었다.

길을 가는 여인의 오십칠 프랑 덕분에, 테나르디에는 어음거절증서를 피할 수 있었고 자신이 한 서명에 체면을 지킬 수 있었다. 다음 달, 그들은 다시 돈이 필요했다. 여자가 파리에 있는 전당포에 가서 코제트의 옷가지들을 저당 잡히고 육십 프랑을 빌려왔다. 그 돈 마저 다 쓰자, 테나르디에 부부는 아이를 마치 자비심으로 데리고 있는 것처럼 여겼고 또 그렇게 대접했다. 아이의 옷가지가 없어지자, 그들은 자기 자식들이 입다 만 낡은 옷들을 입혔다. 또한 사람들이 먹고 남은 것을 아이에게 주었는데, 개밥보다 조금 낫고 고양이 밥보다 조금 못했다. 코제트는 개와 고양이와 더불어 식사를 했다. 짐 승들과 마찬가지로 식탁 밑에서 나무식기에 담아주는 것을 먹었다.

몽트뢰이-쉬르-메르에 정착한 어머니는 아이의 소식을 들으려고 편지를 썼다. 좀 더 정확히 말하자면, 매달 남을 시켜 편지를 쓰게 했다. 그럴 때마다 테나르디에 부부의 답신은 한결같았다. "코제트 는 훌륭하게 지내고 있습니다."

여섯 달의 기한이 지났고 어머니는 일곱 번째 달부터 매달 칠 프 랑씩 빠지지 않고 송금했다. 한 해가 채 끝나기도 전에 테나르디에 는 매달 십이 프랑을 요구하는 편지를 보냈다. 어머니는 아이가 행 복하게 잘 지낸다는 수작에 속아 그들의 요구대로 십이 프랑을 송 금했다.

하나를 증오하지 않고는 다른 하나를 사랑할 수 없는 천성을 가 진 자들이 있다. 테나르디에 어머니는 자신의 두 딸들을 열렬히 사 랑했는데, 그럴수록 굴러들어온 아이를 몹시도 미워했다. 코제트가 까딱만 해도 아이의 머리 위로 사납고 부당한 벌들이 우박처럼 쏟 아졌다.

한 해가 지나갔고, 또 다른 한 해가 지나갔다. 마을에서는 이런 말이 돌았다.

"테나르디에 부부는 참 착한 사람들이야. 부자도 아니면서, 자기 집에 버리고 간 가엾은 아이를 키워주다니!"

사람들은 코제트를 어머니가 버리고 간 아이라고 생각했다.

아이가 분명 사생아이고 어머니가 그 사실을 실토할 수 없음을 알아차린 테나르디에는 "계집애"가 커가면서 "많이 먹는다"면서, 되돌려 보내겠다고 협박하며 한 달에 십오 프랑을 요구했다.

해가 갈수록, 아이는 자라났고, 아이의 비참함도 커져갔다.

코제트가 아주 어렸을 때는, 다른 두 아이들의 구박거리였다. 조금 커서 다섯 살도 되기 전에 아이는 그 집의 하녀가 되었다. 어린 코제트에게 장을 보게 하는가 하면 방들과 안마당, 길거리 청소까지 시켰고 설거지를 시키고 심지어 무거운 짐까지 나르게 했다. 몽트뢰이-쉬르-메르에 있는 아이의 어머니가 송금을 제대로 못하면서 아이에게 그렇게 구는 것은 더욱 당연하게 여겨졌다. 양육비조로 보내는 돈이 몇 개월씩 밀려갔다.

삼 년이 흘렀을 때는, 아이의 어머니가 몽페르메이에 다시 왔더라도 자기 아이를 몰라볼 정도였다. 처음 그 집에 도착했을 때 그렇게나 귀엽고 생기발랄했던 코제트는 이젠 야위고 파랗게 질려 있었다. 아이의 모습은 어딘지 모르게 불안해 보였다. 그것을 보고 테나르디에 부부는 말하곤 했다. "엉큼한 년!"

부당함은 아이의 성격을 메마르게 했고 비참한 생활은 아이의 모습을 볼품없이 만들었다. 아이에게 남은 것이라곤 크고 아름다운 두 눈뿐이었고 그것이 사람들의 마음을 시리게 했다. 커다란 눈망울만큼이나 더 많은 슬픔이 담겨있는 듯 보였기 때문이다.

마을에서는 아이를 종달새라고 불렀다. 비유를 좋아하는 사람들은, 매일 아침 집뿐만 아니라 마을에서도 가장 먼저 일어나 해뜨기 전에 길거리나 밭에 모습을 드러내고 늘 두려움에 사로잡혀 바들바들 떨고 있는, 새처럼 작은 이 피조물을 그렇게 부르길 좋아했다.

다만 이 가엾은 종달새는 노래를 하지 않았다.

5. 빠져들기

그녀의 오금이 스스로 꺾여 마들렌 씨 앞에 무릎을 꿇더니, 그가 미처 말릴 틈도 없이, 그녀가 그의 손을 잡았고, 그는 그녀의 입술이 손에 닿는 것을 느꼈다.

몽페르메이 사람들이 아이를 버렸다고 수군대던 그 어머니는 어떻게 되었을까? 어디에서 무엇을 하고 있었을까?

테나르디에 집에 코제트를 맡긴 후 그녀는 계속 길어 걸어 마침내 몽트뢰이-쉬르-메르에 도착했다. 그것이 1818년의 일이었다.

팡틴은 십 년 동안 고향을 떠나 있었다. 그 동안 몽트뢰이-쉬르-메르의 모습은 달라져 있었다. 그녀가 천천히 비참 속으로 빠져드는 동안 그녀의 고향은 번영을 누리고 있었다.

대략 이 년 전부터, 그곳에 하나의 산업이 정점을 이루었는데, 작은 고장에서는 큰 사건이라 할 수 있었다.

먼 옛날부터 몽트뢰이에서는 특화된 산업이 하나 있었다. 바로 영국의 흑옥黑玉과 독일의 검은 채색유리 세공품을 모조하는 것이었다. 하지만 이 산업이 그리 신통치 않았던 것은 비싼 원자재 가격 때문이었다. 하지만 팡틴이 몽트뢰이로 돌아왔을 무렵 그 '검은 상품'을 생산하는 산업에 유례없는 변환이 일어났다. 1815년 말 경 낯선 사내 하나가 그 도시에 자리를 잡더니 그 상품의 제조과정에서 수지樹脂 대신 고무-옻을 사용할 생각을 했다. 이 작은 변화는 엄청난 혁신의 첫걸음이 되었다.

삼 년도 지나지 않아 이 제조방법을 고안한 사람은 부자가 되었고, 더불어 주변 사람들도 부유해졌다. 하지만 그는 이 지방 사람이 아니었다. 그의 출신에 대해서는 아는 사람이 아무도 없었다. 그의 젊은 시절에 대해서도 마찬가지였다. 소문에 따르면 그가 도시에 왔을 때 지니고 있던 돈은 겨우 몇 백 프랑뿐이었다. 하지만 창의적인 발상을 통해서 그는 쥐꼬리만 한 자본금을 가지고 그 자신은 물론 그 고장 전체의 부를 이끌어냈다.

언제부턴가 이 도시에서 마들렌 아저씨라고 불리기 시작한 그는 누구든 차별하지 않고 채용했다. 다만 그가 요구하는 것은 한 가지뿐이었다. "정직한 남자가 되시오! 정직한 여자가 되시오!"

이미 말한 대로, 마들렌 아저씨는 자신이 시작한 사업을 근간으로 많은 자산을 모았다. 하지만 그에겐 단순한 기업인이라고 하기에는 묘한 구석이 있었다. 자산을 모으는 것이 그의 주된 관심사가 아닌 듯 보였기 때문이다. 그는 자신에 대해서는 아주 적게, 그러나 다른 사람들에 대해서는 할 수 있는 한 많이 배려했다. 1820년, 라피트 은행에 예치해놓은 그의 자산 총액이 육십삼만 프랑이었고 이런 금액을 모으기 전에도 백만 프랑 이상을 시와 가난한 사람들을 위해 썼다.

요컨대 그 고장은 그에게서 큰 덕을 입었다. 가난한 사람들 중에 그의 혜택을 입지 않은 사람은 찾아보기 힘들었다. 그가 너무나 이로운 존재였기에 사람들은 그를 존경하지 않을 수 없었고, 그가 너무나 온유하였기에 사람들은 그를 좋아하지 않을 수 없었다. 특히 그의 기업에서 일하는 노동자들은 그를 우러러보았는데, 이런 찬양의 분위기는 그에게 일종의 우수에 찬 엄숙함을 부여해 주었다.

그가 몽트뢰이에 온 지 오 년이 지난 1820년, 그가 지역에 공헌한 바가 너무나 눈부시고, 그 지방의 모든 사람들의 뜻이 한결같은지라, 국왕은 그를 시장으로 임명하였다. 시장이 되자 사람들이 그의 조언을 구하려고 아주 먼 곳으로부터 몰려들었다. 그는 분쟁들을 조정하여 소송이 일어나지 않도록 했으며 서로 적으로 여기는 사람들을 화해시켰다. 모든 사람들이 그를 자신의 권리를 지켜줄 좋은 재판관으로 여겼다. 그는 마치 영혼 속에 자연의 법칙을 기록한 책을 지니고 있는 것만 같았다. 그를 향한 사람들의 존경심은 감염되듯 퍼져나가 육칠 년 만에 그 고장 전체를 뒤덮었다.

그런데 그 도시와 인근 지역 전체에서 유일하게 이런 감염에서 완전히 벗어나 있는 사람이 하나 있었다. 그 사람은, 마들렌 아저씨가 어떤 일을 하든, 변질되지 않고 꿈적도 하지 않는 어떤 본능으로 반감을 키워가고 있었다. 그의 이름은 자베르였는데 경찰청에 속해 있었다.

그는 몽트뢰이에서 수사관이라는, 힘들지만 유익한 직책을 맡고 있었다. 마들렌이 처음에 어떻게 자리를 잡았는지는 그도 보지 못했다. 자베르가 몽트뢰이에 부임했을 때 공장주는 이미 성공을 거둔 뒤였고 '마들렌 아저씨'가 '마들렌 나리'로 바뀌어 있을 때였다. 경찰 간부들 중에는 특히 비열함과 권위주의가 뒤섞인 모습을 지닌 부류가 있는데, 자베르가 그랬다. 다만 그의 풍모에서는 비열함이 잘 드러나지 않았다.

아스튀리앙스 지방의 농부들이 믿고 있는 전설이 있다. 암늑대가 낳은 한 배의 새끼들 중에는 항상 개 한 마리가 섞여있어서 어미가 곧장 개를 죽이는데, 그렇지 않으면 그놈이 커서 다른 새끼들을 잡아먹는다는 것이었다. 암늑대가 낳은 개에게 인간의 얼굴을 씌워본다면 바로 자베르의 모습일 것이다.

자베르는 감옥에서 태어났는데, 어미는 카드 점쟁이였고 그녀의 남편은 도형수였다. 성장하면서 그는 자신이 결코 사회의 테두리 바깥에서 안으로는 들어갈 수 없는 존재라고 생각했다. 그리고 사회가 가차 없이 테두리 바깥으로 밀어내 버리는 두 계층의 인간들이 있음을 알아차렸다. 하나는 사회를 공격하는 자들이고 다른 하나는 사회를 감시하는 자들이었다. 이 두 계층밖에는 그에게 선택의 여지가 없었다. 동시에 그가 가진 강직함과 규율에 대한 복종심 그리고 성실함 따위의 바탕은 그로 하여금 자신이 속한 떠돌이 족속들에 대한 이루 말할 수 없는 증오심으로 나타났다. 그는 경찰의 길에 들어섰고 성공했다. 나이 사십에 그는 경감이 되었다. 젊은 시절에는 남부 지방에서 도형수들을 감시하는 일을 맡은 적도 있었다.

그 사내는 매우 단순하고 상대적으로 매우 바람직하지만 도를 넘으면 악이 되어버리는 두 개의 감정을 지니고 있었다. 그것은 정부 권력에 대한 맹목적인 존경과 반역에 대한 억누를 수 없는 증오심이었다. 그의 눈에는 도둑질이나 살인 등 모든 범죄들이 반역의 형태로밖에 보이지 않았다. 그는 총리대신부터 경작지 감시인에 이르기까지 국가가 맡긴 모든 직무에 대해 맹목적일 정도로 깊은 신뢰감을 갖고 있었다. 하지만 법적으로 악의 문턱을 한번이라도 넘어서면 그에게는 모두가 혐오와 모멸의 대상이 되었다. 그의 이런 생각은 절대적이어서 예외를 인정치 않았다. 그는 이렇게 말하곤 했다.

"공무원은 실수를 저지를 수 없다. 국가 관리는 결코 잘못을 저지를 수 없다."

자베르는 마들렌 씨에게서 눈을 떼지 않았다. 추측과 의혹으로 가득한 눈빛이었다. 마들렌 씨도 마침내 그 눈길을 알아차렸지만, 달리 신경 쓰지는 않았다. 그래서 구태여 그를 찾거나 피하지도 않았다. 자베르의 거북하고 짓누르는 듯한 눈길을 그는 무람없이 받아들였으며, 다른 모든 사람들에게처럼 자연스럽고 친절하게 대했다.

자베르는 마들렌 씨의 평정함과 자연스러운 태도에 꽤나 어리둥절했을 것이다. 그런데 어느 날 그는 이상한 행동으로 마들렌 씨의 주목을 끌게 되었다.

어느 날 아침 마들렌 씨가 몽트뢰이의 포장되지 않은 거리를 지나가고 있었다. 그런데 얼마 떨어지지 않은 곳에 사람들이 웅성거리며 모여 있는 것이 보였다. 그는 그리로 다가갔다. 포슐르방 영감이라 불리는 늙은이가 말이 쓰러지는 바람에 자신의 수레 밑에 깔려있었다. 마침 전날 밤에 비가 와서 진창이 되어 있었다. 수레는 매 순간 땅 속으로 깊이 처박혀 늙은 짐수레꾼의 가슴팍을 점점 짓눌렀다. 오 분도 되기 전에 갈비뼈가 으스러질 것이 뻔했다.

마들렌이 말했다. "보세요, 수레 밑에 한사람만 들어가면 등으로 수레를 밀어 올릴 수 있습니다. 튼튼한 허리와 뜻이 있으신 분이 계십니까? 금화 5루이를 드리겠습니다!"

모여 있던 사람들 중 아무도 움직이지 않았다.

"10루이 드리겠습니다."

마들렌 씨의 외침을 듣고 있던 사람들이 눈을 내리깔았다. 그때 어떤 목소리 하나가 들려왔다.

"할 마음이 없어서가 아닙니다."

마들렌 씨가 고개를 돌려보니 자베르였다.

"마들렌 시장님, 힘이 부족해서지요. 당신께서 바라는 일을 할 수 있는 사람을 딱 하나 알고 있습니다."

마들렌이 움찔하였다.

자베르는 무심한 낯빛을 지으면서도 마들렌으로부터 눈을 떼지 않고 말을 이었다.

"도형수였지요."

"툴롱의 도형장에 있던."

마들렌의 낯빛이 창백해졌다. 그 동안에도 수레는 서서히 내려앉고 있었다. 포슐르방 영감이 헐떡거리며 비명을 질렀다.

마들렌은 고개를 들어 자신에게 고정되어 있던 자베르의 매서운 눈을 마주보았다. 그리고 미동도 하지 않는 마을 사람들을 바라보았고 슬프게 미소 지었다. 그는 묵묵히 무릎을 꿇더니 군중들이 놀라 비명을 지를 새도 없이 수레 밑으로 들어갔다.

기다림과 침묵 속에서 끔찍한 시간이 흘러갔다.

문득 거대한 덩어리가 흔들리더니 서서히 들려졌다. 바퀴들이 진흙 구덩이에서 반쯤 솟아올랐다. 그리고 다급한 목소리가 들려왔다.

"얼른! 날 좀 도와주시오!"

마지막 사력을 다하고 있던 마들렌의 외침이었다. 사람들이 서둘러 뛰어들었다. 단 한 사람의 헌신이 모든 이들에게 힘과 용기를 주었다. 수레가 스무 개의 팔에 의해 들려졌다. 마침내 늙은 포슐르방이 구출되었다.

마들렌이 다시 일어났다. 땀을 흘리고 있었지만 얼굴은 창백했다. 옷은 찢기고 진흙투성이였다. 모두가 울었고, 늙은이는 그의 무릎에 입을 맞추며 그를 선한 신이라고 불렀다. 그의 얼굴에는 행복함과 함께 천상의 고통 같은 것이 서려 있었고, 평온한 눈길은 지금껏 자기를 주시하던 자베르에게 향해 있었다.

포슐르방은 마차 밑에 깔릴 때 무릎뼈를 다쳤다. 마들렌 씨는 그를 자기 공장 건물 안에 있는 노동자들을 위한 의무실로 옮겼다. 포슐르방은 자리에서 일어났으나 그의 부상당한 무릎 관절은 여전히 마비 상태였다. 마들렌 씨는 이제 수레를 끌 수 없게 된 노인에게 파리 생-앙투안 구역에 있는 수녀원의 정원사 자리를 알선해 주었다.

마들렌 씨가 몽트뢰이에 이루어놓은 번영으로 말미암아, 앞서 언급한 눈에 띄는 현상 외에도 비록 눈에는 보이지 않지만 사뭇 의미심장한 다른 징후들이 나타났다. 일자리가 부족하고 장사가 안 돼 주민들이 고통을 받으면 궁핍해진 납세자들이 세금을 내지 않거나 기한을 넘기게 되므로 정부는 세금 징수를 위해 많은 경비를 지출하게 된다. 하지만 일자리가 풍부해져서 고장의 살림이 윤택해지면 세금은 수월하게 걷히고 정부의 세금 징수 경비도 크게 절감된다. 요컨대 국민의 가난과 부유함을 잴 수 있는 정확한 온도계가 바로 세금 징수 경비인 것이다. 겨우 칠 년 만에 몽트뢰이 지역의 세금 징수 경비는 사분의 삼으로 줄었기 때문에 당시 재무성 장관이던 빌레르 씨는 그 지역을 자주 모범 사례로 들곤 했다.

지역의 사정이 이러할 즈음 팡틴은 고향으로 돌아왔다. 하지만 아무도 그녀를 기억하지 못했다. 다행히 마들렌 씨의 공장 문이 친구처럼 그녀를 맞아 주었다. 그녀는 곧장 여인들의 작업실에 취업이 되었다. 팡틴이 솜씨를 발휘하기엔 너무 생소한 일이었기에 일당은 얼마 되지 않았지만 그 정도면 먹고 사는 문제는 어지간히 해결할 수 있었다.

일터에서 그녀는 자신이 결혼했음을 밝힐 수 없었다. 그래서 어린 딸 이야기가 입 밖에 나지 않도록 신중을 기했다. 초반에 그녀는 테나르디에 부부에게 꼬박꼬박 돈을 지불했다. 자신의 이름밖에 쓰지 못했기 때문에 편지는 대서인에게 부탁해야만 했다. 이렇게 자주 편지를 보내는 동안 어느새 그 사실이 사람들에게 알려졌다. 아무 관계도 없는 사람들이 타인의 행위를 엿보는 일에는 더 극성스러운 법이다. 사람들은 점점 팡틴에게 눈길을 주기 시작했다.

그녀가 같은 주소지로 매달 두 차례 이상 편지를 쓰고 우편요금까지 선불한다는 사실이 알려졌다. 이어서 '테나르디에 씨, 몽페르메이의 여인숙'이라는 주소까지 사람들의 입에 오르내렸다. 선술집에서는 대서인이 입을 열도록 부추겼고 늙은이는 자기가 간직하고 있는 비밀들을 다 비우고 나서야 포도주로 배를 채울 수 있었다. 결국 팡틴에게 아이가 있다는 사실이 밝혀졌다.

이 모든 일이 진행되는 동안 꽤 많은 시간이 흘렀다. 팡틴이 공장에서 일한 지 일 년이 지난 어느 날 아침, 작업실의 여자 감독관이 그녀에게 시장님이 주었다며 오십 프랑을 건넸다. 그리고 그녀가 이제 더 이상 작업실의 일원이 아니라는 말과 함께 이 고장을 떠나라고 통보했다. 이 또한 시장님의 명령이라고 덧붙이면서. 하지만 정작 마들렌 씨는 이런 사실에 대해 전혀 모르고 있었다. 테나르디에 내외가 양육비를 육 프랑에서 십이 프랑으로 올렸다가 다시 십오 프랑을 요구한 것도 바로 그 달이었다.

팡틴은 고장에 남아 이집 저집을 전전하며 하녀 자리라도 얻으려 했지만 아무도 그녀를 원하지 않았다. 그곳을 떠날 수도 없었다. 그녀에게 형편없는 가구들을 팔아먹었던 고물상 주인은 그녀를 을러 댔다.

"빚을 갚지 않고 줄행랑 쳤다간, 절도범으로 쇠고랑을 차게 될 줄 알아."

그녀는 지역 주둔병의 투박한 군복들을 깁는 일을 하며 하루에 십이 수를 벌었다. 하지만 딸을 위해서 매일 십 수씩 치러야 할 형편이었다. 더 이상 테나르디에 내외에게 제대로 돈을 부칠 수 없었다. 팡틴이 버는 돈은 너무 적었고, 빚은 계속 불어만 갔다.

어느 날 그녀는 테나르디에 내외로부터 편지를 받았다. 추운 날씨에 코제트가 헐벗고 있으니 모직치마 하나라도 사 주게 최소 십 프랑이라도 보내 달라는 전갈이었다. 그녀는 편지를 꼬깃꼬깃 접어 온종일 손에 쥐고 있었다. 그날 저녁 그녀는 동네의 이발소에 들어가 머리를 풀어헤쳤다. 감탄할 만큼 멋진 금빛 머리카락이 허리까지 늘어졌다.

"아름다운 모발이군!" 이발사가 소리쳤다.

"얼마나 주실 수 있죠?"

"십 프랑 주지."

"잘라 주세요."

어느 날 그녀는 테나르디에 내외로부터 다시 편지를 받았다.

코제트가 지역에 유행하는 돌림병에 걸렸습니다. 속립성 발진이라고 합니다. 비싼 약이 필요합니다. 우리도 거덜이 날 지경이고 약값을 더 이상 댈 수가 없습니다. 일주일 이내에 사십 프랑을 보내지 않으면 어린 것이 죽을지도 모릅니다.

그녀가 광장 옆을 지날 때, 희한하게 생긴 마차 지붕 위에 붉은 옷을 입은 사람이 많은 사람들로 둘러싸인 채 서서 떠드는 것이 보였다. 떠돌이 어릿광대 치과의사였는데, 사람들에게 틀니와 연고제, 가루약, 물약 등을 팔고 있었다.

사람들과 뒤섞인 팡틴도 불량배들이나 쓰는 은어와 속어들이 난무하는 장광설을 들으며 웃고 있었다. 이 뽑는 사람이 웃고 있는 아름다운 아가씨를 보더니 난데없이 외쳤다.

"거기 웃고 있는 아가씨, 예쁜 이빨을 갖고 있군 그래. 그대의 두 팔레트를 내게 판다면, 하나당 나폴레옹 금화 하나를 쳐 드리지."

"팔레트가 뭐지요?" 팡틴이 물었다.

"팔레트는 앞 이빨 중에서도 윗니 두 개를 뜻하는 거요."

두 개의 치아가 뽑혀 사라졌다. 그녀는 몽페르메이에 사십 프랑을 송금했다. 테나르디에가 돈을 뜯어내기 위해 벌인 수작에 걸려든 것이다. 코제트는 병에 걸린 적이 없었다.

팡틴은 자기 몰골을 보지 않기 위해 거울을 창문 밖으로 던져 버렸다. 빚쟁이들이 그녀의 침대까지 가져가 버렸다. 그녀가 이불이랍시고 덮는 넝마조각, 바닥에 펼쳐놓은 매트리스, 지푸라기가 빠져나온 의자 하나가 남은 전부였다. 그녀는 수치심도 잊었고 꾸미는 것도 잊었다. 마지막 징조였다. 그녀는 더러운 모자를 그대로 쓰고 돌아다녔다. 시간이 없어서인지, 무관심해서인지, 내의도 헤지도록 내버려두었다. 빚쟁이들이 수시로 찾아와 야단법석을 떠는 통에 그녀는 잠시도 쉴 수 없었다. 길에서도 건물 계단에서도 그들과 마주쳤고 그녀는 눈물을 흘리거나 멍하니 밤을 지새워야 했다. 그녀의 눈빛은 형형해졌고, 왼쪽 어깨의 견갑골 상단에 생긴 통증은 사라지지 않았다. 그녀는 마들렌 씨에게도 깊은 증오심을 품게 되었다. 얼마 뒤 테나르디에로부터 다시 편지가 왔다. 즉시 백 프랑을 보내지 않으면, 큰 병을 앓다가 겨우 낫기 시작한 코제트를 내쫓겠다는 으름장이었다. 추위에 떨며 길거리를 헤매다가 무슨 일이 생겨도 자기들은 모르겠으니, 어미의 뜻이 정 그렇다면 죽어도 어쩔 수 없다고도 했다. 그녀는 생각에 잠겼다. '백 프랑이라니, 하루에 백 수씩 벌수 있는 일거리가 어디에 있단 말인가. 그래! 남은 것을 팔자.'

이렇게 불행한 여인은 창녀가 되었다.

모든 소도시에는, 몽트뢰이가 특히 그렇지만, 연금 천오백 리브르를 깨작깨작 갉아먹고 사는 젊은 족속들이 있다. 그리고 그들은 지방에 사는 주제에, 한 해에 이십만 프랑의 연금을 먹어치우는 파리의 비슷한 족속들만큼이나 거들먹거리기 좋아한다. 다시 말해 그들은 약간의 토지와 약간의 멍청함과 약간의 재치를 지닌, 일종의 거세된 말이나 기생충처럼 쓸모없는 자들로서, 살롱에 들어서면 촌놈

취급을 받고 선술집에서는 자기들이 귀족인 줄로 착각하는 작자들이었다. 한마디로 아무 생각 없이 늙어가며 일도 하지 않는, 아무짝에도 쓸모없지만 크게 해를 끼치지도 못하는 자들, 이런 할 일 없는 치들 중에는 따분한 자들과 따분해 하는 자들, 몽상에 잠긴 자들과 우스꽝스러운 자들이 있었다.

1823년 1월 초순경의 어느 눈 내리는 저녁. 이런 고상치들 중의 하나, 즉 할 일 없는 녀석 중 하나가 추운 계절 유행하는 도톰한 망토로 뜨듯하게 몸을 감싼 채 재미삼아 한 여인을 희롱하고 있었다. 여인은 어깨와 가슴을 드러낸 채, 무도회 복장에 꽃 한 송이를 머리에 꽂고 장교들의 카페 주위를 오가고 있었다.

그 고상치는 당시의 유행에 따라 시가를 피우고 있었다. 그는 여인이 자기 앞을 지나가면 시가 연기를 내뿜으면서, 제 딴에는 우습고 재치 있다고 여겼는지 막말을 지껄여대곤 했다. "못생긴 것! 꺼져 버리거라! 어라, 이빨도 없네!" 그는 바마타부아라는 자였다. 잔뜩 치장하고 눈 위를 오락가락하는, 슬픈 유령 같은 여인은 이런 수작에 아무 대꾸도 않고 쳐다보지도 않았다. 그러면서도 그녀는 묵묵히 그리고 기이하리만큼 규칙적으로 오 분마다 조롱이 쏟아지는 그곳을 지나곤 했다. 신통치 않은 반응에 기분이 상했는지, 그 하릴없는 작자가 그녀가 되돌아가는 순간을 틈타 늑대걸음으로 바짝 다가왔다. 그리곤 허리를 숙인 채 웃음을 참으며, 도로 위의 눈을 한 움큼 집어 그녀의 등 안으로 밀어 넣었다. 순간, 여인이 맹수처럼 울부짖으며 뒤돌아섰다. 그리고 한 마리 암 표범처럼 펄쩍 뛰어 달려들더니 무시무시한 욕설을 퍼부으며 손톱을 그 작자의 면상에 깊숙이 박아 넣었다. 독주로 쉬어버린 목소리와 함께 앞니 두 개가 빠진 입에서 말할 수 없을 만치 추악한 욕설들은 쏟아져 나왔다. 팡틴이었다.

소동이 일어나자 장교들이 우르르 몰려나오고 행인들이 몰려들었다. 그들은 누가 남자이고 여자인지 구분하기 어려울 만큼 뒤얽혀있는 두 사람을 에워싸곤 웃고 야유하며 박수를 쳐댔다. 남자가 몸부림을 치는 바람에 그의 모자가 땅에 떨어져 굴렀다. 역시 모자가 벗겨진 채 이빨도 머리카락도 없이 포효하며 분노로 얼굴이 끔찍한 납빛으로 변해버린 여자는 남자에게 연신 발길질과 주먹질을 날리고 있었다.

순간 키 큰 남자 하나가 군중들을 헤치고 나오더니 진흙투성이가 된 그녀의 새틴 블라우스를 움켜쥐었다.

"따라와!"

여인이 고개를 쳐들었고, 분노에 차있던 그녀의 목소리가 금세 잦아들었다. 그녀의 눈빛 또한 흐릿하게 꺼져버렸으며, 납빛이었던 안색은 백지장처럼 하얗게 질려 몸을 떨었다. 그녀가 자베르를 알아본 것이다.

경찰서에 도착한 자베르는 팡틴과 함께 안으로 들어갔다. 팡틴은 들어서자마자 구석 쪽에 주저앉아 겁에 질린 암캐처럼 소리도 움직임도 없이 웅크리고 있었다. 자베르는 탁자 앞에 앉더니 주머니에서 공문서용지를 꺼내 무언가를 적기 시작했다.

자베르는 부르주아 시민에게 위해를 가한 창녀를 목격한 것이다. 그는 묵묵히 조서를 써내려갔다. 쓰기를 마친 그는 서명한 서류를 접어 초소 담당 부사관에게 건네며 말했다.

"담당관 세 명이 붙어 이 여자를 감옥으로 호송토록." 그리고 팡틴 쪽으로 고개를 돌리더니 말했다. "넌 육 개월 징역이야."

불행한 여인은 몸을 떨었다. 그리고 부르짖었다.

"육 개월 감옥이라고요? 코제트는 어떻게 하라고요! 내 딸! 내 딸! 아직 테나르디에게 백 프랑도 못 보냈어요, 아시겠어요?"

자베르는 등을 돌렸다.

병사들이 그녀의 팔을 움켜잡았다.

얼마 전부터, 한 남자가 아무도 눈치 채지 못하게 그곳에 와 있었다. 그는 들어와서 문에 등을 기댄 채 팡틴의 절망어린 하소연을 들었다. 병사들이 불행한 여인에게 손을 댄 순간, 그는 걸음을 옮겨 어둠 속에서 나왔다.

"잠깐만 기다리시오!"

자베르는 눈을 들었고 마들렌 씨를 알아보았다. 그는 모자를 벗고 마뜩찮은 듯이 어색하게 인사를 했다.

"죄송합니다만 시장님…"

'시장님'이라는 말이 팡틴에게 이상한 반응을 일으켰다. 그녀는 마치 땅 속에서 솟아나온 유령처럼 벌떡 일어서더니 양팔을 붙잡고 있던 병사들을 밀쳐내곤, 말릴 틈도 없이 마들렌 씨에게로 똑바로 걸어왔다. 그녀는 정신 나간 듯 그를 노려보며 부르짖었다.

"아! 시장님이란 작자가 바로 너였구나!"

그러고 나서 냉소를 짓더니 그의 얼굴에 침을 뱉었다.

마들렌 씨는 얼굴을 닦으며 말했다.

"자베르 경감, 이 여자를 풀어주세요."

"하지만, 시장님…"

"당신에게 불법 감금에 관한 1799년 12월 13일자 법률 제81조를 상기시켜 드리지요."

"죄송합니다만, 시장님…"

"더 이상 아무 말도 하지 마시오."

"하지만…"

"이제 가 보세요." 마들렌 씨가 명령했다.

자베르는 러시아 병정처럼 꼿꼿이 선 채 가슴 한복판에 일격을 맞고 말았다. 그는 이마가 땅에 닿도록 절을 하고 나갔다.

팡틴은 자베르가 자기 앞을 지나 밖으로 나가는 것을 망연자실 쳐다보았다.

자베르가 사라지자 마들렌 씨가 그녀를 향해 돌아서더니 느릿느릿한 음성으로 말했다.

"당신의 빚을 갚아 드리고 아이를 데려오도록 하겠소. 아이를 만나게 될 겁니다. 이곳이든 파리든, 원하는 곳에서 지내세요. 원하시면, 더 이상 일을 하지 않으셔도 됩니다. 필요한 돈은 제가 모두 부담하겠습니다. 당신이 행복을 되찾으면 다시 정숙해질 겁니다."

팡틴에겐 감당하기 벅찬 말이었다. 코제트와 함께 지낼 수 있다니! 이 비루한 삶에서 벗어날 수 있다니! 자유롭게, 부유하게, 행복하게, 정숙하게, 그것도 코제트와 함께! 비참의 한가운데서 현실의 낙원이 돌연히 피어나는 것을 보다니! 그녀는 자기에게 말하는 그 남자를 얼이 빠져 쳐다보았고, 가까스로 오, 오, 오! 하며 두세 번의 오열하는 소리만을 내지를 수 있었다. 그녀의 오금이 저절로 꺾여 마들렌 씨 앞에 무릎을 꿇더니, 미처 말릴 틈도 없이 그의 손을 잡았고, 그녀의 입술이 손에 닿는 것이 느껴졌다.

그러고 나서 그녀는 정신을 잃었다.

6. 자베르

어떻게 보면 큰 문제가 될 것은 없지요. 자기 윗사람을 의심하는 것이 과하다 할 수 있지만, 다른 사람을 의심하는 것이 우리 같은 사람들의 권한이니까요. 하지만 분노 때문에, 복수심만으로, 증거도 없이, 존경받는 시장이며 행정관을 도형수로 고발하다니! 심각한 일입니다. 아주 심각합니다. 당신의 인격 속에 들어 있는 권위와 신망을 모욕했습니다!

마들렌 씨는 자신의 처소에 마련한 치료실로 팡틴을 옮기게 했다. 그리고 수녀들에게 부탁해 그녀를 침대에 눕혔다. 지독한 신열이 그녀를 휩쌌고 한동안 헛소리를 하다가 잠이 들었다.

마들렌 씨는 하루 두 번 그녀를 보러 왔다. 그때마다 그녀는 물었다.

"저의 코제트를 곧 보게 될까요?"

그녀는 몸을 추스르지 못했다. 그녀의 상태는 한 주 한 주 악화되었다. 맨살에 닿은 눈뭉치가 발한작용을 갑작스럽게 중단시켰고, 그로 인해 여러해 전부터 그녀의 몸에 잠복해 있던 질병이 맹렬하게 도져버린 것이다. 의사가 팡틴을 진찰하더니 고개를 갸우뚱거렸다. 마들렌 씨가 물었다.

"어떻습니까?"

"환자가 꼭 보고 싶어 하는 아이가 있지요?" 의사가 말했다.

"그렇습니다."

"그렇다면, 아이를 서둘러 데려오라 하십시오."

마들렌 씨가 몸을 떨었다.

팡틴이 그에게 물었다.

"의사가 뭐라고 하던가요?"

마들렌 씨가 겨우 미소를 지었다.

"당신의 아이를 빨리 데려오라 하는군요. 그러면 당신의 건강이 회복된다고요. 사람을 보내 코제트를 찾아오도록 하지요! 필요하다면, 제가 직접 가겠습니다."

어느 날 아침, 마들렌 씨는 몽페르메이에 직접 가게 될 경우를 대비해서 시청의 몇 가지 급한 일들을 먼저 처리하려고 집무실에 나와 있었다. 그때 자베르 경감이 면담을 요청한다는 전갈이 왔다. 그 이름을 듣자 마들렌 씨는 불안감을 지울 수 없었다.

"들어오게 하시오."

자베르가 들어왔다. 그는 깊은 생각에 빠진 듯 잠시 동안 묵묵히 서 있었다. 그리고 일종의 서글픈 엄숙함과 함께 무뚝뚝함이 밴 목소리로 말을 시작했다.

"시장님! 육 주 전 그 여인의 사건이 있은 후에, 화가 나 있던 차에 제가 시장님을 고발했습니다."

"고발했다고요!"

"파리 경찰청에 했습니다."

자베르만큼이나 웃음이 없는 마들렌 씨가 웃음을 터트렸다.

"시장이 경찰 업무를 방해했다는 건가요?"

"옛 도형수를 고발한 겁니다. 시장님을 장 발장이라 불리는 자와 혼동했습니다."

"그래서 어떤 회신을 받았나요?"

"제가 미쳤다는 회신을 받았습니다."

"그래서요?"

"그런데, 경찰청이 옳았습니다."

"인정하셨다니 천만 다행입니다!"

"그럴 수밖에 없었던 것이, 진짜 장 발장이 발견됐기 때문입니다."

마들렌 씨의 손에 들려 있던 서류가 스르르 바닥에 떨어졌다. 그는 고개를 들어 자베르를 물끄러미 쳐다보더니 형언할 수 없는 음조의 소리를 내뱉었다.

"아!"

자베르가 말을 이었다.

"사실은 이렇습니다, 시장님. 인근 지역에 상마티외 영감이라는 늙은이가 살고 있었습니다. 얼마 전, 요번 가을에 상마티외 영감이 사과주를 만들 사과들을 훔친 혐의로 체포되었습니다. 그런데 구치소 상황 때문에 예심 판사께서 상마티외를 도경 구치소가 있는 아라스로 이감시키도록 명령한 겁니다. 아라스 감옥에는 브르베라는 옛 도형수가 있었는데, 모범수로 인정받아 간수들 일을 거들고 있었습니다. 그런데 샹마티외가 도착하자마자 브르베가 소리를 질렀습니다. '이것 봐! 내가 저 사람을 알아. 영감, 고개를 돌려보라고! 장 발장이 맞구먼!' '장 발장이라고! 장 발장이 누군데?' 샹마티외가 놀란 시늉을 하며 묻자 브르베가 다시 말했습니다. '오리발 내밀지 마, 네가 바로 툴롱의 도형장에 있던 장 발장이잖아! 이십 년 전 그곳에 함께 있었잖아.' 물론, 샹마티외는 아니라고 잡아뗐습니다. 툴롱에 조회를 했지요. 장 발장을 본 적이 있다는 사람은 브르베 외에 두 사람이 더 있었습니다. 종신형을 살고 있는 코슈파이유와 슈닐디외라는 도형수들이었습니다. 그들을 소환해서 장 발장이라고 의심받는 자와 대면을 시켰습니다. 그들은 잠시도 머뭇거리지 않더군요. 브르베와 마찬가지로 그가 바로 장 발장이라고 증언을 했습니다. 같은 연배, 같은 키, 같은 느낌. 한 마디로 장 발장 바로 그자였습니다. 도형장 관리를 맡았던 저 또한 그렇게 생각했습니다.

마들렌 씨가 낮은 목소리로 물었다.

"확실한가요?"

자베르의 얼굴에 웃음이 떠올랐다. 깊은 확신에서 뿜어져 나오는 일그러진 웃음이었다.

"물론입니다! 제가 당치않게도 시장님을 의심했습니다. 어떻게 보면 큰 문제가 될 것은 없지요. 자기 윗사람을 의심하는 것이 과하다 할 수 있지만, 다른 사람을 의심하는 것이 우리 같은 사람들의 권한

이니까요. 하지만 분노 때문에, 복수심만으로, 증거도 없이, 존경받는 시장이며 행정관을 도형수로 고발하다니! 심각한 일입니다. 아주 심각합니다. 당신의 인격 속에 들어 있는 권위와 신망을 모욕했습니다! 만약 저의 부하들 중 누군가가 이런 짓을 했다면, 그에게 직무수행 자격이 없음을 공표하고 당장 내쫓았을 겁니다. 시장님, 저희 기관에 본보기를 보여 주십시오. 자베르 경감의 해임을 요청합니다."

공손하지만 당당하고 절망스럽지만 확신에 찬 음성으로 내뱉는 말은 기이할 정도로 정직한 이 사내에게 뭔지 모를 위대함을 부여했다.

"생각해 봅시다." 마들렌 씨가 대답했다.

그리고 그에게 악수를 청했다.

자베르가 뒤로 물러서며 완고한 어조로 말했다.

"죄송합니다만, 시장님. 악수할 수가 없습니다. 시장은 밀정과 손을 잡아선 안 됩니다."

그는 깊이 고개를 숙여 절을 한 다음 문 쪽으로 걸어갔다. 그리고 돌아서서 다시 말을 이었다.

"시장님, 제 후임이 올 때까지는 임무를 계속 수행하겠습니다."

자베르는 미소를 지었다. 마들렌 씨는 복도의 포석을 밟으며 멀어져 가는 당당하고 거침없는 발소리를 들으며 꿈꾸는 사람처럼 서 있었다.

7. 샹마티외 사건

어쩌란 말인가! 그것은 희생 중 가장 크고 승리 중 가장 비통한, 넘어야 할 마지막 한 걸음이었다. 하지만 해야만 했다. 사람들이 보기에 치욕스러운 곳으로 되돌아가지 않는다면 신이 보기에 성스러운 곳으로 들어갈 수 없었다.

마들렌 씨가 다름 아닌 장 발장이라는 사실을 독자들은 이미 짐작했을 것이다.

프티-제르베 사건 이후 장 발장에게 일어났던 일들 중 독자들이 이미 알고 있는 것 외에 더 보탤 것은 별로 없다. 우리가 보았듯이, 그 이후 그는 다른 사람이 되어 있었다. 주교가 그를 통해 이루려 했던 것을 그는 실천했다. 그것은 단순한 변모 이상이었으니, 마치 예수가 현성용顯聖容17)한 일과도 같았다.

그는 잠적에 성공했다. 은촛대들만 기념물처럼 간직한 채 주교의

---

17) 예수가 팔레스타인의 타보르Tabor 산정山頂에서 자신의 거룩한 모습을 드러낸 일.

나머지 은제 식기들을 팔아 이 도시에서 저 도시로 미끄러지듯 넘나들며 프랑스를 종단했다. 그리고 마침내 몽트뢰이-쉬르-메르에 이르렀다. 그곳에서 우리가 이미 알고 있는 아이디어를 생각해냈고, 역시 우리가 이야기 한 것들을 이루었으며, 마침내 자신을 붙잡을 수도 범접할 수도 없는 존재로 만들었다. 그때부터 그는 오직 두 가지만 염두에 두고 평온과 희망 속에서 조용한 삶을 영위했다. 두 개의 생각이란 자신의 이름을 숨기는 것과 거룩한 삶을 사는 것, 그러니까 인간들로부터 벗어나 신에게로 돌아가는 것이었다.

하지만 자베르가 자신의 집무실로 들어와 내뱉은 첫마디에서 이런 평화의 삶이 한꺼번에 흔들리는 느낌을 받았다. 그가 그토록 깊이 묻어 두었던 이름이 그토록 기이하게 발설된 순간, 그는 자신의 불길한 운명과 그에 대한 두려움에 사로잡혀 앞으로 닥칠 파란을 예감했고, 폭풍우 속의 떡갈나무처럼 몸을 구부렸다. 그의 머리 위로 벼락과 번개들을 가득 실은 먹장구름이 밀려오는 것이 느껴졌다. 자베르의 말을 들으면서 가장 먼저 떠오른 것은 한달음에 달려가 자수하고 샹마티외를 감옥에서 꺼낸 다음 대신 감옥에 들어가야 한다는 생각이었다. 그것은 생살을 베는 고통을 안겨주었다. 그는 이 고결한 충동을 억누르며 영웅적 행위로부터 한 걸음 물러서려 했다. 하지만 어쩌랴! 그가 밖으로 던져버리려 했던 것이 이미 들어와 버렸으며, 그가 눈 감으려 했던 것이 이미 그를 쳐다보고 있었다. 그것은 그의 양심이었다.

그의 양심, 다시 말해 신이었다.

아라스로 가서 가짜 장 발장을 풀어주고 진짜 장 발장을 고발해
야 한다! 어쩔 수 없지 않은가! 그것은 희생들 중 가장 크고 승리들
중 가장 비통한, 넘어야 할 마지막 한걸음이었다. 하지만 해야만 했
다. 사람들이 보기에 치욕스러운 곳으로 되돌아가지 않는다면 신이
보기에 성스러운 곳으로 들어갈 수 없었다.

이륜마차가 아라스의 역참 정문 안에 들어섰을 때는 저녁 여덟
시가 가까워서였다. 우리가 여태까지 따라왔던 그 남자가 내렸다.

나이 지긋해 보이는 시민 하나가 커다란 초롱을 들고 그의 곁을
지났다. 그는 누가 자기의 말을 들을까 염려하는 기색으로 앞뒤를
두리번거리며 행인에게 길을 물었다.

"선생, 재판소가 어디에 있습니까?"

그는 행인이 일러준 대로 길을 찾아갔다. 얼마 뒤 그는 많은 사람
들이 모여 있는 법원의 홀 안으로 들어섰는데, 법복 차림의 변호사
들이 여기저기 무리지어 이야기를 나누고 있었다.

재판정으로 통하는 문 옆에 문지기 하나가 서 있었다. 그가 문지
기에게 물었다.

"문이 곧 열리나요?"

"열리지 않습니다." 문지기가 말했다.

"왜지요?"

"방청석이 이미 만원입니다."

그는 프록코트에서 지갑을 꺼내들고는, 종이 한 장을 찢어서 급하
게 다음과 같이 썼다. '몽트뢰이-쉬르-메르 시장, 마들렌'.

"이것을 재판장님께 전해주시오."

쪽지를 들고 갔던 문지기가 곧 되돌아와 좁고 긴 복도를 따라 그를 정중하게 안내했다. 그는 재판장이 있는 단상 뒤편으로 들어갈 수 있는 또 다른 문 앞에 이르렀다. 결단의 순간이었다. 그가 발작적으로 손잡이를 비틀었다. 문이 열렸다.

그는 재판정 안에 들어와 있었다.

재판정의 한쪽 끝, 그가 있는 쪽에는 낡은 법복을 입은 재판관들이 멍한 기색으로 앉아 손톱을 물어뜯거나 눈꺼풀을 닫고 있었다. 또 다른 쪽 끝에는 누더기를 걸친 군중들이 있었고, 가지각색의 자세를 취한 변호사들, 딱딱하고 냉혹한 느낌을 주는 병사들도 서 있었다. 얼룩이 진 낡은 목재 장식들, 더러운 천장, 바래서 누렇게 변한 초록 모직 천에 덮인 테이블들, 손때 묻어 검게 변한 문들이 보였다. 판자벽에 못을 박아 걸어놓은, 선술집에서 흔히 볼 수 있는 남포등은 빛보다는 연기를 더 많이 뿜어내고 있었다. 테이블들 위에는 구리 촛대들이 불을 밝히고 있었다. 어둡고 추레하고 슬픈 정경이었다. 그런데 이런 속에서도 준엄하고도 엄숙한 기운을 감지할 수 있었다. 사람들이 법이라고 부르는 중대한 인간사와 사람들이 정의라고 부르는 신성한 임무를 수행하고 있다는 느낌 때문이었다.

모든 이들의 관심은 오직 한 곳, 재판장석 왼쪽 벽에 기대 있는 긴 나무의자에 쏠려 있었다. 그 의자에는 두 사람의 헌병들을 양옆에 두고 한 남자가 앉아 있었다.

이 사람, 문제의 바로 그 사내였다. 애써 찾지 않아도 자연스럽게 그 사내가 눈에 들어왔다. 마치 사내가 어디에 있었는지 진작부터 알고 있었다는 듯 마들렌 씨의 눈길이 곧바로 그에게로 향했다. 적어도 육십은 되어 보이는 사내였다. 뭔지 모르게 거칠고 아둔하면서 겁에 질린 모습이었다.

문 열리는 소리가 나자 사람들이 그에게 자리를 마련해 주었다. 고개를 돌린 재판장은 방금 들어온 그가 몽트뢰이-쉬르-메르의 시장이라는 것을 알아차리고는 정중히 인사를 했다. 하지만 환각에 사로잡힌 듯 이 모든 것을 간신히 느끼고 바라볼 뿐이었다.

재판관들, 서기관들, 헌병들, 잔인할 정도로 호기심에 찬 군중들…. 그는 이런 것들을 예전, 이십칠 년 전에 이미 본 적이 있었다. 그 불길한 풍경을 그는 다시 마주하게 되었고 그것들이 바로 눈앞에서 굼실대며 존재하고 있었다. 그의 기억이 되살려 놓은 것도 그의 생각이 지어낸 것도 아니었다. 진짜 헌병들, 진짜 재판관들, 진짜 군중들, 살과 뼈로 이루어진 진짜 사람들이었다. 그가 겪었던 과거의 끔찍한 모습들이, 기막힌 모든 현실들과 함께, 그의 주위에 오롯이 되살아나 눈앞에 있었다.

그 모든 것이 그 앞에서 아가리를 벌리고 있었다.

소름이 끼쳤다. 그는 눈을 감고 마음 속 깊은 곳에서 부르짖었다.
"결코 다시는!"

그가 누구인가에 대해 조사가 이루어졌고, 증언들이 청취되었고, 증인들의 말이 일치했으며, 공판 과정을 통해 많은 것들이 규명되었다. 검사는 말했다.

"우리는 단지 농장의 과일을 훔친 도둑을 붙잡은 것이 아닙니다. 우리들의 손아귀에, 지금, 강도를, 거주 제한을 위반한 재범자를, 지난날의 도형수를, 가장 위험한 흉악범 중 하나를, 사법 당국이 오래 전부터 뒤쫓아 왔으며, 팔 년 전에 툴롱의 도형장에서 나오기가 무섭게 프티-제르베라고 하는 사부아 지방의 소년을 노상에서 무기로 위협하고 강도짓을 한, 장 발장이라는 범죄자를 붙잡아놓고 있는 것입니다. 형법 제383조를 위반한 그 범죄에 대해서는 사법적으로 동일인임이 판명된 뒤에 기소할 것입니다. 그는 최근에 다시 절도죄를 저질렀습니다. 재범에 해당합니다."

이런 고발 내용 앞에서, 일치된 증언 앞에서, 피의자는 무엇보다 놀라는 기색이었다. 그는 표정으로 몸짓으로 환강한 부인을 표시하다가 다시 물끄러미 천장을 바라보기도 했다. 간신히 답변이 이어졌고, 말을 더듬거렸지만 머리부터 발끝까지, 그의 온 몸이 그 사실을 부인하고 있었다. 그는 마치 자신을 단단히 옭죄는 사회의 한복판에서 자신을 포위하고 전열을 가다듬는 지성들과 맞서는 한 사람의 백치 또는 한 사람의 이방인 같았다.

게다가 대부분 그렇듯, 검사가 펼치는 논조는 격렬하고 화려기까지 했다. "장 발장의 본바탕에 과연 무엇이 있을까요?" 검사는 이런 질문과 함께 그를 묘사했다. 그 중에는 '게워놓은 괴물'이라는 표현도 있었는데, 방청객과 배심원들은 이런 묘사를 듣고 전율했다. 검사는 이어서 다음날 아침 지방신문의 흥밋거리를 최고조로 이끌어내기에 손색이 없는 웅변으로 말을 마무리했다.

"이 사람에 대해 결론적으로 이야기하자면 이렇습니다…. 떠돌이이며, 비렁뱅이, 생계 수단이 없는…. 과거의 삶에 따라 범죄 행위가 습관화되어 있고, 프티-제르베에게 가한 범법행위를 참조하자면, 도형장에서도 그러한 습관을 교정하지 못했습니다…. 이와 같은 사람인지라, 노상에서 절도 현행범으로 발각되었으나 그 범행과 도둑질을, 그 모든 것을, 심지어 자신의 이름과 자기 자신까지 부정하고 있는 것입니다!"

검사가 논고를 계속하는 동안 피의자는 입을 벌린 채 말을 듣고 있었다. 그의 표정에는 탄복하는 기색마저 섞여있었다. 사람이 저토록 말을 잘 할 수 있다는 것에 놀라고 있는 것 같았다. 이따금씩 논고가 열정의 끝에 이르러 웅변을 제어하지 못하고 치욕스러운 형용어들이 피의자를 향해 휘몰아칠 때, 그는 천천히 머리를 오른쪽에서 왼쪽으로 그리고 왼쪽에서 오른쪽으로 가로저었다. 침묵의 슬픈 항변이었다.

검사는 배심원단에게 피의자의 얼빠진 행동을 지적하며, 그것이 그의 능란함과 교활함에서 비롯된 계산된 행동이 틀림없다고 말했다. 그리고 마지막으로 준엄한 처벌을 요청하면서 논고를 끝냈다.

재판장이 집행관에게 뭔가 명령을 내렸다. 잠시 후 증인 대기실의 문이 열렸다. 헌병의 호위를 받으면서 집행관이 죄수 브르베를 데리고 나왔다. 브르베는 중앙형무소의 검정과 회색이 섞인 죄수복을 입고 있었다. 재판관이 입을 열었다.

"브르베! 법이 외면해버린 사람이라 할지라도 신성한 자비가 허락한다면 그 사람 안에 명예와 정의로운 감정이 남아있을 겁니다. 이 중대한 순간 제가 요청하는 것이 바로 이런 감정입니다. 피의자를 잘 살펴보고, 기억에 집중해 주시오. 그리고 당신의 영혼과 양심을 걸고 저 사람이 확실히 당신의 옛 도형수 동료 장 발장인지 증언해 주십시오."

브르베가 피의자를 바라보더니 법정을 향해 돌아섰다.

"네, 재판장님, 이 사람이 1796년 툴롱에서 수감되어 1815년에 출소한 장 발장입니다. 확실히 그가 맞습니다."

재판장이 슈닐디외를 들어오게 했다. 그의 붉은색 상의와 초록색 모자가 종신형을 받은 도형수임을 말해주고 있었다.

재판장은, 브르베에게 했던 것처럼, 심사숙고하기를 권한 다음 피의자가 확실한지 물었다.

슈닐디외가 폭소를 터트렸다.

"물론입죠, 알다 뿐입니까! 우리는 같은 사슬에 묶여 오년간 지냈습죠. 나를 못 알아보겠나 친구?"

"가서 자리에 앉으세요." 재판장이 말했다.

집행관이 코슈파이유를 데리고 왔다. 슈닐디외처럼 붉은 상의를 걸치고 도형장에서 온 이 종신수는 자연이 야수 상태로 대충 만들어 놓은 걸 인간 사회가 범죄자로 완성해 낸 불행한 인물 중 하나였다. 코슈파이유가 말했다.

"장 발장이 맞습니다. 힘이 엄청 세서, 장-르-크릭[18]이라고도 불렀죠!"

방청석에서 웅성거리는 소리가 터져 나왔다. 이 사람은 유죄 선고를 받게 될 것이 뻔했다. 재판장이 말했다.

"집행관, 장내를 진정시키시오. 심리審理를 종결하겠습니다."

그 순간 재판장 바로 곁에서 누군가 몸을 움직였다. 그리고 외치는 소리가 들렸다.

"브르베, 슈닐디외, 코슈파이유! 이쪽을 보시오!"

그 목소리가 너무나도 비통하고 소름끼쳐서 사람들은 몸이 얼어붙는 듯한 느낌이었다. 모든 시선들이 일제히 목소리가 나온 지점으로 쏠렸다. 재판부 뒤쪽 특별 방청석에 앉아있던 한 남자가 일어나서 재판정 한가운데로 걸어 나왔다. 재판장, 검사, 그리고 스무 명의 사람들이 그를 알아보고 일제히 외쳤다.

"마들렌 씨!"

재판장과 검사가 무슨 말을 할 수도, 헌병들과 집행관들이 어떤 행동을 취할 겨를도 없었다. 지금껏 모두에게 마들렌 씨라 불렸던 그 남자가 증인인 브르베, 슈닐디외, 코슈파이유 앞에 섰다. 그가 말했다.

"나를 못 알아보겠소?"

세 사람 모두 어안이 벙벙해서 고개를 가로저어 전혀 모르겠다는 표시를 했다.

"나는 당신들을 알고 있소! 브르베! 도형장에서 자네가 지니

---

18) 크릭Cric : 무거운 물건을 수직으로 들어 올리는 기구.

고 있던 체크무늬 멜빵을 기억하나? 슈닐디외, 자네는 스스로에게 쥬-니-디외[19]라는 별명을 붙였었지. 그리고 자네의 오른쪽 어깨에는 심한 화상 자국이 있어. 어느 날 어깨에 낙인찍힌 세 개의 글자 T.F.P.를 지우기 위해 잉걸불이 타오르는 난로에 어깨를 갖다 댔기 때문이야. 하지만 그 글자들은 그대로 남아있지. 대담하게, 사실 아닌가?"

"사실입니다." 슈닐디외가 말했다.

그는 이번에는 코슈파이유에게 말했다.

"코슈파이유, 자네 왼쪽 팔의 오금 근처에 화약가루를 태워 푸른색 글자로 날짜를 새겨놓았었지. 바로 황제께서 칸에 상륙한 날짜인, 1815년 3월 1일이야. 소매를 걷어 보게."

코슈파이유가 소매를 걷어 올리자 모든 시선들이 그의 팔뚝 위로 쏠렸다. 바로 그 날짜가 새겨져 있었다.

그 불행한 사내가 미소를 지으며 방청객과 재판관들을 향해 돌아섰다. 그것은 승리의 미소였으며 또한 절망의 미소이기도 했다. 그가 말했다.

"보다시피 제가 장 발장입니다."

재판정 안에는 더 이상 판관도, 검사도, 헌병도 없었다. 단지 모두들 못 박힌 듯 한 사람에게 눈길을 고정시키고 있었다. 모두들 무언가에 홀린 듯했다.

---

19) 쥬 니 디외Je-nie-Dieu는 "나는-신을-부정한다."라는 뜻이다.

장 발장이 말을 이었다.

"더 이상 법정을 어지럽히고 싶지 않습니다. 아무도 체포하지 않으니, 저는 가 봐야겠습니다. 해야 할 일들이 여러 가지가 있습니다. 검사님께서는 제가 누구이고 어디로 가는지 알고계실 테니, 원하실 때 저를 체포할 수 있을 겁니다."

8. 가로막다

꽃을 따려고 손을 뻗으면, 그 가지는 달아나면서도 동시에 자신을 내맡기려는 듯, 파르르 떨고 만다. 죽음의 신비한 손가락들이 영혼을 거둘 순간이 다가오면, 인간의 육체 또한 그렇게 떨고 만다.

먼동이 트기 시작했다. 팡틴은 신열과 불면으로 밤을 지새웠다. 행복한 광경들이 끊임없이 떠오른 밤이기도 했다. 아침이 되어서야 그녀는 잠이 들었다.

마들렌 씨는 환자와 십자가의 수난상을 번갈아 바라보며 한참을 움직이지 않았다.

그녀가 마침내 눈을 뜨고 그를 보더니 말했다.

"시장님이시군요! 코제트는 와 있나요?"

그는 그녀의 손을 잡았다. 그리고 말했다.

"코제트는 예쁘더군요. 건강하고요. 곧 보게 될 터이니 마음을 편히 가지세요. 흥분해서 말을 너무 많이 해서도 안 되고, 담요 밖으로 그렇게 팔을 내밀면 기침이 심해집니다."

사실 팡틴이 한 마디씩 할 때마다 발작적으로 기침이 터져나오고 있었다.

그녀는 손가락들을 꼽아 헤아리기 시작했다.

"하나, 둘, 셋, 넷… 코제트가 일곱 살이네요. 다섯 해가 지나면, 하얀 너울을 쓰고 살이 비치는 양말도 신겠지요. 귀여운 숙녀 티가 날 거예요."

그녀는 웃기 시작했다.

그는 팡틴의 손을 내려놓았다. 그리고 끝 모를 깊은 상념에 잠겨, 마치 불어오는 바람소리라도 들으려는 듯 두 눈을 바닥으로 향한 채 그녀의 이야기를 듣고 있었다. 문득 그녀가 말하는 것을 멈췄다. 그는 자동적으로 고개를 들었다. 팡틴의 안색이 섬뜩했다.

그녀는 더 이상 말하지 않았고 더 이상 숨도 쉬지 않았다. 다만 상체를 반쯤 일으켰는데, 메마른 어깨가 셔츠 바깥으로 드러났다. 조금 전까지만 해도 밝았던 그녀의 얼굴이 창백해졌고, 공포에 질려 홉뜬 눈으로 방의 반대편 끝 쪽에서 자신 앞에 나타난 어떤 엄청난 것에 시선이 꽂혀있는 듯했다.

그는 몸을 돌려 자베르가 그곳에 서 있는 것을 보았다.

마들렌의 시선이 자베르와 마주쳤다. 그 순간에도 자베르는 손끝 하나 움직이지 않고 다가오지도 않은 채 무서운 형상으로 거기 서 있었다. 그것은 막 자기가 지옥으로 데려갈 사람을 찾아낸 악마의 형상이었다.

마침내 장 발장을 잡았다는 확신이 그의 모든 영혼을 통해 드러나고 있었다. 잠시 실마리를 놓치고 잠시나마 샹마티외를 오해했었다는 자책감은 애초 자신의 추리가 옳았고 자신이 그토록 정확한 본능을 지녔다는 자부심과 함께 사라져 버렸다. 추악한 승리의 기쁨이 그의 좁은 이마 위로 활짝 피어오르고 있었다.

시장이 자베르로부터 그녀를 빼내온 날 이후로 팡틴은 그자를 더 이상 보지 못했다. 비록 병든 뇌로 판단력을 잃었지만, 그녀는 그가 자기를 잡으러 왔다고 확신했다. 그 소름끼치는 면상을 견디지 못하고 그녀가 단말마 같은 소리를 내질렀다.

"마들렌 씨, 구해주세요!"

장 발장이 (이제부터 그를 더 이상 다른 이름으로 부르지 않기로 하자) 일어났다. 그는 팡틴에게 부드러운 목소리로 침착하게 말했다.

"진정하세요. 당신 때문에 온 게 아닙니다."

그 순간 정말 믿을 수 없는 장면이 그녀의 눈앞에 펼쳐졌다. 그녀가 신열에 들떠 보았던 불길한 망상들조차 견줄 수 없는, 가공할 장면이었다. 형사 자베르가 시장님의 목덜미를 움켜쥔 것이다. 그녀에게는 세상이 물거품처럼 사그라지는 것 같았다.

"시장님!" 팡틴이 소리쳤다.

자베르가 이빨 뿌리까지 죄다 드러나 보이는 끔찍한 웃음을 터트렸다.

"이곳에 시장님 따윈 없어! 네가 보고 있는 자는 장 발장이라는 이름의 도둑놈, 강도일 뿐이야. 그리고 내가 그놈을 체포한 거지!"

자신의 프록코트 목깃을 거머쥐고 있는 손을 떨쳐버리려고도 하지 않은 채 장 발장이 말했다.

"선생, 조용히 드릴 말씀이 있습니다."

"큰 소리로! 큰 소리로 말해! 누구든 나에게는 크게 말해야 한다!" 자베르가 대꾸했다.

장 발장이 목소리를 낮춰서 말을 이었다.

"당신에게 간청 드릴 게 있습니다…"

"간청? 그런 따위, 난 듣지 않아!"

장 발장이 그에게 돌아서더니 빠르게 말을 이었다.

"내게 사흘만 말미를 주시오! 저 가련한 여인의 아이를 찾아올 수 있도록, 사흘만! 그 대가는 모두 치르겠소! 원하신다면 동행하셔도 좋소."

"날 웃기려는 건가!" 자베르가 소리쳤다. "사라질 수 있도록 사흘의 시간을 달라고! 이 계집의 새끼를 찾으러 가겠다고! 아 아! 정말 멋진 일이군!"

팡틴이 부들부들 떨었다.

"내 아이!" 그녀가 소리쳤다. "내 아이를 찾으러 가다니! 그럼 아직 그 아이를 데려오지 않았다는 얘긴가요!"

그녀는 두 팔을 짚고 튀어 오르듯 상체를 일으켰다. 그리고 장 발장과 자베르를 번갈아 바라보았다. 그녀가 무슨 말을 하려는 듯 입을 열자 목구멍 깊숙한 곳으로부터 헐떡거리는 숨소리가 들려왔고 이빨들이 딱딱거리며 부딪쳤다. 그녀는 고통스럽게 두 팔을 벌렸다.

펼친 두 손에서 경련이 일었다. 그리고 마치 물에 빠져 허우적대는 사람처럼 주위를 애써 더듬거리더니 갑자기 베개 위로 털썩 주저앉았다.

그녀의 머리가 침대 머리에 세게 부딪히더니 가슴팍 쪽으로 꺾였다. 입은 벌어져 있었고, 열린 두 눈에 빛이 사라졌다.

죽은 것이다.

자베르는 장 발장을 그 도시의 감옥에 수감했다.

마들렌 씨의 체포는 몽트뢰이-쉬르-메르에 파문, 아니 극심한 혼란을 불러일으켰다. 더불어 '도형수'라는 말 한마디에 거의 모든 사람들이 그를 외면했다는 사실을 밝히는 건 정말 슬픈 일이다. 채 두 시간도 지나지 않아 그가 베푼 모든 것들이 잊혀졌고, 그는 한낱 '도형수'가 되었다.

그렇게 마들렌 씨라고 불리던 유령은 몽트뢰이에서 사라졌다. 도시 전체에서 단지 서너 사람만이 그를 뜨겁게 기억했을 뿐이다.

제2부

코제트

1. 워털루

그 보병 군대의 실탄이 바닥나 소총들이 막대기나 다름없이 되었을 때, 시체 더미가 살아있는 무리보다 더 커졌을 때, 그들의 깃발이 해진 헝겊 조각이나 다름없이 되었을 때, 드높게 죽어가는 자들을 에워싸고 있던 승리자들에게 도리어 일종의 숭고한 공포심이 감돌았으니, 잉글랜드 포병들은 잠시 숨을 고르며 침묵해야 했다. 그것은 일종의 유예였다.

만일 1815년 6월 17일에서 18일로 이어지는 밤에 비가 내리지 않았다면 아마 유럽의 미래는 바뀌었을 것이다. 그 얼마간의 빗방울들이 나폴레옹의 고개를 숙이게 한 것이다.

워털루 전투가 열한 시 반에야 겨우 시작되었기에 블뤼허[20]는 시간에 맞춰 도착할 수 있었다. 왜 그랬던가? 땅이 간밤에 내린 비 때문에 땅이 질었던 때문이었다. 포병들은 작전을 수행하기 위해 땅이 좀 더 굳기를 기다려야 했다. 포병 장교 출신인 나폴레옹은 그것을

---

20) 프로이센의 장군. 프로이센의 야전사령관이 되어 워털루 전투에서 프랑스군의 측면을 공격하여 나폴레옹에게 치명적인 타격을 주며 승리로 이끌었다.

알고 있었다. 정해진 지점에 집중 포격을 퍼붓는 것, 이것이 그가 지닌 승리의 열쇠였다. 적의 전략을 하나의 요새로 간주해 거기에 맹렬히 포격을 가하는 것이다. 적의 취약지점에 집중적으로 포격을 가함으로써 그는 대포로 모든 전투들을 시작하고 마무리 짓곤 했다.

1815년 6월 18일, 수적으로 월등히 우세했기에 그는 특히나 포병을 믿고 있었다. 웰링턴은 포가 백오십 문밖에 없었지만 나폴레옹은 이백사십 문을 가지고 있었다.

만약 땅이 질지 않아 포대가 제대로 움직였고, 아침 여섯 시부터 전투가 시작되었다고 가정해 보자. 프러시아 군대에 의해 전세가 급변하기 전, 오후 두 시쯤에 이미 전투는 나폴레옹의 승리로 끝나 있었을 것이다.

이 패전에서 나폴레옹 자신이 범한 실수는 얼마나 될까? 배가 파선하는 것이 전적으로 키잡이의 탓일까? 결코 그렇지 않다고 본다.

모든 사람들이 인정하듯이, 그의 전술은 하나의 걸작으로 평가될 수 있다. 연합군 진영의 한복판으로 곧장 쳐들어가 구멍을 낸 다음 적을 양분하고, 잉글랜드 측 절반은 알 방면으로, 프러시아 측 절반은 통그르 방면으로 밀어붙여 웰링턴과 블뤼허를 두 동강으로 만들고, 몽-생-장을 뺏는 동시에 브뤼셀을 수중에 넣어 프러시아 군대를 라인 강에, 잉글랜드 군대를 바다에 처넣는 것이 전술의 밑그림이었다.

그리하여, 워털루의 그날 아침, 나폴레옹은 만족스러웠다. 그럴 만했다. 이미 말했다시피, 그가 세운 전투 계획은 감탄할 만했기 때문이다.

그는 밀로 장군이 이끄는 흉갑 기병대에게 먼저 몽-생-장 고원을 탈취하라는 명령을 내렸다. 기병은 삼천오백 명에 달했고 약 일 킬로미터에 이르는 전선을 형성했다. 모두들 몸집 큰 말을 탄 거한들이었다. 부관 베르나르가 그들에게 황제의 명령을 하달했다. 네이가 검을 빼들고 선두에 섰다. 가공할 기병대들이 움직이기 시작했다.

이윽고 장관이 펼쳐졌다. 바람이 불어 군기와 나팔들이 아우성치는 동안 모든 기마병들이 일제히 군도를 뽑아들었다. 각 부대는 종대를 이루어 마치 한 사람처럼 일사불란하게 움직였다. 그들은 적의 요새에 구멍을 내는 철퇴처럼 벨-알리앙스 언덕에서 내려와 포연 속으로 사라졌다가 그 어둠 속에서 다시 솟아나와 골짜기의 다른 쪽에 나타났고, 여전히 밀집대형을 유지한 채 엄청난 속보速步로 머리 위에서 작열하는 포탄의 연기를 뚫고 몽-생-장 고원의 무시무시한 진흙 비탈을 올랐다. 기갑병들이 두 부대로 나뉘었기에 두 개의 열이 만들어졌다. 멀리서 보면 고원의 능선을 향해 거대한 강철 뱀 두 마리가 기어오르는 것 같았다.

고원의 능선 뒤, 어둠 속에 숨겨 놓은 포대 주위에는 잉글랜드 보병들이 소리 없이 개머리판을 어깨에 댄 채 마치 동상처럼 총구를 겨누고 있었다. 그들도 프랑스 흉갑 기병대들을 볼 수 없었고 흉갑 기병대들도 그들을 볼 수 없었다. 보병대원들에겐 사람들이 밀물처럼 올라오는 소리만을 들릴 뿐이었다. 삼천 필의 말들이 다가오면서 점차 커지는 소음, 일정한 속보로 내딛는 말발굽 소리, 갑옷의 마찰음, 검들 부딪히는 소리, 그리고 거대하고 사나운 숨결 소리가 들려왔다.

잠시 가공할 침묵이 흐르더니 돌연히 검을 뽑아 흔들어대는 팔들이 긴 열을 지어 능선 위로 나타났다. 그리고 투구와 나팔과 깃발들, 회색 콧수염을 기른 삼천의 머리들이 모습을 보이며 일제히 "황제 만세!"를 외쳤다. 흉갑부대 전체가 고원 위로 쏟아져 들어오는데, 마치 지진이 난 것 같았다.

그런데 비극은 뜻하지 않은 곳에서 일어났다. 흉갑 기병대의 선두에서 달리던 말들이 아우성치며 일제히 뒷발로 일어섰다. 적의 방어진지와 대포들을 모두 쓸어버리기 위해 걷잡을 수 없는 기세로 능선의 정상에 도달한 흉갑 기병대들 앞에, 그들과 잉글랜드 병사들 사이에, 생각지도 않은 골짜기가, 아니 무덤을 위한 장소가 나타났다. 바로 오엥으로 이어지는 움푹한 길이었다.

공포의 순간이었다. 일종의 협곡 같은 것이 그곳에 입을 벌리고 있었다. 말들의 발밑에 거의 수직 절벽이 나타났는데, 두 경사면 사이의 깊이가 약 2투와즈[21]에 달했다. 뒤따르던 두 번째 종대가 첫 번째 종대를 그 속으로 밀어 넣었고, 세 번째 종대가 두 번째 종대를 또 밀어 넣었다. 물러설 방도가 없었다. 이미 발사된 포탄이나 다름없었다. 잉글랜드 군대를 쳐부수려고 북돋운 힘이 도리어 프랑스군을 짓이겼다. 협곡이 가득 채워졌다. 기병대원들과 말들이 서로

---

21) 투아즈 : 옛 길이의 단위. 1투아즈는 약 2미터에 해당함.

엉켜 나뒹굴었고 서로를 짓뭉갰다.

　그것이 패전의 시작이었다.

　나폴레옹은 밀로의 흉갑기병대[22]에게 공격 명령을 내리기 전에 지형을 면밀하게 살펴보았다. 하지만 고원의 표면에 한 줄기 굴곡으로도 드러나지 않는 움푹한 길을 미처 알아차릴 수 없었다. 그래도 혹시 어떤 장애물이라도 있는지 확인하기 위해 길잡이 라코스트에게 문의했다. 길잡이는 장애물 따위는 없다고 대답했다. 일개 농부가 가로저은 머릿짓에서 나폴레옹의 재앙이 시작되었다. 이 거인이 거꾸러질 시간이 된 것이다.

　나폴레옹 근위대의 몇몇 방진方陣들은 밤까지 버티었다. 하지만 밤이 오면서 죽음도 함께 깃들고 있었다. 근위대들은 꼼짝없이 두 겹의 어둠이 자신들을 뒤덮도록 내버려두었다. 다른 부대들로부터 고립되고 사방에서 와해된 본대와 연락도 두절된 채 각 연대는 외따로 사지死地에 몰려 있었다. 어떤 부대들은 로솜 고지에서, 또 다른 부대들은 몽-생-장 평원에서 마지막 전투를 위한 거점을 마련했다. 그곳에 고립되어 패배한 방진들은 비장한 죽음을 맞이해야 했다.

　해가 지고 저녁 9시경이 되었을 때, 몽-생-장의 고원지역에 방진 하나가 남아 있었다. 흉갑기병대들이 기어오르던 그 비탈 밑 죽음의 골짜기에서, 그리고 이제는 잉글랜드 군이 떼거지로 넘실거리는

---

22) 중세 기사처럼 판금으로 제작된 흉갑을 착용하고 총과 검으로 무장한 기병대. 흉갑을 갖춘 기병대의 돌격은 교전 상대에게 큰 심리적 타격을 줄 수 있었으며 나폴레옹은 이 흉갑기병대를 전투에 요긴하게 활용했다.

그곳에서, 무시무시하게 쏟아지는 포탄들 속에서, 그 방진은 싸우고 있었다. 이름이 잘 알려지지 않은, 캉브론이라고 하는 장교가 그 방진을 지휘했다. 상대편이 사격을 퍼부을 때마다 방진은 이울어 갔지만 저항은 계속되었다. 방진 네 곳의 방어벽들이 계속 오그라들었지만 그들은 적의 포탄 세례에 소총으로 맞서고 있었다.

그 보병대의 실탄이 바닥나 소총들은 막대기나 다름없이 되었을 때, 시체 더미가 살아있는 무리보다 더 커졌을 때, 그들의 깃발이 해진 헝겊 조각이나 다름없이 되었을 때, 장엄하게 죽어가는 자들을 에워싸고 있던 승리자들에게 도리어 일종의 숭고한 공포심이 감돌았다. 잉글랜드 포병들은 잠시 숨을 고르며 침묵해야 했다. 일종의 유예의 시간이었다.

이윽고 어둠 속에서 포병들이 일제히 장전하는 소리가 들렸다. 바로 그때 절체절명의 순간을 정지시키며 한 영국 장교가 갑자기 살아있는 이들을 향해 소리쳤다.

"용감한 프랑스 전사들이여, 항복하라!"

캉브론이 답했다.

"똥 같은 놈!"

캉브론의 한마디에 영국 장교가 응수했다. "사격 개시!" 포에 불이 붙었고, 언덕의 지축이 흔들렸고, 대포의 아가리에서 마지막 포탄들이 무지막지하게 쏟아졌다. 마침 떠오르고 있던 달빛 아래 하얀 연기가 자욱하게 피어올랐다. 연기가 걷히자, 더 이상 아무것도 없었다. 경이롭게도 그들은 완전히 전멸했다.

전쟁에는 우리가 결코 부인할 수 없는 끔찍한 아름다움들이 있다. 하지만 또 인정해야 하는 것은 거기에 비열함 또한 공존한다는 것이다. 놀라운 점은 승리 후 전사자들의 소지품들이 가장 먼저 털린다는 것이다. 따라서 전투 뒤의 새벽은 언제나 벌거벗은 시신들 위로 밝아오는 것이다.

어느 군대든 꼬랑지 하나씩을 끌고 다니는데, 그들은 가장 비난받아 마땅한 자들이다. 불한당과 하인의 속성이 절반씩 섞인 박쥐 같은 존재들, 전투도 하지 않은 주제에 군복을 걸치고 다니는 자들, 가짜 환자들, 위험한 절름발이들, 때로는 자신들의 마누라와 함께 작은 수레를 타고 다니며 판 물건을 다시 훔쳐 달아나는 이동식 당의 교활한 주인들, 장교들에게 길을 안내하겠다고 나서는 거지들, 농작물을 훔치는 도둑들…. 옛날에는 이동하는 군대마다 꼬랑지처럼 달고 다녔던 그치들을 사람들은 '낙오자들'이라고 불렀다. 어느 군대나 국가들도 이런 자들에 대해 책임을 지지 않았다.

6월 18일에서 19일까지도 밤새 시신의 유품들은 약탈당했다. 엄중한 웰링턴 장군은 누구든 노략질을 할 경우 현행범으로 체포하라는 명령을 각 부대마다 전달했다. 하지만 노략질은 멈춰지지 않았다. 전쟁터 한쪽 구석에서 약탈자들을 처형하는 동안에도 다른 한쪽에서는 노략질이 계속되었다.

자정 무렵, 한 사내가 오엥으로 이어지는 움푹한 길 주변을 배회하고 있었다. 아니 차라리 파충류처럼 기어다니고 있었다는 말이 맞을 것이다. 전체적인 됨됨이로 보아, 앞에서 묘사한 것처럼 워털루를 털기 위해 찾아든 자들 중 하나가 틀림없었다.

그는 이따금씩 걸음을 멈추고, 누가 보지나 않나 주위 벌판을 둘러보았다. 그리고 황급히 허리를 숙여 땅바닥에서 미동도 하지 않는 무언가를 헤집다가 자리를 뜨는 일을 반복했다.

다시 그가 걸음을 멈췄다.

그로부터 몇 걸음 앞 움푹 파인 길 위의 시신 더미 가장자리에 손 하나가 달빛을 받으며 삐죽 솟아 있었다. 손가락에서 무언가 반짝였는데, 금반지였다.

사내는 잠시 상체를 구부린 자세로 있다가 다시 일어섰다. 그러자 문제의 손에는 더 이상 반지가 끼어있지 않았다.

순간 사내가 움찔했다. 누군가 뒤에서 잡아당기는 듯했기 때문이다. 그가 몸을 돌리자, 조금 전까지 펴져있던 손이 그의 외투 자락을 움켜쥐고 있었다. 웬만한 사람이었다면 기겁을 했을 것이다. 하지만 이 자는 웃음을 터뜨렸고 혼잣말을 했다.

"쳇, 죽은 놈일 뿐이야. 헌병보다는 차라리 귀신이 낫지."

그동안 힘이 빠진 손이 외투 자락을 놓았다. 떠돌이는 다시 중얼거렸다.

"이것 봐라! 시체가 아직 살아있는 건가?"

그는 다시 허리를 숙이고 시체더미를 헤집었다. 그리고 문제의 손을 잡고 몸 전체를 끌어냈다. 시체더미 사이에 있던 이는 계급이 높은 흉갑부대의 장교 같았다. 갑옷 밑으로 커다란 금장 견장이 드러나 있었고, 칼에 벤 얼굴은 피범벅이 되어 있었다.

그의 갑옷에는 레지옹 도뇌르 은제 훈장도 달려 있었다. 떠돌이는 훈장을 떼어내 자기 외투 속 깊은 곳에 집어넣었다. 계속해서 그는 장교의 바지 안주머니를 뒤졌고 회중시계를 발견하자 착복했다. 조끼를 뒤져 지갑이 나오자 그것도 자기 호주머니에 집어넣었다.

그가 이렇게 죽어가는 자에게 도움을 주고 있을 때, 장교가 눈을 떴다. 그리고 겨우 말소리를 냈다.

"고맙소."

밤공기도 차가운데다 떠돌이가 거칠게 몸을 더듬는 바람에 장교가 마비상태에서 깨어난 것이다.

떠돌이는 아무 대꾸도 하지 않고 고개를 들었다. 평원 쪽에서 발걸음 소리가 들려왔다. 순찰대원들이 다가오는 듯했다. 장교가 고통을 참으며 중얼대듯 다시 말했다.

"내 호주머니를 뒤져보시오. 지갑과 시계가 있을 테니 가져가시오."

이미 이루어진 일이었다.

떠돌이가 찾는 시늉을 하더니 말했다.

"아무것도 없소."

"누군가 훔쳐간 모양이오. 미안하오, 당신에게 사례라도 했어야 하는데."

순찰대원의 발걸음 소리가 점점 또렷해졌다.

"누가 오고 있군." 떠돌이가 사라질 채비를 하며 말했다.

장교가 가까스로 팔을 들어 그를 잡았다.

"당신이 나를 구했소. 누구시오?"

떠돌이는 빠르고 나지막하게 대꾸했다.

"당신처럼 프랑스 군대 소속이오. 그러니 지금 떠나야 하오. 잡히면, 총살형이오. 내가 당신을 살려냈소. 이제 알아서 처신하시오."

"계급이 무엇이오?"

"하사요."

"이름은….."

"테나르디에."

장교가 말했다. "그 이름을 잊지 않겠소. 내 이름도 기억하시오. 퐁메르시라고 하오."

2. 군함 '오리온'

한줄기 바람이 그의 모자를 앗아갔다. 그의 백발 머리가 보였다. 젊은이가 아니었다.

1823년 10월 말, 툴롱의 주민들은 폭풍으로 손상 입은 곳들을 수리하기 위해 입항하는 군함 오리온을 구경하고 있었다. 오리온은 해군 조선소 옆에 정박했다.

어느 날 아침 군함을 구경하러 나왔던 군중들이 사고 하나를 목격하게 되었다.

선원들이 돛을 활대에 매다는 작업을 하고 있었다. 그때 망루와 연결된 돛대의 윗귀를 잡으려던 선원 하나가 균형을 잃었다. 부두에 모여 있던 사람들이 그가 휘청거리는 것을 보고 소리를 질렀다. 선원은 두 손을 아래로 뻗은 채 활대 주위를 돌면서 거꾸로 추락했다. 떨어지던 그가 한 손으로 활대 아래의 발판 로프를 잡았고, 다시 나머지 한 손으로 다시 그것을 잡고 매달렸다. 선원은 마치 투석기의 조약돌처럼 로프 끝에 매달려 좌우로 대롱거렸다.

그는 아래로 당겨지는 끔찍한 힘을 견뎌보려고 두 팔을 비틀어댔다. 사람들은 그가 로프 줄을 놓는 순간을 기다리는 수밖에 도리가 없었다. 그리고 어떤 이들을 그 장면을 차마 보지 않으려고 고개를 돌렸다.

문득 한 남자가 살쾡이처럼 날렵하게 선구船具들 사이로 기어 올라갔다. 붉은색 옷을 입은 도형수였다. 초록 모자까지 쓴 것으로 보아 종신형 도형수였다. 그가 돛대의 꼭대기 쪽으로 접근할 때 한줄기 바람이 그의 모자를 앗아갔다. 그의 백발 머리가 보였다. 젊은이가 아니었다.

그는 달음박질하듯 활대를 건너갔다. 그 끝에 이르자 들고 온 로프의 한쪽을 그곳에 붙들어 매고 다른 쪽은 아래로 늘어뜨렸다. 그러고 나서 두 손으로 로프를 붙잡고 아래로 내려가기 시작했다. 사람들은 이제 한 사람이 아니라 두 사람이 나락 위에 매달려 있는 것을 보며 애간장을 태웠다.

어느덧 도형수가 로프에서 미끄러져 내려와 선원 근처로 다가갔다. 일 분만 늦었더라도, 선원은 절망하고 기진한 채 나락으로 떨어졌을 것이다. 도형수는 한 손으로 자신의 로프를 잡은 채 다른 손으로는 선원을 그 로프에 단단히 묶었다. 마침내 그가 활대 위로 다시 오르더니 선원을 끌어올렸다. 그는 선원을 팔로 안고 활대 위를 걸어서 돛대를 묶은 버팀목에 다다랐다. 그는 버팀목의 망루까지 가서 안고 있던 선원을 대기하던 다른 선원들에게 넘겨주었다. 군중들의 박수 소리가 터져 나왔다.

도형수는 자신의 노역 장소로 되돌아가기 위해 곧장 내려오기 시작했다. 조금이라도 빨리 내려오기 위해서, 그는 선구들 사이를 미끄러져 낮은 쪽의 활대 위에서 달음박질을 했다. 모든 사람들의 시선이 그를 쫓았다. 어느 순간 사람들이 두려움에 사로잡혔다. 기진해서인지 아니면 머리가 이상해졌는지, 그가 잠시 멈칫거리더니 비틀대는 모습이 보였기 때문이다. 군중들이 일제히 비명을 지르는 순간 도형수가 바다로 떨어졌다.

다음날, 툴롱의 일간지에는 이런 몇 줄의 기사가 실렸다.

1823년 11월 17일, 어제, 오리온 전함의 선상에 노역을 나갔던 도형수 한 사람이 선원 한 사람을 구출하고 내려오다가 해상에 떨어져 익사했다. 시신은 발견되지 않았다. 그 사람 이름은 장 발장이며 9430번으로 죄수명부에 기입되어 있었다.

3. 죽은 여인과의 약속을 위하여

비록 여덟 살밖에 안 되었지만, 아이는 너무나 많은 고통을 당해왔던지라 생각에 잠겨있는 노파의 침울한 형상을 하고 있었다.

몽페르메이는 리브리와 셸 사이, 우르크를 마른으로부터 갈라놓는 고원지대의 남쪽 변방에 위치하고 있는데, 평화롭고 매력적인 고장이었다. 또한 그곳에서는 저렴한 비용으로 꽤나 마뜩한 농촌 생활을 누릴 수 있었다. 다만 고지대에 속해서 물이 귀했다. 사람들은 물을 구하기 위해서 집에서 상당히 먼 곳까지 가는 수고를 해야 했다.

따라서 식수 공급은 어느 집안이든 가장 큰 문제였다. 그 고장의 귀족이나 유복한 집들, 테나르디에의 싸구려 식당도 그 축에 끼었는데, 어느 늙은이가 길어오는 물 한 동이에 일 리아르[23]를 지불해야 했다. 하지만 늙은이가 여름에는 저녁 7시까지, 겨울에는 5시까지만

---

23) liard : 옛 동전의 단위.

일을 했기 때문에 밤중에 물이 없는 경우엔 직접 물을 길러 가거나 갈증을 참는 수밖에 없었다.

독자께서 아마도 아직 잊지 않았을 가엾은 꼬마 코제트가 가장 두려워한 것도 바로 이런 경우였다. 코제트를 테나르디에 내외가 데리고 있던 것은 두 가지 이유에서였다. 어머니로부터는 돈을 받아낼 수 있었고, 아이는 일을 부려먹을 수 있었기 때문이다. 어머니로부터의 송금이 완전히 중단된 다음에도, 테나르디에 내외는 코제트를 계속 붙잡아 두었다. 아이는 그곳에서 하인 대신 일을 했다. 그래서 아이는 필요할 때마다 물을 길러 먼 길을 나서야했다.

테나르디에는 갓 쉰 살을 넘겼고 그의 처는 마른 줄에 들어섰으나, 여자 나이 마흔은 쉰이나 매 한가지이다. 그렇게 아내와 남편은 엇비슷한 연령의 균형을 이루고 있었다.

독자들께서는 테나르디에의 처가 장신인데다가 불그레하게 살이 오른 몸집에 어깨가 떡 벌어진 체구임을 기억하고 있을 것이다. 그녀는 집을 건사하기 위해 침대 정리, 방 청소, 설거지, 요리 등은 물론이고 비가 내리는 것, 날씨가 좋은 것도 관장하려했고 마귀 같은 짓거리도 기꺼이 했다. 그런데 그녀가 부릴 수 있는 하인이라곤 코제트 뿐이었다. 코제트라는 생쥐 한 마리가 코끼리의 시중을 드는 격이었다. 그녀의 커다란 목소리 때문에 유리창, 가구 그리고 사람들까지 흔들릴 정도였다. 얼굴에는 수염까지 숭숭 돋아나 있었으니 영락없이 여장을 한 장터 짐꾼이었다. 그녀가 내뱉는 욕설들은 현란했다. 사람들은 그녀가 말하는 것을 들으면 이렇게 얘기했다. "헌병이네." 그녀가 마셔대고 있는 것을 보면 이렇게 얘기했다. "짐수레꾼이군." 그녀가 코제트를 대하는 걸 보면 또 이렇게 얘기했다. "망나니야."

남편 테나르디에는 마른 체구에 키가 작고, 핼쑥하게 각진 얼굴이 앙상하고 빈약해 보여서 병색이 있는 듯했지만 실은 놀랄 정도로 튼실했다. 그의 교활한 야바위도 그러한 특징들과 잘 맞았다. 그는 거지에게 적선 한푼 하지 않는 주제에, 신중을 기하기 위해 습관적으로 미소 지으며 거의 모든 사람들에게 공손했다. 그는 짐마차꾼들과 술을 마셔대며 잘난체하곤 했는데 아무도 그를 취하게 만들 수 없었다. 또한 워털루 전쟁 때에는 부사관으로 홀로 '죽음의 기병중대'에 맞섰으며, 비 오듯 쏟아지는 포탄들을 뚫고 달려가 '치명상을 입은 어느 장군'을 몸으로 덮어 구해냈다고 주절댔다. 여인숙 식당의 벽 위에 걸려있는 번쩍거리는 표장도 '워털루 부사관 식당'이라는 이름도 그런 일화에서 비롯되었다고 했다. 워털루에서의 그의 위업은, 우리가 익히 아는 바, 한마디로 '뼹'이었다.

덧붙여 볼 만한 테나르디에의 또 다른 특성이 있다면, 매사에 주의 깊고 통찰력이 있으며 때에 따라 수다스럽기도 하고 침묵할 줄도 아는 영리한 두뇌의 소유자라는 점이었다. 한마디로 테나르디에는 영락없는 모사꾼이었다.

싸구려 식당에 처음으로 들어오는 사람은 테나르디에의 처를 보고 이렇게 생각했다. '이 집의 진짜 주인이군.' 하지만 잘못 짚은 것이다. 그녀는 안주인조차 되지 못했다. 집주인도 안주인도 모두 남편이었다. 그녀가 일을 했다면, 그는 일을 만들어냈다. 그는 보이지는 않으나 늘 지속되는, 일종의 자력 같은 힘으로 모든 일을 지휘했다. 그는 말 한마디, 때론 눈짓 하나로 거인 같은 마누라를 복종시켰다. 소음과 살덩이로 이루어진 이 산더미 같은 여자는 가냘픈 폭군의 작은 손가락질 아래에서 움직이고 있었다.

두 인간의 됨됨이가 그러할진대 이들 사이에서 이중의 억눌림을 당하던 코제트는 맷돌에 으깨져 집게로 찢겨져나가는 살덩이 같았다. 남편과 아내의 방식은 각기 달랐다. 코제트가 매질을 당하면 아내의 짓이었고, 아이가 겨울 동안에 맨발로 다니면 남편의 짓이었다.

복종밖에 다른 대안이 없었던 가련한 아이는 말이 없어졌다.

어느날 여관에 여행객 네 명이 새롭게 도착했다.

코제트는 구슬픈 얼굴로 상념에 젖어 있었다. 비록 여덟 살밖에 안 되었지만, 너무 많은 고통을 당해왔던지라 아이는 생각 많은 노파의 침울한 형상을 하고 있었다. 게다가 테나르디에의 처가 휘두른 주먹질로 아이의 눈두덩은 검게 멍이 들어 있었다.

밤이 깊어 갑자기 들이닥친 여행객들의 방에 있는 단지와 물병에 곧장 물을 채워놓아야 했다. 하지만 코제트는 여인숙의 저수통에 물이 더 이상 남아있지 않다는 사실을 떠올렸다.

그때 테나르디에의 처가 길거리로 향한 현관문을 열어젖히면서 소리쳤다.

"물을 길어 와라!"

코제트는 고개를 숙인 채 벽난로 귀퉁이에 놓여있는 빈 물통을 가지러 갔다.

양동이가 아이보다 컸으니, 아이가 그 속에 들어가 편안히 앉아 있을 수도 있을 것 같았다.

아이는 물통을 손에 들고 열린 문 앞에서 머뭇댔다. 마치 누군가 자신을 구하러 오기를 기다리는 것 같았다.

"어서!" 테나르디에 마누라가 다시 소리쳤다.

코제트가 나갔다. 그 뒤로 문이 쿵 닫혔다.

아이는 달음박질로 마을을 벗어났고, 달음박질로 숲 속으로 들어갔고, 아무것도 쳐다보지 않았고, 아무것도 들으려 하지 않았다. 숨이 차 가끔 달음박질을 멈추기도 했지만 걸음은 멈추지 않았다. 혼이 나간 듯이 아이는 앞으로 내달렸다.

거대한 밤이 이 작은 아이 앞에 펼쳐져 있었다. 한쪽은 온통 어둠인데, 다른 한쪽은 세상의 티끌 같은 존재였다. 숲 언저리로부터 샘터까지는 칠팔 분 정도가 걸렸다. 아이는 나뭇가지나 가심 덤불들 속에서 무엇인가를 볼까 두려워 좌우도 살피지 않고 내달려 샘터에 도착했다.

코제트는 숨조차 돌리지 않았다. 칠흑같이 어두웠지만, 아이는 샘터에 자주 드나들어 이곳에 어느 정도 익숙했다. 어둠 속에서 왼쪽 손으로 샘터 쪽으로 기울어져 있는 어린 떡갈나무를 버팀목삼아 잡고 상체를 숙여 양동이를 우물에 집어넣었다. 격앙된 상태에서 아이의 힘은 세배나 커졌다. 아이는 가득 찬 물통을 들어 올려

풀밭 위에 놓았다.

그러고 나서야, 아이는 자신이 기진맥진해 있다는 것을 깨달았다. 당장 돌아가려 했으나 물을 길으면서 남은 힘을 다 써버려 한발자국도 내딛을 수가 없었다. 아이는 풀밭 위에 무너지듯 주저앉아 몸을 웅크렸다. 물을 긷느라 젖었던 두 손이 시려왔다. 다시 일어섰다. 공포감이 일시에 밀려왔다. 물리칠 수 없는 공포였다. 떠오르는 생각은 단 하나, 달아나자는 것이었다. 숲과 들판을 가로질러 집들과 창문들과 불 밝힌 촛불들이 있는 곳으로 전속력을 다해 달아나야 한다는 생각뿐이었다. 아이의 시선이 자신 앞에 놓인 물통 위로 떨어졌다. 테나르디에의 처가 아이에게 준 공포감은 감히 물통을 내팽개치고 달아날 엄두조차 낼 수 없게 했다. 아이는 두 손으로 물통의 손잡이를 잡고 가까스로 물통을 들어올렸다.

그렇게 열두 걸음을 옮겼지만, 물이 가득 차 있는 통은 도로 땅에 놓을 수밖에 없을 만큼 무거웠다. 아이는 숨을 한번 내쉰 다음 다시 물통을 들고 걷기 시작했다. 이번에는 조금 더 나아갈 수 있었다.

바로 그때, 아이는 물통이 더 이상 무겁지 않음을 느꼈다. 거대한 손 하나가 물통의 손잡이를 잡더니 힘차게 들어 올렸기 때문이었다. 아이는 고개를 들었다. 검게 솟은 커다란 형상이 어둠 속에서 아이와 걷고 있었다. 남자였다. 뒤에서 다가온 소리를 아이는 미처 듣지 못했다. 그 남자는 한마디 말도 없이 아이가 들고 가던 물통의 손잡이를 붙잡았던 것이다.

인생의 모든 만남에는 예감이라는 것이 있다.

아이는 두려워하지 않았다.

이윽고 남자가 아이에게 말을 걸었다. 무게가 느껴지는 나지막한 목소리였다.

"무거운 것을 들고 가는구나."

코제트가 고개를 들어 대답했다.

"네, 아저씨."

"이리 주렴, 들어다 주마."

코제트는 물통에서 손을 놓았다. 남자는 아이 곁에서 나란히 걷기 시작했다.

"무겁구나." 그가 거의 중얼거리듯 말하더니 다시 덧붙였다.

"아가야, 몇 살이니?"

"여덟 살이에요."

"어디에서부터 물통을 들고 오는 거냐?"

"숲속 샘터에서요."

"가는 곳도 머니?"

"여기서 십오 분은 걸려요."

남자가 잠시 묵묵히 있더니 불현듯 물었다.

"어머니가 안 계시는구나?"

"모르겠어요." 아이가 대답했다.

남자가 다시 말을 잇기 전에 아이가 덧붙였다.

"엄마가 없다고 생각해요. 다른 아이들은 있겠지요. 저에게는 없어요." 잠시 잠자코 있더니, 아이가 다시 말을 이었다. "저에게는 엄마가 한 번도 없었던 것 같아요."

남자가 걸음을 멈추었다. 그리고 물통을 땅에 내려놓고 상체를 기울여 아이의 두 어깨에 손을 올렸다. 어둠 속에서 아이의 얼굴을 자세히 살피려고 애쓰는 것 같았다.

"이름이 무어냐?" 남자가 물었다.

"코제트."

남자가 마치 전기에 감전된 듯 몸을 움찔했다. 그는 아이를 다시 바라보았다. 그리고 아이의 어깨에서 손을 거두고 물통을 다시 든 채 걷기 시작했다. 그들이 여인숙 가까이에 이르렀을 때, 코제트가 그의 팔을 수줍게 건드렸다.

"아저씨?"

"왜 그러니, 애야?"

"이제 집에 거의 다 왔어요. 지금부터는 제가 다시 물통을 들게요."

"왜지?"

"누가 물통을 대신 들어주는 걸 마님이 보면, 저를 때릴 거예요."

남자가 아이에게 물통을 돌려주었다. 잠시 후에 그들은 싸구려 식당의 문 앞에 도착했다.

다음날 아침, 날이 밝기 두 시간 전, 테나르디에는 식당에 딸린 낮은 천장의 방에서 촛불을 밝히고 탁상 앞에 앉아 있었다. 손에 펜을 들고 나그네의 계산서를 작성하고 있었던 것이다. 아내는 옆에서 윗몸을 절반쯤 구부린 채 남편이 써내려가는 것을 눈으로 따라가고 있었다.

"이십삼 프랑이나!" 아내가 약간의 머뭇거림이 섞인 흥분된 어조로 탄성을 질렀다.

남편이 차가운 웃음을 지으며 말했다.

"그 자는 이 돈을 지불할 거야."

그러고서 그가 방에서 나가려던 찰나 나그네가 들어왔다. 테나르디에는 즉시 그의 뒤쪽으로 가서 반쯤 열린 문 앞에 꼼짝도 않고 섰다.

나그네는 어떤 생각에 빠져있는 듯 건성으로 말을 했다.

"부인, 떠나려고 합니다."

"손님께선 몽페르메이에서 볼일이 없으신가요?"

"아니오, 지나가던 길일 뿐입니다. 부인, 얼마를 계산하면 됩니까?"

테나르디에의 아내가 접혀있던 계산서를 그에게 건넸다.

남자는 종이를 펴고 그것을 바라보았다. 하지만 그의 관심이 다른 데 있는 것이 분명했다.

"부인, 몽페르메이에서 사업은 잘 되는지요?"

"오, 손님, 요즘은 정말 힘이 들어요! 손님처럼 인심 후한 부자 여행객들이 이따금씩이라도 안 들르면 말이지요! 경비는 또 얼마나 많이 드는지 몰라요. 보세요, 저 계집아이한테 드는 비용만 해도 눈이 튀어나올 지경입니다."

"어떤 아이 말입니까?"

"그 계집아이, 손님께서도 보셨잖아요! 코제트! 마을 사람들은 종달새라고 부르지요."

"만약 누가 그 아이를 당신에게서 치워준다면?"

"누구요? 코제트 말인가요?"

"네."

싸구려 식당 여주인의 붉고 우악스러운 상판에 흉측한 화색이 감돌았다.

"아, 착하신 손님! 그 계집아이를 가져가세요, 돌려주지 마세요, 데리고 가세요, 설탕을 치세요, 송로를 곁들여 요리하세요, 마시세요, 잡수세요, 그리고 착하신 성녀와 천국의 모든 성인들의 축복을 받으세요!"

"잘 알겠습니다."

"정말? 아이를 데리고 가신다고요?"

"데리고 가지요."

"곧바로?"

"곧바로. 아이를 불러주세요."

그때 테나르디에가 방 한가운데로 나서면서 말했다.

"손님, 그런데 말입니다. 아이를 데리고 가려면… 천오백 프랑이 필요합니다."

이방인은 지체 없이 호주머니에서 낡은 지갑을 꺼내 열더니 은행 수표 석 장을 탁자 위에 올려놓았다. 그리고 그는 자신의 큼지막한 엄지손가락으로 그 수표들을 지그시 누른 채 싸구려 식당 주인에게 말했다.

"코제트를 이리 오라 하시오."

잠시 후에, 코제트가 천장 낮은 방으로 들어왔다.

날이 밝아올 무렵, 대문을 열고 나오던 몽페르메이 주민들은 남루하게 차려 입은 어떤 노인이 어린 소녀의 손을 잡고 파리 방향의 길로 가는 것을 보았다. 그들은 리브리 쪽으로 향하고 있었다. 나그네와 코제트였다.

코제트는 얌전히 걸었고 가끔씩 노인을 바라보았다. 아이는 자기가 선한 하나님 곁에 있다고 느꼈다.

장 발장은 죽지 않았다.

바다로 떨어질 때, 아니 그가 자신의 몸을 바다로 던질 때, 쇠고랑은 채워져 있지 않았다. 그가 선원을 구하겠다고 자청하자 간수가 쇠고랑을 잠시 풀어주었던 것이다. 물속에서 그는 정박해 있던 군함까지 헤엄쳐 갔다. 그는 군함에 연결되어 있는 구명보트 속에서 어두워질 때까지 숨어 있었다. 밤이 되자, 다시 물속으로 몸을 던져 그리 멀지 않은 브룅 곶까지 헤엄쳐 갔다. 그는 몰래 지니고 있던 돈으로 그곳에서 민간인의 옷가지들을 구할 수 있었다. 그러고 나서 장 발장은, 법과 사회적 불운을 떨쳐버리려고 애쓰는 모든 서글픈 도망자들처럼, 말 못할 우여곡절을 겪었다.

그는 그렇게 파리에 다다랐다. 그리고 아이를 만나려고 몽페르메이에 나타났던 것이다. 그는 다시 감옥으로 가기 전, 몽트뢰이-쉬르-메르의 시장으로 있으면서 모아두었던 거금을 자신만 알고 있는 숲 속에 은닉해두었었다. 그것이 그 동안의 여정과 앞으로의 여정에 필요한 밑천이 되었다.

　사람들은 그가 죽었다고 알고 있었고, 그 때문에 그는 더 짙은 어둠 속으로 몸을 숨길 수 있었다. 파리에서 그는 우연히 자신의 사망 사건을 알리는 신문을 읽게 되었는데, 정말 자신이 죽은 것처럼 평온에 가까운 안도감을 느꼈다.

　테나르디에 부부의 손아귀에서 코제트를 구해낸 장 발장은 바로 그날 저녁 파리로 돌아왔다.

4. 고르보의 누옥

나이 겨우 여덟 살인데 아이의 가슴은 벌써 차갑게 식어 있었다. 그것은 아이의 잘 못이 아니며, 아이에게 사랑할 능력이 부족해서도 아니었다. 애석하게도 사랑할 기 회가 없었기 때문이었다.

사십년 전, 한 고독한 산책자가 살페트리에르 근처의 한적한 곳을 기웃거리다가 이탈리 성문에 이르는 대로를 따라 올라가 보았다면 더 이상 파리라고 말하기 힘든 동네에 다다를 수 있었을 것이다. 그 렇다고 인적이 없는 곳도 아니었다. 그곳에도 집들과 길들이 있었다. 하지만 더 이상 도시라고는 말하긴 힘들었다. 거리에는 지방의 간선 도로처럼 바큇자국들이 깊이 파여 있었고 풀들이 자라나 있었다. 그렇다고 시골 동네라고 할 수 없는 것이, 집들이 너무 높았다. 그렇 다면 도대체 뭐란 말인가? 마을이지만 인적을 찾기 힘들고, 황량하 지만 누군가 살고 있는 그런 지역이었다. 옛날에 말을 사고팔고 장 터가 있던 마르셰-오-슈보[24] 지역이었다.

당시 그곳에는 누옥 한 채가 있었다. 언뜻 보면 오두막집처럼 작아보였지만 실제론 교회당처럼 큰 집이었다. 길가에서는 낡은 집의 옆모습, 즉 합각머리만 보였기 때문에 이층집이면서도 겉보기에는 매우 협소한 느낌이 들었던 것이다.

장 발장은 지금껏 그 누구도 사랑한 적이 없었다. 이십오 년 전부터 그는 세상에 혼자였다. 누군가의 아버지도, 연인도, 남편도, 친구도 아니었다. 도형장에서 그는 사악했고, 음울했고, 순결했고, 무지했고, 야수 같았다.

이 늙은 도형수의 가슴은 순결함으로 가득 차 있었다. 그의 누이와 누이의 아이들이 남겼던 추억들은 흐릿하고 까마득하여 결국은 거의 완전히 소멸되었다. 그는 그들을 찾으려고 모든 노력을 기울였지만 찾을 수 없었고 결국 그들을 잊었다. 인간의 본성이 본디 그렇듯이 젊은 시절 혹시 갖고 있었을 다정함도 심연 속으로 사라졌다.

코제트를 보았을 때, 그 아이를 구출하여 데리고 나왔을 때, 그는 자신의 마음 속 깊은 곳이 꿈틀대는 것을 느꼈다. 그의 내면에 잠들어 있던 열정과 다정함이 깨어나 몽땅 그 아이를 향했다.

그것은 그가 만난 두 번째의 무구한 출현이었다. 주교가 그의 지평에 미덕의 여명을 솟아오르게 했다면, 코제트는 거기에 사랑의 여명을 솟아오르게 했던 것이다.

코제트 또한 자신도 모르는 사이에 변모해 가고 있었다. 어머니

---

24) 마르셰 오 슈보Marché aux Cheavux : 마시장馬市場이란 뜻

와 헤어질 때는 너무나 어렸기 때문에 아이는 더 이상 그녀에 대한 기억이 없었다. 무엇이건 휘감아 버리는 어린 포도 넝쿨처럼 아이는 사랑을 주고 싶어 했다. 하지만 그럴 수 없었다. 테나르디에 부부와 그들의 아이들, 또한 다른 아이들, 모든 사람들은 그녀를 밀어냈다. 말하기조차 비통한 일이지만 나이 겨우 여덟 살인데 아이의 가슴은 벌써 차갑게 식어 있었다. 그것은 아이의 잘못이 아니며 아이에게 사랑할 능력이 부족해서도 아니었다. 애석하게도 사랑할 기회가 없었기 때문이다. 그래서 아이의 내면에서 느끼고 꿈꾸었던 그 모든 것들이 첫날부터 그 노인을 사랑하게 했다. 그녀는 지금까지 느껴본 적이 없는 것을 느꼈다. 바로 개화하는 느낌이었다.

여러 주가 흘렀다. 두 사람은 그 누추한 곳에서 행복한 삶을 보내고 있었다.

날이 밝으면 코제트가 웃고, 재잘대고, 노래했다. 아이들은 새들처럼 자기의 아침 노래를 지니곤 한다.

장 발장은 아이에게 글 읽는 법을 가르쳤다. 아이에게 철자를 익히게 하면서 가끔 그는 도형장에서 악해지겠다는 일념으로 글 읽는 법을 배웠던 시절을 떠올렸다. 그러한 일념이 이제는 한 아이에게 글을 깨우치게 해주겠다는 생각으로 바뀌었다.

코제트에게 읽기를 가르치고 놀게 해주는 것이 장 발장의 거의 모든 삶이었다. 또한 그는 아이에게 어머니에 대해 이야기해 주었고 기도를 드리게 했다. 아이는 그를 '아버지'라고 불렀다.

생-메다르 교회당 근처에 있는 폐쇄된 우물가에는 거지 하나가 웅크리고 있었는데, 장 발장은 그곳을 산책할 때마다 기꺼이 적선을 하곤 했다. 단 몇 푼이라도 그 거지에게 돈을 주지 않고 지나가는 경우는 없었다.

어느 날 저녁 그곳을 지나가던 장 발장은 거지가 여느 때처럼 같은 자리에 있는 것을 발견했다. 가로등에 막 불이 켜진 직후였다. 장 발장이 다가가서 여느 때처럼 그의 손에 몇 푼의 돈을 적선했다. 그때 거지가 불현듯 눈을 치켜들고 장 발장을 뚫어지게 쳐다보더니 도로 황급히 고개를 숙였다. 번개같이 빠른 동작이었다. 순간, 장 발장은 전율을 느꼈다. 어디서 본 듯한 소름 끼치는 모습을 보았기 때문이다.

그는 자신이 보았다고 생각한 것이 자베르의 얼굴이라는 사실을 감히 인정하기 어려웠다.

5. 어둠 속 사냥, 그리고 벙어리 사냥개 무리들

모든 극단적 상황들은 나름대로의 섬광이 있어서 그것이 우리의 눈을 멀게도 하고 우리의 길을 밝혀주기도 한다.

보름달이 휘영청 밝은 밤이었다. 아직 지평선에 가깝게 붙어있던 달로 인해 어둠과 빛의 긴 두 자락이 거리를 양분하고 있었다. 장 발장은 그늘진 쪽의 집들과 담벼락들을 따라 미끄러지듯 이동하면서 밝은 쪽을 살펴 볼 수 있었다. 하지만 어두운 쪽에는 자신의 눈 길이 제대로 미치지 못하고 있음을 생각하지 못했던 것 같다.

코제트는 아무것도 묻지 않고 그를 따라 걸어갔다.

장 발장 또한 코제트와 마찬가지로 자신이 어디로 가는지 몰랐다. 아이가 그에게 자신을 맡겼듯이 그는 신에게 자신을 맡겼다. 그 또한 자기보다 더 큰 누군가의 손을 붙들고 걸어가고 있다는 생각이 들었다. 자신을 이끄는 보이지 않는 존재가 느껴졌다. 더구나 그에게는 어떤 정해진 복안이나 계획도 없었다. 교회당 근처에서 만났던 자가 자베르였는지도 확실하지 않았다. 설령 자베르였다 해도 그가 장 발장을 못 알아보았을 수도 있다. 장 발장은 변장을 하지 않았던가? 사람들은 그가 죽었다고 믿고 있지 않은가? 하지만 며칠 전부터 수상한 일들이 일어났다. 그것들을 전부 허투루 볼 수는 없었다. 고르보의 낡은 집에 더 이상 머물러서는 안 된다는 생각이 들었다. 보금자리에서 쫓겨난 짐승처럼, 그는 다른 보금자리를 고대하며 은신처를 찾아다녔다.

그는 왼쪽을 바라보았다. 뻗어나간 골목길은 약 이백 보쯤 되는 지점에서 다른 큰길과 연결되고 있었다. 구원의 방향은 그쪽이 아니겠는가? 장 발장이 골목길의 끝에 이른 순간, 건너가려는 큰길의 모퉁이에서 목석처럼 꼼짝도 하지 않고 있는 무언가가 눈에 들어왔다. 길목을 가로막은 채 어떤 사내가 망을 보듯 기다리고 있었다. 장 발장은 뒷걸음질 쳤다.

어둠 속 그의 뒤쪽에서 멀찌감치 떨어져 어른거리는 그림자들은 누구일까. 자베르의 수하들이 분명했다. 장 발장이 골목 끝에 이르렀을 때 자베르는 골목길의 입구로 향하고 있었다. 아마 자베르는 그 좁은 구역의 미로들을 훤히 꿰차고 있어서, 수하 하나를 먼저 보내 큰길로 이어지는 출구를 감시토록 했을 것이다. 확실하다 생각되는 추측들이 장 발장의 머릿속을 소용돌이처럼 헤집었다. 앞으로 계속 간다면 파수꾼에게 걸려들게 될 것이다. 그렇다고 돌아서면 자베르의 손아귀 속으로 스스로 뛰어드는 꼴이 된다. 장 발장은 천천히 조여드는 그물에 갇혀 버린 느낌이었다. 그는 절망 속에서 하늘을 쳐다보았다.

모든 극단적 상황들은 나름대로의 섬광이 있어서, 그것이 우리의 눈을 멀게도 하고 또 우리의 길을 밝혀주기도 한다.

절망감에 빠진 장 발장의 눈길이 골목 끝에 있는 가로등 기둥과 마주쳤다.

그 시절 파리의 거리에는 가스등이 없었다. 어둠이 내려앉을 때면 거리를 따라 서있는 가로등들을 점등원點燈員이 밧줄을 이용해 직접 올리고 내리며 일일이 불을 켜야 했다. 그 밧줄의 얼레가 가로등 기둥에 붙어있는 철제 홈통 안에 들어 있었다.

장 발장은 골목 끝으로 달려가, 가지고 있던 칼끝으로 철제 홈통의 자물쇠 빗장을 열어젖혔다. 그리고 곧바로 코제트 곁으로 다시 돌아왔다. 그의 손에는 밧줄이 들려 있었다. 숙명과 드잡이하며 궁여지책을 찾아내는 사람들의 민첩함이었다.

그는 자신의 넥타이를 풀어 그것을 코제트의 겨드랑이 밑으로 돌려 감았다. 단호하고도 간결한 동작이었다. 그런 다음 뱃사람들이 제비매듭이라고 부르는 방식으로 넥타이 끝을 밧줄 끝에 묶었다. 그는 밧줄의 다른 한쪽 끝을 입에 물고 재빠르게 벽돌더미 위로 올라서 담장 귀퉁이 벽을 타고 기어올랐다. 삼십초도 지나지 않아 그의 무릎이 담장 위에 올려져 있었다.

코제트는 놀란 눈으로 입을 벌린 채 그를 바라볼 뿐이었다. 그리고 미처 앞뒤를 가늠해보기도 전에 아이는 담장 위로 들어 올려졌다.

장 발장은 등에 업힌 아이의 작은 두 손을 왼손으로 움켜잡고 있었다. 그리고 배를 깔고 엎드린 채 담장 위를 기어 벽면까지 갔다. 담장 끝과 맞닿은 지붕이 완만한 경사를 이루며 지상 쪽으로 기울어져 있었다. 장 발장은 코제트를 붙잡고 경사진 지붕을 따라 내려와 아찔한 높이에서 땅으로 뛰어내렸다.

그가 다다른 곳은 매우 넓고 이상스러운 풍광을 지닌 일종의 정원이었다. 겨울철이나 야간에만 바라보려고 만든 쓸쓸한 정원 같았다.

코제트는 몸을 떨며 그의 소매를 부여잡았다. 막다른 골목과 길구석구석을 뒤지는 순찰대의 요란한 소음, 돌에 개머리판 부딪히는 소리, 풀어놓은 밀정들을 부르는 자베르의 외침, 그리고 알아들을 수 없는 욕설들이 담 너머로 들려왔다.

불현듯 새로운 소음 하나가 일어났다. 먼저 들렸던 것들이 무시무시한 소리들이었다면, 이번 것은 이 세상의 것이 아닌, 형언할 수 없이 마음을 끄는 소리였다. 그것은 어둠 속에서 흘러나온 성가였다. 여인들의 목소리였지만 처녀들의 순결한 어조와 아이들의 순진한 어조가 동시에 버무려진 것 같았고, 갓 태어난 아이들의 귓가에 여전히 맴돌며 남아있거나 임종을 맞는 이들에게 들려오는 천상의 소리를 닮아 있었다.

그 목소리들이 노래하는 동안 장 발장의 머리엔 아무 생각도 떠오르지 않았다. 그의 눈에는 밤하늘이 아닌 푸른 하늘이 보였다. 우리 모든 인간의 내면에 지니고 있던 날개들이 스스로 펼쳐지는 느낌이었다.

그가 이런 꿈결 같은 감상에 빠져있는 동안 또 다른 기이한 소리가 얼마 전부터 들려오고 있었다. 그것은 방울을 흔들 때 나는 소리였다. 장 발장이 고개를 돌려 소리가 나는 쪽을 바라보았다. 정원에 한 남자가 있었다.

결심한 듯 그가 정원의 남자에게로 곧바로 걸어갔다. 그의 손에는 조끼 주머니에 넣어두었던 돈 꾸러미가 들려 있었다. 그 남자는 머리를 숙이고 있었기 때문에 그가 다가오는 것을 보지 못했다. 장 발장은 몇 걸음 만에 그의 앞에 당도해서 소리치듯 말을 걸었다.

"백 프랑!"

남자가 기겁을 하며 머리를 들었다.

"오늘 밤 쉴 곳을 제공해주면 백 프랑을 드리겠소!" 장 발장이 다시 말했다.

달빛이 장 발장의 창백한 얼굴을 환하게 비추었다.

"아니, 당신은, 마들렌 씨 아니십니까!" 그 남자가 말했다.

야심한 시간에, 이런 미지의 장소에서, 정체불명의 남자로부터 그 이름이 튀어나오자 장 발장은 흠칫 뒤로 물러섰다. 모든 돌발 사태를 각오하고 있던 그였지만, 이것은 정말 뜻밖의 사태였다. 그렇게 말한 자는 농부 행색에 몸이 굽었고 다리까지 저는 노인이었다. 그의 왼쪽 무릎은 가죽으로 감싸여 있었는데 큼지막한 방울이 거기에 매달려 있었다. 하지만 어둠에 가려 얼굴은 알아보기 힘들었다.

"누구시오?" 장 발장이 물었다.

"아 이런, 너무하시는군요." 노인이 목소리를 높였다. "저는 당신이 이곳으로 보낸 사람이고, 이 집은 당신이 저에게 마련해주신 일

터입죠. 저를 몰라보시다니요!"

"모르겠소이다. 어떻게 저를 알고 계신지요?"

"저의 목숨을 구해 주셨으니까요." 노인이 말했다.

그가 고개를 한쪽으로 돌리는 순간 달빛 속에 그의 얼굴이 선명하게 드러났다. 장 발장은 비로소 그가 포슐르방 영감이라는 것을 알아차렸다. 그는 긴장을 늦추지 않고 영감에게 이것저것 묻기 시작했다.

"무릎에 차고 있는 방울은 뭐지요?"

"이거요? 사람들이 저를 피하게 하려는 겁니다."

"피하게 하다니요!"

포슐르방 영감은 묘한 낯빛을 지으며 눈을 찡긋했다.

"아, 그렇답니다! 이 집에는 여자들밖에 없습니다. 특히 젊은 아가씨들이 많지요. 저와 마주치는 것이 위험하다고 여기는 모양입니다. 방울 소리는 그녀들에게 미리 경고하는 것입지요. 제가 나타나면, 모두 사라집니다."

"대체 이 집이 뭐 하는 곳인가요?"

"네, 이곳은 바로 프티-픽퓌스 수녀원이랍니다!"

장 발장에게 옛일들이 떠올랐다. 이 년 전 수레에서 떨어져 불구가 된 포슐르방 영감을 생-앙투안 구역의 수녀원 정원지기로 천거했었다. 그런데 이제 우연이, 다시 말해 신의 섭리가 그를 이곳으로 안내한 것이다.

장 발장은 노인에게 다가가 진지한 목소리로 말했다.

"제가 포슐르방 영감님의 목숨을 구해드렸지요? 전에 영감님을 위해 했던 일을 이번엔 영감님이 해 주십시오."

포슐르방은 아무 대답도 하지 않고 주름진 두 손으로 장 발장의 우람한 손을 덥석 잡았다. 그렇게 잠시 있던 그가 소리를 높여 말했다.

"오! 제가 조금이나마 은혜를 갚을 수 있다면, 이는 선한 신의 축복일 것입니다! 제가 당신의 목숨을 구할 수 있다니! 시장님, 이 늙은이를 마음대로 부려 주십시오!"

채 반 시간도 지나지 않아 코제트는 늙은 정원지기의 침대에서 잠들 수 있었다.

6. 프티-픽퓌스

모든 수녀들의 치아는 누런색을 띠고 있었다. 칫솔은 수녀원에 반입되지 않았다. 이를 닦는 일을 영혼의 파멸을 이끄는 치장 행위로 간주했기 때문이다.

마르탱 베르가 교단의 성聖 베르나르드 수녀회에 속해 있던 그 수녀원은 이미 오래전부터 픽퓌스 소로小路에 자리 잡고 있었다.

이 교단의 베르나르드-베네딕투스 수녀들은 일 년 내내 고기 없이 식사를 하고, 사순절 기간과 자신들이 정한 특별한 날에는 금식을 했다. 첫 번째 취침 후에는 다시 일어나 새벽 한 시부터 세 시까지 성무일과서聖務日課書를 읽고 새벽기도를 드렸으며, 잠은 계절에 관계없이 언제나 짚단 위에 무명천을 깔고 잤다. 목욕을 하지 않고, 난방용 불을 피우지 않으며, 금요일마다 자신을 다스리도록 채찍질을 했다. 침묵의 규율을 엄수하여 휴식시간 외에는 서로 말을 섞지 않았다. 휴식시간은 매우 짧았다. 순종, 가난, 정절, 그리고 칩거의 이행, 이런 것들이 규율에 따라 깊게 마음에 새긴 수녀들의 서원이었다.

모든 수녀들의 치아는 누런색을 띠고 있었다. 칫솔은 수녀원에 반입되지 않았다. 이를 닦는 일을 영혼의 파멸을 이끄는 치장 행위로 간주했기 때문이다.

수녀들은 절대 '나의'라는 표현을 사용하지 않았다. 그녀들에게 속한 소유물은 없었으며, 어떤 것에도 집착해서는 안 되었다. 때로 작은 시도서時禱書, 성유물, 축성받은 메달 등과 같은 작은 물품들에 애착을 갖기도 했지만 이 물품을 온전히 소유하고 싶어 한다는 사실을 깨달을 때는 지체 없이 그것을 기부해야 했다.

오직 원장수녀만 외부 사람들과의 소통할 수 있었다. 다른 수녀들은 가까운 친족들만 볼 수 있었으나 그런 기회도 매우 드물었다. 혹시 바깥 세계에서 알고 있었거나 사랑했던 사람이 수녀와 면회를 요청하려면 끈질긴 교섭이 필요했다. 면회를 요청한 사람이 여자일 경우에는 더러 받아들여지기도 했다. 면회가 허락된 수녀는 덧문을 통해서 이야기를 나눌 수 있었는데, 상대가 어머니나 자매일 경우에는 때로 덧문을 빼꼼히 열어주기도 했다. 하지만 면회자가 남자일 경우 면회는 예외 없이 거절되었다.

이상이 마르탱 베르가가 더 엄격하게 적용한 성자 브누아의 규율들이었다.

7. 표지는 사람들이 건네주는 것을 간직한다.

머물 수 없는 장소에 머무는 것, 그것이 구원이 될 수 있었다.

포슐르방이 표현한 대로, 장 발장은 그야말로 '하늘에서 떨어져' 이 수녀원 안에 들어와 있었다.

그는 폴롱소 거리의 모퉁이에 위치한 정원의 담을 넘어왔던 것이다. 그리고 그가 한밤중에 들었던 천사들의 성가는 새벽기도 드리는 수녀들의 노래 소리였다.

침대에 코제트를 재우고 나서, 장 발장과 포슐르방은 불이 활활 타는 장작불 앞에서 포도주 한 잔과 치즈 한 조각으로 늦은 저녁 요기를 했다. 그러고 나서, 가건물 안에 있는 유일한 침대 하나는 코제트가 차지하고 있었기에, 그들은 각자 짚단 위에 몸을 누였다. 잠을 청하기 전에 장 발장이 말했다.

"이제부터 여기에 머물러야 할 것 같습니다."

포슐르방의 머릿속에서 그 말이 밤새도록 종종걸음을 쳤다.

사실 두 사람 모두 잠들지 못했다.

자신이 발각되어 자베르가 뒤쫓고 있음을 느낀 장 발장은 코제트와 함께 파리로 돌아간다면 끝장이라는 것도 깨달았다. 새로운 돌풍이 그에게로 불어 닥쳐 그 수도원 경내에 이르게 되었으니, 그곳에 머물 도리밖에는 없었다. 그런데 이런 불행한 처지에 놓인 사람들에게 수도원은 가장 위험하지만 가장 안전한 장소이기도 했다. 가장 위험하다는 것은, 금남禁男의 구역이니 발각되면 현행범으로 수녀원에서 감옥으로 직행할 수밖에 없기 때문이다. 가장 안전한 것은, 만일 그곳에 받아들여져 지낼 수만 있다면 누구도 감히 그곳을 뒤지러 올 수 없기 때문이다. 머물지 못할 장소에 머무는 것, 그것이 구원이 될 수도 있었다.

수녀원에 자리를 잡은 이후 몽트뢰이-쉬르-메르에 대한 이야기를 더 이상 들을 수 없었던 포슐르방은 거기에서 일어난 일들에 대해서는 전혀 모르고 있었다. 마들렌 씨는 질문하려는 상대방의 의지를 꺾어버리는 특별한 분위기를 가지고 있었다. 그래서 포슐르방은 질문 대신 이렇게 중얼거리곤 했다. '성자에게는 질문을 하지 않는 법이야.'

그는 마들렌 씨를 지켜주기로 결심했다.

동이 틀 무렵, 갖가지 생각에 뒤척이던 포슐르방 영감이 눈을 떠보니 마들렌 씨가 짚단 위에 앉은 채 잠든 코제트를 바라보고 있었다. 포슐르방도 일어나 앉으며 말했다.

"이제 이곳에 계시니, 앞으로 어떻게 정착하시겠습니까?"

그 말은 지금의 처지를 요약하고 있었다. 장 발장은 자신의 상념에서 깨어났다.

두 늙은이들이 의논을 하기 시작했다.

얼마 후, 걸어가면서 방울 소리로 수녀들을 연신 놀라게 하던 포슐르방이 걸음을 멈추더니 문 하나를 조용히 두드렸다. 부드러운 목소리가 대답했다. "영원히, 영원히", 그 소리는 들어오라는 신호였다.

그 문은 정원지기가 업무가 있을 때 들리는 면접실 문이었다.

정원지기는 공손한 태도로 인사를 한 다음 작은 방의 문턱에 멈춰 섰다. 묵주알을 돌리고 있던 수녀원장이 고개를 들고 말했다.

"아! 포방 영감님이시군요."

그렇게 줄인 이름이 수녀원에서는 자주 쓰였다.

그 늙은이는 호감을 얻고 있는 이의 자신감으로, 촌스럽게 꽤나 길면서도 매우 심오한 장광설을 늘어놓았다. 그는 자신의 나이와 성치 못한 몸, 해마다 버거워지는 일거리, 정원의 광대함에 대해 길게 늘어놓더니 다음 이야기를 꺼내놓았다. 그에게 동생이 하나 있다는 것 (수녀원장은 흠칫하였다) 전혀 젊지 않는 동생이라는 것 (수녀원장이 두 번째로 흠칫하였지만 안도하는 기색이었다) 그리고 허락해 주신다면 그 동생이 자신과 함께 기거하며 일을 도울 수 있으며 본디 동생은 훌륭한 정원지기로 수녀회에 크게 도움을 줄 수 있을 것이고 자신보다 모든 일에 뛰어날 것이라는 이야기였다. 덧붙여 그는 자기 동생을 허락해 주지 않는다면 연로한 자기는 이제 몸이 쇠하여 소

143

임을 다하기 힘들며, 매우 애석하지만 수녀원을 떠날 수밖에 없다고 했다. 또한 동생에게 어린 딸이 있는데 허락하시다면 함께 올 것이며, 수녀원에서 신의 가호 아래 잘 자랄 것이고, 장차 누구도 알 수 없지만 수녀가 될 수도 있지 않겠냐고 말했다.

그가 말을 마치자 수녀원장은 돌리고 있던 묵주를 멈추더니 말을 꺼냈다.

"오늘 저녁까지 튼실한 쇠막대기를 하나 구할 수 있을까요?"

"무엇에 쓰실 건가요?"

"지렛대로 쓰려고 합니다. 오늘 아침 수녀 한 분이 세상을 뜨신 걸 알고 계신지요."

"모릅니다."

"돌아가신 분은 예수수난회 소속 수녀님이었습니다. 신의 축복을 받으신 복자編者이시지요. 돌아가신 분들의 유언은 마땅히 받들어야 합니다. 예배당의 제단 밑에 있는 지하실에 묻히는 것, 세속의 땅 속으로 들어가지 않는 것, 그녀가 살아서 기도했던 곳에 죽어서도 머무는 것, 바로 그것이 예수수난회 수녀님의 지고한 기원이었습니다. 그녀는 그것을 우리에게 부탁하셨고, 바로 말하자면 명령하셨습니다."

"하지만 그것은 금지된 일입니다!"

"인간에 의해 금지된 것이되 신이 요구하신 것입니다. 포방 영감님, 제식은 자정에 시작됩니다. 적어도 십오 분 전에는 모든 준비가 끝나 있어야 합니다."

"수녀원에 대한 충심을 증명하기 위해 저는 모든 것을 다할 것입니다. 제가 준비할 걸 요약하자면 이렇겠지요. 제가 관에 못질을 합니다. 정각 열한 시에 저는 예배당에 있을 겁니다. 지하실을 열고 관을 내립니다. 지하실 뚜껑을 다시 닫습니다. 그리고 모든 흔적을 지워 버립니다. 관할기관은 눈치 채지 못하겠지요. 수녀원장님, 이렇게 하면 되는 거지요?"

"아닙니다."

"그럼 또 다른 일이 있습니까?"

"포방 영감님, 사람들이 보게 될 관은 어떻게 처리하실 건가요?"

"밖으로 나가서 땅에다 묻어 버리지요."

"빈 채로?"

"빈 관에 흙을 채울 겁니다, 원장님. 시신이 들어있는 것처럼 보일 겁니다."

"옳습니다. 흙이란, 사실 인간과 같은 것이지요. 빈 관을 그렇게 처리해 주시겠습니까?"

"제가 책임지겠습니다."

그때까지 어둡고 수심에 차있던 수녀원장의 얼굴이 다시 평온을 찾았다. 그녀는 윗사람이 아랫사람에게 이제 물러가도 좋다고 할 때 보이는 손짓을 했다. 포슐르방은 문을 향해 걸어갔다. 그가 나갈 적에, 수녀원장의 부드러운 음성이 들렸다.

"포방 영감님, 당신을 대견하게 생각합니다. 내일 장례식 후에 당신의 동생 분을 데리고 오세요. 딸아이도 같이 오라 이르세요."

포슐르방이 가건물로 돌아왔을 때, 코제트는 깨어 있었다. 장 발장은 아이를 벽난로 옆에 앉혀 놓고 정원지기의 등에 지는 채롱을 가리키며 말했다.

"코제트야, 내 말을 잘 들으렴. 우리는 이 집에서 떠나야 한다. 하지만 다시 돌아와 여기서 걱정 없이 지내게 될 거야. 이곳에 계신 영감님께서 너를 채롱에 넣은 다음 등에 지고 나가실 거다. 너는 어느 부인 댁에서 기다리면 된다. 내가 찾으러 갈 거야. 테나르디에의 아내가 너를 다시 데리고 가는 걸 원치 않는다면, 잘 따라야한다. 그리고 아무 말도 해서는 안 된다!"

코제트는 심각한 표정으로 고개를 끄덕였다.

포슐르방이 가건물의 방문을 여는 소리에 장 발장이 고개를 돌렸다.

"어찌 되었나요?"

"모든 것이 해결되었으나, 아무것도 이루어진 것은 없습니다. 당신이 들어올 수 있도록 허락을 받아냈습니다만, 그 전에 먼저 선생을 이곳에서 내보내야 합니다. 그것이 가장 곤란한 문제입니다. 아이는 어렵지 않습니다만.

"아이를 데리고 나가주실 거지요?"

"아이가 조용히 있을까요?"

"다짐을 받았습니다." 장 발장이 대답했다.

포슐르방은 장 발장보다는 오히려 자신에게 이야기하듯 중얼거렸다.

"저를 괴롭히는 또 다른 일이 있습니다. 그 속에 흙을 집어넣겠다고 말했습니다. 사람 대신 흙을 넣으면, 달라 보일 텐데, 잘 안 될 텐데, 흙들이 흔들릴 텐데, 사람들이 눈치를 챌 겁니다. 아시겠어요, 마들렌 씨, 관청에서 알아차릴 겁니다."

장 발장은 그를 유심히 쳐다보았는데, 영감은 정신이 나간 사람 같았다.

이윽고 그는 장 발장에게 장례식에 참여하는 권한에 자기가 관계하고 있는데, 관에 못을 박고 묘지에서는 무덤구덩이를 파는 인부를 돕는다고 설명했다. 그리고 오늘 아침 죽은 수녀는 예배당의 제단 밑에 묻히기를 원했다고 덧붙였다. 그러한 일은 경찰 법규로 금지한 일인데, 그 죽은 수녀의 유언은 어떤 것도 거절할 수 없다고 했다. 수녀원장과 교단 선거권이 있는 수녀들이 고인의 소망을 들어주기로 동의했다고 했다. 포슐르방 자신이 독방에서 관에 못질을 하고 예배당의 돌을 들어 올려 지하실 속으로 시신을 내려 보낼 것이라고 했다. 이에 대한 답례로 수녀원장이 자신의 동생은 정원지기로 자신의 조카딸은 기숙학교 학생으로 받아들일 것을 허락했다고 했다. 자신의 동생은 마들렌 씨이고 자신의 조카딸은 코제트라는 설명도 덧붙였다. 다음날 저녁 가짜로 매장한 후에 동생을 데려오라고 수녀원장이 분부한 것도 전했다. 하지만 마들렌 씨가 바깥에 있지 않으면, 마들렌 씨를 바깥에서 데리고 올 수 없지 않냐고 했다. 그것이 바로 첫 번째 걸림돌이었다. 그리고 또 다른 걸림돌이 있었으니, 바로 빈 관이었다.

"그 속에 무엇이든 넣읍시다."

"시신을? 저에게는 그런 것이 없습니다."

"아닙니다."

"그럼 뭐지요?"

"산 사람 하나."

"살아있는 사람이요?"

"저입니다." 장 발장이 말했다.

포슐르방은 마치 의자 밑에서 폭죽이라도 터진 듯 벌떡 일어섰다.

"선생을!"

장 발장은 말을 이어갔다.

"사람들의 눈에 띄지 않고 이곳을 빠져 나갈 수 있는 방법입니다."

다음날, 해가 저물 무렵, 멘 대로를 드문드문 오가던 행인들은 해골과 넓적다리뼈, 그리고 눈물방울들로 장식된 낡은 영구차가 지나가는 것을 보고 모자를 벗었다. 영구차 안에는 흰 천으로 덮인 관 하나가 있었고 그 위에는 커다란 검은색 십자가가 놓여 있었다. 영구 행렬은 보지라르 묘지로 향하고 있었다.

포슐르방은 매우 흡족한 기색으로 영구 행렬의 맨 뒤를 절뚝대며 따라가고 있었다. 그가 벌인 두 개의 공모(하나는 수녀들과 공모한 것이고 또 다른 하나는 장 발장과 공모한 그것)가 모두 나란히 성공했기 때문이다. 그에게 남아 있는 일은 손쉬운 것이었다. 두 해 전부터 그는 묘지기 인부, 그러니까 볼이 통통하고 성격 좋은 메스티엔 영감과 말벗을 해주며 술을 먹여 얼큰하니 취하게 만들곤 했었다. 그는 메티엔 영감을 원하는 대로 손바닥 안에서 가지고 놀 수 있었다. 따라서 포슐르방의 심정은 더할 나위 없이 느긋했다.

이윽고 영구행렬이 철책 문 앞에 멈춰 섰다. 매장 허가서를 제시해야 했다. 장례식을 담당한 사람이 묘지 경비원과 무엇인가를 교섭했다. 교섭이 이루어지는 동안, 낯선 사람 하나가 영구 행렬 뒤로 오더니 포슐르방 옆에 슬그머니 섰다. 커다란 주머니들이 달린 작업복 상의를 입고 겨드랑이 밑에 곡괭이 하나를 끼고 있는 노동자 행색이었다.

포슐르방은 그 낯선 사람을 바라보며 물었다.

"누구신가?"

"묘지기 인부요!"

혹시 대포알을 가슴팍에 맞고도 살아남은 사람 있다면, 바로 포슐르방이 지은 얼굴 표정 같았을 것이다.

"묘지기 인부라고! 묘지기 인부는 메스티엔 영감인데…."

"전에는 그랬지요."

"무어라! 전에는 그랬다니?"

"세상을 하직했습니다."

관 속에 들어있는 자는 누구인가? 우리는 알고 있다. 장 발장이다. 장 발장은 그 안에서 간신히 숨을 쉬며 목숨을 부지하고 있었다. 그 관 속에 틀어박혀 그는 죽음에 맞서 자신이 펼치고 있는 무시무시한 드라마의 모든 과정들을 지켜보고 있었다.

둔탁한 바퀴 소리가 들리자 그는 운구차가 오스테리츠 다리를 건너가고 있다고 짐작했다. 그리고 운구차가 처음 멈췄을 때는 공동묘지 안으로 마차가 들어가고 있음을 알아차렸다. 두 번째로 멈췄을 때, 그는 중얼거렸다. "무덤 구덩이에 당도했군."

불현듯 관이 여러 손들에 잡혀 움직이는 것이 느껴졌다. 관 뚜껑에서 탁한 마찰음이 울렸다. 그는 사람들이 관을 구덩이 속으로 내려 보내기 위해 밧줄로 동여매고 있는 걸 느꼈다.

다음 순간, 일종의 현기증 같은 것이 일어났다.

아마도 묘지기 인부와 장의사 일꾼들이 관의 머리 쪽을 기울여 발이 있는 쪽보다 먼저 내려가도록 한 것 같았다. 그는 몸이 평평하게 놓여 움직이지 않자 안정감을 다시 찾았다. 땅 밑에 이른 것이다.

냉기가 엄습했다.

그는 생각을 이어갔다. '곧 끝날 거야. 조금만 더 참자. 신부神父가 곧 돌아가겠지. 삽질을 시작하기 전에 포슐르방이 메스티엔을 술집으로 끌고 갈 것이다. 나를 이렇게 내버려 두었다가, 포슐르방이 혼자 돌아오겠지. 그러면 여기서 나갈 수 있어. 기껏해야 한 시간이면 끝날 일이야.'

그 순간 난데없이 자신의 머리 위에서 벼락 떨어지는 소리가 들렸다.

관 위로 흙 한 삽이 떨어졌던 것이다.

흙 한 삽이 다시 떨어졌다.

숨을 쉴 수 있도록 해주던 구멍 하나가 막혀 버렸다.

세 번째 흙덩이에 이어 다시 네 번째 흙덩이가 떨어졌다.

가장 강한 사람도 견디지 못하는 것들이 있다. 장 발장은 그만 의식을 잃었다.

운구차가 멀어지고, 신부와 복사服事 아이도 마차를 타고 떠났다. 포슐르방은 묘지기 인부가 몸을 구부려 삽을 움켜잡는 것을 마치 실성한 듯 잠시도 눈을 떼지 않고 지켜보았다. 묘지기 인부가 삽질을 하는 동안 그의 상의 주머니가 벙긋 벌어졌다.

포슐르방의 초조한 시선이 기계적으로 그 호주머니 속에 이르러 멈췄다. 잠시 뜸을 들이던 그가 인부의 뒤로 살그머니 다가갔다. 그리고 묘지기 인부가 일을 하는 데 정신이 팔려있는 틈을 타서, 포슐르방은 뒤에서 호주머니에 손을 집어넣어 그 속에 들어있던 하얀색 물건을 꺼냈다.

묘지기 인부는 구덩이 속으로 네 번째 흙 삽을 밀어 넣고 있었다.

그가 다섯 번째로 삽질을 하려는 찰나, 포슐르방은 그를 태연하게 바라보며 말했다.

"이보게 신참, 증명서는 가지고 있나?"

인부가 일을 멈췄다.

"무슨 증명서 말이오?"

"묘지의 철책 문이 곧 닫히니 하는 말이오."

"그래서?"

"당신 증명서가 있냐 말이오?"

"아, 내 증명서!" 인부가 말했다. 그리고 그는 호주머니를 뒤졌다. "어라, 없네! 증명서가 없군, 깜빡 잊고 집에 놓아둔 것 같소."

"없으면, 벌금이 십오 프랑인데…" 포슐르방이 말했다.

인부의 낯빛이 금세 파래졌다.

"지금부터 오 분 안에 구덩이를 메우기는 힘들어. 빌어먹을 구덩이가 꽤 깊거든. 이러다간 철책 문이 닫히기 전에 나갈 수 없을 거야."

"그렇겠네요."

"그러면 벌금이 십오 프랑이지."

"십오 프랑."

"아직 시간은 있는데… 어디에 사나?"

"관문에서 금방입니다. 여기서 십오 분쯤 걸립니다. 보지라르 거리 87번지입니다."

"다리가 목덜미에 닿도록 달리면 나갈 시간은 있겠군."

"맞습니다."

"철책 문을 나선 다음 집으로 달리게. 그리고 증명서를 찾아 다시 돌아오도록 해. 문지기가 입구 문을 열어줄 게야. 증명서를 가지고 있다면 벌금을 물 필요가 없겠지. 그리고 시신을 계속 묻으면 되는 거야. 돌아올 동안 나는 시신이 도망치지 않도록 지키고 있을 테니."

"시골 양반, 생명의 은인이시오."

묘지기 인부는 감사한 마음에 경황없이 그의 손을 잡고 흔들었다. 그리고는 내달리기 시작했다.

인부가 잡목림 너머로 사라지자, 포슐르방은 구덩이 안으로 몸을 기울여 나지막이 소리쳤다.

"마들렌 씨!"

대답이 없었다.

포슐르방은 숨도 제대로 쉬지 못할 정도로 몸을 떨었다. 그는 벌벌 떠는 손으로 차가워진 끌과 망치를 간신히 잡고 관 뚜껑을 걷어냈다. 어스름한 빛 속에서 눈을 감고 있는 장 발장의 창백한 얼굴이 나타났다.

포슐르방의 머리카락이 곤두섰다. 그는 몸을 일으켰다가 다시 구덩이 벽에 힘없이 기대 주저앉았다. 그의 몸이 관 위로 엎어질 것 같았다. 그는 장 발장을 바라보았다.

장 발장은 창백한 낯빛으로 꼼짝 않고 누워 있었다. 포슐르방은 숨결보다 낮은 목소리로 중얼거렸다.

"숨을 거두신 게야!"

저 멀리 관목들 사이에서 날카롭게 삐걱거리는 소리가 들려왔다. 묘지의 철책 문이 닫히고 있었다.

포슐르방이 장 발장에게로 상체를 숙였다. 그리고 별안간 구덩이 속에서 튀어 오를 듯 뒤로 물러섰다. 장 발장이 눈을 떠 그를 바라보고 있었기 때문이다.

시신을 보는 것도 두려운 일이지만, 시신이 소생하는 것을 목격하는 것은 그에 못지않을 것이다. 포슐르방은 얼이 빠진 채 돌처럼 굳어 버렸다. 자신을 쳐다보고 있는 장 발장이 죽었는지 살았는지 알 수 없어 그렇게 바라보고만 있었다.

"잠이 들었던 모양입니다." 장 발장이 말했다. 그러더니 상체를 불쑥 일으켰다.

포슐르방은 무릎을 털썩 꿇었다.

"의롭고 선한 성모님! 무서워서 죽는 줄 알았습니다!"

장 발장은 기절했을 뿐이었다. 그리고 바깥 공기가 그를 다시 깨어나게 했다.

그는 관에서 나와 포슐르방이 관 두껑에 못질하는 것을 도왔다.

이제 포슐르방의 마음은 편안했다. 여유가 있었다. 묘지 문이 이미 닫혔으니 묘지기 인부가 돌아올 것을 걱정할 필요가 없었다. 그 '풋내기'는 집에서 증명서를 찾느라 부산을 떨었을 것이다. 하지만 그것이 포슐르방의 주머니 속에 들어 있으니 찾아낼 가망은 없었다. 증명서 없이, 묘지기 인부가 늦은 시각에 묘지로 되돌아 올 수는 없을 것이다.

포슐르방은 삽을 들었고 장 발장은 곡괭이를 들었다. 둘은 함께 빈 관을 매장했다.

한 시간 후, 캄캄한 밤을 뚫고 두 남자와 한 아이가 픽퓌스 소로의 62번지 앞에 나타났다.

포슐르방, 장 발장 그리고 코제트였다.

수녀원장이 묵주를 손에 든 채 문 앞에서 그들을 기다리고 있었다.

코제트는 상당히 빠르게 수녀원에 적응했다.

포슐르방 영감은 자신이 하는 일을 자랑스럽게 여겼으며, 정원 일까지 나누어 하니 수고도 많이 덜 수 있었다.

수녀들은 장 발장을 '다른 포방'이라고 불렀다.

돌이켜보면 장 발장이 수녀원에서 숨소리마저 죽인 채 틀어박혀 있었던 건 현명한 처사였다. 자베르가 한 달도 넘게 그 구역을 감시하고 있었기 때문이다.

수녀원은 장 발장에게 깊은 바다로 둘러싸인 하나의 섬 같았다. 그로서는 너무나 안온한 삶을 그곳에서 다시 시작할 수 있었다.

평온한 정원, 향기로운 꽃들, 고함치며 뛰노는 수녀원 학교의 아이들, 근엄하되 순박한 여인들, 고요한 회랑 등···. 그를 둘러싼 모든 것들이 천천히 그에게 스며들었고, 그의 영혼은 회랑 같은 고요함으로, 꽃들 같은 향기로움으로, 정원 같은 평화로움으로, 여인들 같은 순박함으로, 아이들 같은 즐거움으로 조금씩 되살아났다.

그의 가슴은 감사하는 마음으로 녹아내렸고, 그의 마음은 사랑으로 점점 커져 갔다.

그렇게 여러 해가 흘렀고, 코제트는 무럭무럭 크는 한 그루 나무처럼 성장했다.

제3부

마리우스

1. 파리를 이루는 지극히 작은 것

그의 부모는 그를 발로 툭 쳐서 삶의 구렁텅이로 집어넣었다.
그에게는 거처도, 방도, 난로도, 사랑도 없었으나 자유로웠기에 즐거웠다.

파리에는 아이가 하나가 있고 숲에는 새 한 마리가 있다. 새는 참
새로, 아이는 개구쟁이로 불린다.

파리와 유년! 도가니와 여명을 각각 내포하고 있는 이 두 개의 상
념들을 짝지어 부딪혀 보라. 그 두 개의 불꽃들로부터 하나의 작은
존재가 솟구칠 것이다.

그 작은 존재는 유쾌하다. 그는 매일 끼니조차 제대로 때우지 못
하지만, 마음이 내키면 매일 연극을 보러 간다. 몸에는 셔츠하나 제
대로 걸치지 못했고, 발에는 신발이 없고, 머리 위에는 뚜껑이 없다.
그의 나이 일곱 살에서 열세 살 사이, 떠거지로 살고, 거리를 쏘다니
고, 한데를 거처로 삼고, 아버지가 입을 법한 낡고 커다란 바지를 걸
치고, 또 다른 아버지가 쓸 법한 귀밑까지 내려오는 낡은 모자를 쓰

고, 가장자리가 노랗게 바랜 멜빵 한 가닥만을 걸친 채, 내닫고, 살피고, 구걸하고, 시간을 축내고, 검게 전 담뱃대를 빨아대고, 불량배처럼 욕을 하고, 선술집을 들락거리고, 도둑들과 사귀고, 아가씨들에게 수작을 걸고, 은어를 지껄이고, 음침한 노래들을 불러대지만, 그의 가슴속에 악한 것이라곤 전혀 없다. 요컨대 그의 영혼 속에는 순수라는 진주가 들어있다. 그리고 진주는 진흙 속에서도 썩지 않는다. 인간이 아이인 이상, 신은 그가 순수하기를 원하는 것이다.

누군가 그 거대한 도시에게 '저것이 무엇인가?'라고 묻는다면 도시는 대답할 것이다. 바로 나의 새끼라고.

파리의 개구쟁이는 거대한 여인이 낳은 난쟁이다.

이 책의 2부에서 이야기한 사건들이 일어난 지 약 팔구 년 후, 탕플 대로에서는 열한 살에서 열두 살 사이로 보이는 어린 소년 하나가 자주 눈에 띄었다. 그런데 입가로 떠오르는 나이에 걸맞은 웃음으로 보아, 어린 소년은 앞서 어름어름 묘사한 개구쟁이의 남다른 모습을 상당히 정확하게 구현하고 있었다. 아이는 어른 남자의 바지와 부인용 캐미솔을 우스꽝스럽게 차려입었는데, 바지는 아버지의 것이 아니었고 캐미솔은 어머니의 것이 아니었다. 누구인지 모를 사람들이 그를 측은히 여겨 넝마 쪼가리나마 입게 해 준 것이다. 그에게도 부모님이 계셨으나 아버지는 그가 안중에 없었고 어머니는 그를 사랑하지 않았다. 부모님이 계시되 결국 고아인 아이들 중에서도 가장 불쌍한 축의 아이였다.

그의 부모는 그를 발로 툭 쳐서 삶의 구렁텅이로 집어넣었다.

그에게는 거처도, 방도, 난로도, 사랑도 없었으나 자유로웠기에 즐거웠다.

하지만 그 아이가 비록 버려졌다 해도, 이삼 개월에 한 번씩은 불현듯 말하곤 했다. "참, 엄마 보러 가야지!" 그리고 그는 대로를 떠나서 강변으로 내려온 후 다리들을 지나 살페트리에르에 이르곤 했다. 어디로 가려는 거였을까? 독자들이 이미 알고 있는, 바로 고르보의 누옥에 가기 위해서였다.

장 발장이 떠난 후 누옥에 있는 여러 개의 방들을 나누어 세든 가난한 사람들 중에 소년의 가족도 있었다. 그 가족은 극도로 궁핍하다는 것 외에는 언뜻 별난 점이 없어 보였다. 가장은 방을 세내면서 자신의 이름을 종드레트라고 소개했다.

소년이 집에 돌아오면 만나는 것은 비참이었다. 더욱 서글픈 것은 식구들 사이에 미소가 전혀 없다는 점이었다. 아궁이도 차가웠지만 가슴속도 차가웠다.

우리는 그 아이가 탕플 대로에서 가브로슈라는 이름으로 불린다는 것을 미처 말하지 못했다.

누옥에서 종트레트 가족이 살고 있는 방은 복도 끝에 있었다. 그 옆의 독방에는 마리우스라고 하는 몹시 가난한 청년이 기거하고 있었다.

마리우스라고 하는 청년이 누구인지 이야기해 보자.

2. 상류 부르주아

그 기운찬 늙은이는 항상 쌩쌩했다. 그는 성미가 급했고 벌컥 화를 잘 냈다. 툭하면 폭풍이라도 만난 듯이 날뛰었는데, 대개는 사리에 어긋나는 일들이었다.

부슈라 거리, 노르망디 거리, 생-통주 거리에는 질노르망이라는 이름의 영감에 대한 추억을 간직한 채, 그에 대해 호의적으로 말하는 옛 주민들이 아직 몇 명이 살고 있었다.

질노르망 씨는 18세기 식의 빈틈없고 조금은 오만한 부르주아 계급의 전형적인 인물이었다. 후작들이 자신들의 신분에 걸맞은 풍채를 지니고 있듯이, 그는 사뭇 자랑스러운 부르주아의 풍채를 지닌 영감이었다. 그는 아흔한 살이 넘었건만 걸음걸이가 꼿꼿했고, 목소리는 우렁찼고, 눈까지 밝았으며, 술잔은 단숨에 비웠다. 게다가 서른두 개의 이빨들이 모두 건재했다. 쉽게 사랑에 빠져드는 기질이었으나, 십여 년 전부터는 여인들을 결정적으로 그리고 완전히 포기하였노라고 말했다. 그것은 자신이 더 이상 여인들의 환심을 살 수 없기 때문이라고 했다. 하지만 거기에 이런 말을 덧붙이지는 않았다. "나는 너무 늙었어." 대신 그는 이렇게 말했다. "나는 너무 가난해." 그리고 한마디 더 했다. "만약 파산만 하지 않았더라면… 허허!"

그 기운찬 늙은이는 항상 짱짱했다. 그는 성미가 급했고 벌컥 화를 잘 냈다. 툭하면 폭풍이라도 만난 듯이 날뛰었는데, 대개는 사리에 어긋나는 일들이었다. 누군가 반박이라도 할라치면 자신의 지팡이를 사정없이 치켜들곤 했다. 그에게는 나이 오십이 넘도록 결혼 안한 딸이 하나 있었는데, 화가 나면 심하게 두들겨 패기도 했다. 그에게 언제나 딸은 여덟 살 정도의 어린아이로밖에 보이지 않았다.

그의 외면적 특징과 내적인 만족감을 이루고 있는 것들 중 하나는 여전히 세상에 '정정한 연인'으로 남아있고, 또한 그러한 인물로 널리 인정받고 있다는 점이었다. 그는 이를 가리켜 '군주의 명망'이라고 불렀다. 그리고 군주의 명망은 이따금씩 그에게 야릇한 행운들을 가져다주기도 했다. 어느 날은 갓 태어난 실팍한 남자아이가 광주리 속에 담겨 그의 집에 전달되었다. 육 개월 전에 쫓겨났던 하녀가 그의 아이라고 주장하면서 말이다. 질노르망 씨가 여든넷 되던 때였다. 주위의 친지들은 어처구니없어 하며 아우성을 쳤다. 그 뻔뻔한 계집이 누구더러 믿으라고 그따위 소리를 하는 거야? 당돌한 계집 같으니라고! 그런데 정작 질노르망 씨는 전혀 화를 내지 않았다. 노인은 그러한 모략에 오히려 기분이 좋은 듯 배내옷을 바라보며 다정히 미소를 짓더니 모두에게 들으란 듯이 소리쳤다.

"그래, 뭐가 문제야? 무슨 큰일이라도 났나? 이런 일들은 흔해빠졌다고. 이 꼬마 신사는 내 자식이 아닌 게 분명해. 하지만 내가 이 아이를 맡아 돌볼 거야. 아이의 잘못이 아니니까."

그는 두 번 결혼을 했다. 첫 번째 아내로부터 얻은 딸은 노처녀로 늙어갔고 두 번째 아내로부터 얻은 딸은 서른 살쯤에 죽었는데, 사랑에 이끌려서였는지, 사고였는지, 아니면 다른 이유가 있었는지, 출세한 군인과 결혼을 했었다. 그 군인은 공화국共和國 군대와 제정帝政 군대에서 잇따라 복무했으며 아우스터리츠 전투에서는 훈장까지 받았고 워털루 전쟁 후에는 대령으로 진급했다. 하지만 이 늙은 부르주아는 딸에 대해 이렇게 말하곤 했다. "우리 가문의 수치야."

질노르망 씨의 두 딸들은 십 년 터울이었다. 어렸을 때부터 거의 닮은 구석이 없어서, 성격이나 용모에서 자매라고 할 수 있는 점을 찾아보기 어려웠다. 둘째는 자신이 꿈꾸던 남자와 결혼했으나 숨졌고, 언니는 결혼을 하지 않았다. 사람들은 노처녀인 그녀를 '질노르망 큰아가씨'라고 불렀다.

그녀는 아버지의 가정을 지키고 있었다. 한 늙은이와 노처녀인 딸이 함께 꾸려가는 살림이 드문 경우는 아니나, 서로에게 의지하는 두 여린 존재라는 점에서 항상 마음을 울리는 무언가가 있었다.

집에는 그 노처녀와 늙은이 외에 아이 하나가 더 있었다. 질노르망 씨 앞에서는 끽소리도 못하고 벌벌 떨기만 하는 어린 소년이었다. 질노르망 씨는 아이에게 늘 매서운 목소리로 말했고 어느 때엔 지팡이를 쳐들기도 했다. "어이! 꼬마신사 - 불한당, 망나니, 이리 오시게! - 대답해 보게, 이 한심한 놈아! - 내가 자네를 좀 봐야겠어,

이 건달 놈아!" 늙은이는 이런 식으로 주절대면서도 아이를 끔찍이
사랑했다.

3. 할아버지와 손자

어두운 혼란들만 존재했다고 믿었던 시대에 그는 미라보, 베르니오, 생-쥐스트, 로베스피에르, 카미유 데물랭, 당통 등이 별들처럼 반짝이고 나폴레옹이 태양처럼 떠오르는 것을 본 것이다.

질노르망 씨가 세르방도니 거리에 거주할 때에는 특별하고 매우 귀족적인 여러 살롱들에 모습을 드러내곤 했다. 질노르망 씨가 비록 부르주아 계급에 속했지만 그러한 사교계의 살롱은 늘 기지에 넘치는 그를 두 손 벌려 환영했다.

질노르망 씨는 나이 마흔이 넘은 노처녀 딸과 훈훈하게 잘 생긴 일곱 살짜리 소년을 늘 대동하고 살롱에 등장했다. 싱그러운 기운을 지닌 소년의 살결은 희고, 얼굴에는 홍조가 어려 있었고, 두 눈에는 숨길 수 없는 행복함과 자신감이 넘쳤다. 따라서 소년이 나타나면 사람들이 주위에 몰려들어 웅성거렸다. "귀엽기도 해라! 안타깝기도 하지! 가여운 아이!" 이 아이가 바로 앞에서 잠시 이야기한 그 어린아이였다. 사람들이 그를 '가여운 아이'라고 부른 까닭은 그의 아버지가 '루아르 지역의 불한당'[25]이었기 때문이다. 그 루아르 지역의 불한당은 바로 질노르망 씨가 '가문의 수치'라고 치부했던 사위였다.

여러 전투 회고록, 전기傳記, 〈세계신보〉[26], 대제국 군대의 보고서 등을 읽어본 사람이면 조르주 퐁메르시라는 인상 깊은 이름을 자주 발견할 수 있었을 것이다.

그는 대혁명 이후에 발발한 수많은 전쟁에 참가했다. 일개 병사일 때부터 스페이어, 보름스, 노이슈타트, 알제이, 마인츠 등지에서 싸웠으며, 혁혁한 공을 세웠고, 사지死地에서 끝까지 살아남았다. 그는 나폴레옹을 따라 엘바 섬에도 갔었다. 워털루 전쟁 때에는 뒤부아 여단에 속한 흉갑기병 중대를 지휘했다. 뤼네부르크 대대의 깃발을 빼앗은 것도 그였다. 그는 그 깃발을 황제의 발 아래로 던졌는데, 그때 그의 얼굴은 피로 덮여 있었다. 깃발을 뺏는 도중에 군도로 얼굴에 일격을 당했던 것이다. 황제가 만족해서 그에게 소리쳤다. "그대는 이제 대령이오, 남작이오, 레지옹 도뇌르 훈장의 수훈자요!" 퐁메르시가 대답했다. "폐하, 저의 미망인을 대신하여 감사드립니다." 그리고 한 시간 후, 그는 오앵의 협곡에서 쓰러졌다. 그렇다. 이 조르주 퐁메르시가 바로 르와르 지역의 불한당이었다.

---

25) 1815년 나폴레옹의 백일천하가 덧없이 끝난 후 루아르 강 주변으로 모여든 워털루 전쟁의 패잔병들을 일컫는다.

26) 〈세계신보Le Moniteur universel〉 : 대혁명 당시 프랑스의 정부 신문.

우리는 그에 대한 이야기를 이미 접한 적이 있다. 워털루 전쟁이 치러진 후 그는 우리가 기억하고 있는 오앵의 협곡에서 살아나 이동 야전병원에 실려 루아르 지역의 숙영지에 도착했다.

그는 복고왕조로부터 받은 몇 푼 안 되는 휴직급여로 베르농 지역에서 찾을 수 있는 가장 작은 집을 빌렸다. 그는 그곳에서 홀로 살았다. 제정 시절 계속되는 전쟁들 사이에 틈을 내어 그는 질노르망 아가씨와 결혼했다. 하지만 1815년, 모든 면에서 존경받을 만하고 보기 드물 만큼 고결했던 그 여인은 사내아이 하나를 남기고 세상을 떴다. 아이는 대령의 고독한 삶 속에서 만날 수 있는 유일한 기쁨이었다. 하지만 아이의 외조부가 손자를 강압적으로 요구했다. 만약에 아버지가 아이를 내놓지 않는다면 아이는 유산을 한 푼도 못 받을 것이라고 선언했다. 아버지는 자식의 앞날을 위하여 외조부의 요구에 굴복했다. 노인은 아버지로부터 앞으로 아이를 만나거나 말을 걸어서도 안 된다는 약조까지 받아냈다. 나폴레옹의 영원한 추종자이자 워털루 전쟁의 패잔병이었던 그는 질노르망 집안사람들에게 일종의 페스트 환자였다. 마리우스라고 하는 아이도 자기 아버지가 생존해 있다는 사실을 알고 자라났다. 하지만 그 사실 외에 더는 아는 게 없었다. 아무도 아이의 아버지에 대해서는 입도 벙긋하지 않았기 때문이다.

아이가 그렇게 외조부와 이모 밑에서 자라나는 동안 대령은 두세 달에 한 번씩 추방령을 어기는 전과자처럼 자신의 거처를 빠져나와 남몰래 파리로 왔다. 그리고 질노르망 이모가 마리우스를 데리고 미사에 참석하는 시간에 맞춰 생-쉴피스 성당 근처에서 망을 보았다. 아이의 이모가 자기 쪽을 바라보지 않을까 가슴 졸이며, 기둥 뒤에 몸을 숨긴 채, 꼼짝도 하지 않고 숨조차 제대로 쉬지 못하면서, 그는 아이를 바라보았다.

마리우스 퐁메르시가 질노르망 이모의 손길에서 벗어날 무렵, 할아버지는 그를 가장 순수하고 무해한 고전들을 가르치는 훌륭한 선생에게 맡겼다. 마리우스는 중등과정을 마친 다음 법과대학에 진학했다. 그는 왕당파였고 열렬하면서도 점잖았다. 그는 할아버지를 별로 좋아하지 않았다. 할아버지의 재치와 냉소적 태도 또한 거북스러워 했다.

그는 열렬하면서도 차갑고, 헌걸차고, 너그럽고, 신심 깊고, 열정적이고, 냉혹할 만큼 의연하고, 야만스러울 만큼 순수했다.

1827년, 마리우스의 나이 열일곱 살이 되던 해였다. 어느 날 저녁 그가 집에 돌아오니 할아버지가 손에 편지 한 장을 들고 있었다.

"마리우스, 네가 내일 베르농으로 가 보아야겠다."

"무슨 일인가요?"

"너의 아비를 보러 가는 거다."

마리우스는 움찔했다. 아버지를 만나게 되리라곤 한 번도 생각해 본 적이 없었기 때문이다. 그에게 있어서 이런 만남보다 뜻밖이고 놀라우며, 솔직히 말하자면 마뜩찮은 일도 없었다. 그는 아버지가 자기를 사랑하지 않았기 때문에 다른 사람들 손에 자기를 맡겼다고 생각했다.

"몸이 아픈 모양이다. 너를 보고 싶다는구나."

이튿날 황혼 무렵, 마리우스는 베르농에 도착했다. 그는 어느 행인에게 길을 물어 집을 찾아갔다.

그가 초인종을 울리자, 한 여인이 손에 작은 램프를 들고 문을 열었다.

"퐁메르시 씨 계신가요." 마리우스가 말했다.

여인은 머리를 끄덕였다.

"그분과 만나 이야기를 좀 나눌 수 있을까요?"

여인은 머리를 가로저었다.

"하지만 저는 그분의 아들입니다! 저를 기다리신다고 들었습니다."

"더 이상 기다리시지 않습니다." 여인은 말했다.

그제야 마리우스는 여인이 흐느끼고 있음을 알아차렸다.

그녀는 손가락으로 방 하나를 가리켰다. 그가 그곳으로 들어갔다.

벽난로 위에 놓여있는 유지油脂 양초 하나가 겨우 불을 밝히고 있는 방에는 세 사람이 있었다. 한 사람은 서 있었고, 다른 한 사람은 무릎을 꿇고 있었고, 또 다른 사람은 셔츠 바람으로 바닥에 길게 누워 있었다. 바닥에 누워 있는 사람이 대령이었다.

다른 두 사람은 의사와 기도를 드리는 사제였다.

대령은 사흘 전부터 뇌막염으로 시달렸다. 발병이 시작되고 전조가 좋지 않자, 그는 아들이 보고 싶다는 편지를 질노르망 씨에게 보냈다. 병세는 급하게 악화되었다. 마리우스가 베르농에 도착한 날 저녁, 대령은 정신착란 증세를 보였다. 그는 하녀의 만류에도 불구하고 침대에서 몸을 일으켜 소리쳤다.

"내 아들이 도착하지 않았구나! 마중을 나가야겠어!"

그는 방에서 뛰쳐나와 곁방으로 건너가다 땅바닥에 쓰러졌다. 그리고 숨을 거뒀다. 마리우스가 도착하기 바로 얼마 전이었다.

마리우스는 그 사내를 처음이자 마지막으로 바라보았다.

그가 느낀 슬픔은 죽어있는 그 어떤 사람 앞에서도 느꼈을 그런 것이었다.

대령은 아무것도 남기지 않았다. 집안의 가구들을 판 돈으로 장례비를 겨우 충당할 수 있었다. 하녀가 낡은 편지 한 장을 발견해 마리우스에게 건넸다. 거기에는 대령이 쓴 다음과 같은 내용이 들어 있었다.

> 내 아들을 위해. 황제는 워털루의 전쟁터에서 나에게 남작 작위를 하사하셨다. 내가 피를 바쳐 받은 이 작위를 복고왕조가 부인否認하는 바, 나의 아들이 그것을 계승할 것이다. 당연히 내 아들에게 그런 자격이 있다.

대령은 편지 뒷면에 다음과 같이 덧붙였다.

> 워털루 전장에서, 어느 부사관이 내 목숨을 구했다. 테나르디에라

는 이름의 사람이다. 마지막으로 들은 소식에 따르면, 그가 파리 근교에 위치한 셸인지 몽페르메인지 하는 곳에서 작은 여인숙을 하고 있는 것 같다. 만일 나의 아들이 테나르디에를 만나게 되면, 능력이 되는 대로 돕기 바란다.

마리우스는 유년시절의 종교적 습관을 간직하고 있었다. 어느 일요일 날 그는 미사에 참여하려고 어린 시절 고모가 데리고 다니던 예배당으로 갔다. 그런데 그날따라 유난히 몽상에 잠겨 있던 그가 '교구 위원 마뵈프 씨'라는 이름표가 등받이에 달린 의자에 앉아 무릎을 꿇게 되었다. 미사가 시작되자 노인 하나가 마리우스 앞에 나타나 말했다.

"신사 양반, 여긴 제 자리입니다."

마리우스가 서둘러 자리를 비켜주자 노인은 자기의 의자를 차지했다. 미사가 끝난 후, 노인이 다시 그의 곁으로 왔다.

"아까는 실례했소이다. 보시다시피 저는 제 자리를 아주 귀하게 여긴답니다. 왜냐하면 이 자리에 앉으면 두서너 달에 한 번씩 십년 동안 줄곧 자기 아이를 보러오던 어느 선량하고 가여운 아버지를 볼 수 있었기 때문이오. 가족의 사정으로 아이를 만나는 것이 금지되어서 다른 기회나 방법이 없었던 모양입니다. 자신의 아들이 다른 사람들과 미사에 참석하는 시간을 알고 때를 맞춰 왔던 거지요. 아이는 자기 아버지가 여기에 와 있다는 걸 짐작도 못했을 거예요. 아버지는 들키지 않으려고 기둥 뒤에 몸을 숨기곤 했지요. 그리고는 아들을 바라보며 울었습니다. 나도 그 불행한 사람의 사연을 조금 알게 되었지요. 아이한테는 부유한 이모와 외할아버지가 있었는데, 만약에 아비가 아이를 한 번만이라도 만나면 아이의 상속권을 뺏겠다고 위협을 했던 거지요. 그분은 아들이 장차 부유하고 행복하게 살 수 있도록 자신을 희생했던 거라오. 자식으로부터 그를 떼어놓은 것은 정치적 견해 때문이었소. 맙소사! 워털루 전쟁에 참여했다고 해서 괴물은 아니잖소. 그것 때문에 아버지를 아이로부터 떼어놓을 수는 없는 일이었소. 그분은 보나파르트 휘하의 대령이었고 베르농에 사셨지요. 이름이 퐁마리라든가 몽페르시라든가…"

"퐁메르시입니다." 마리우스가 얼굴이 하얘져서 대답했다.

"맞아요, 퐁메르시. 어찌 알고 계시오?"

"저의 아버지입니다." 마리우스가 말했다.

그 늙은 교구위원이 두 손을 맞잡고 소리쳤다.

"아! 당신이 그 아이라니! 그래, 맞아요, 지금쯤은 성년이 되었을 테지. 아! 가여운 아이, 당신을 그토록 사랑한 아버지가 계셨다는 걸 당신은 알아야 하오."

그날 이후로 마리우스는 학교 도서관에 가서 〈세계신보〉와 공화정 및 제정 시대의 모든 역사들과 『세인트헬레나의 회상록』[27], 갖가지 기록물들, 신문들, 선언문들을 닥치는 대로 읽었다. 아니, 그것들

---

27) 나폴레옹이 워털루 전투에서 패한 뒤 유배된 세인트헬레나 섬에서 쓴 회상록

을 걸신들린 듯 죄다 삼켜버렸다. 얼마 안 가서 마리우스는 그 희귀하고 고상하며 온화했던 사람, 자신의 아버지였던, 사자이며 동시에 어린양이기도 했던, 그 특이한 인물을 제대로 알게 되었다. 그는 아버지를 존경하게 되었고, 생각에도 커다란 변화가 일어났다. 그는 어두운 혼란들만 존재했다고 믿었던 그 시대에 미라보, 베르니오, 생-쥐스트, 로베스피에르, 카미유 데물랭, 당통 등이 별들처럼 반짝이고 나폴레옹이 태양처럼 떠오르는 것을 본 것이다. 그는 대혁명으로부터 민중의 위대한 모습이, 제정帝政28)으로부터 프랑스의 찬란한 광휘가 뻗어 나오는 것을 보았다. 그리고 그 모든 것이 얼마나 위대한 일이었는지를 마음속에 새겼다.

아버지의 복권復權에서 시작한 그의 탐구는 자연스럽게 나폴레옹의 복권에까지 이르렀다.

그리고 필연적인 결과이지만, 아버지에 대한 기억에 가까이 갈수록 그는 자기 할아버지로부터 점점 멀어졌다.

게다가 마리우스는 아버지에게로 향한 깊은 연민으로 인해, 자식 없는 아버지와 아버지 없는 아이를 만들어낸 장본인인 할아버지를 혐오하기에 이르렀다.

마리우스는 집을 떠났다.

이튿날 질노르망 씨가 딸에게 말했다.

"저 흡혈귀 같은 녀석에게 여섯 달마다 육십 피스톨29)을 보내주

---

28) 나폴레옹이 황제로 즉위하여 통치하던 1804년부터 1814년까지를 말함.
29) 피스톨Pistoles : 옛 금화의 단위.

되, 앞으로 내 앞에서 그 녀석 이야기는 절대 꺼내지 말아라."

마리우스는 어디로 간다는 말도 없이, 정처 없이 길을 나섰다. 수중에는 삼십 프랑과 회중시계 그리고 헌옷가지가 든 여행용 가방뿐이었다. 그는 지나가는 마차를 불러 타고는 목적 없이 라틴 구역으로 향했다.

4. 아베세(ABC) 친구들

마리우스는 정신精神들로 가득한 말벌집 속으로 떨어졌다. 비록 그곳에서 말을 가능한 한 아끼며 진중했지만, 그 역시 남들 못지않은 경쾌한 날개와 날카로운 침을 갖추고 있었다.

겉보기엔 평온해 보였지만 그 시절은 보이지 않는 혁명의 전율이 은은히 흐르고 있던 때였다. 그리고 사람들은 각자 자신의 몫만큼씩 전진하고 있었다. 그래서 왕정주의자는 자유주의자로, 자유주의자는 민주주의자로 변모해 갔다.

그 시절 프랑스엔 아직 독일의 투겐트분트[30]나 이탈리아의 카르보나리[31]와 같은 대규모 비밀조직들이 없었다. 하지만 여기저기서

---

30) 투겐트분트Tugendbund : '도덕 연맹'이라는 뜻으로 나폴레옹의 지배에서 벗어나 프러시아의 재건을 목표로 한 비밀 결사 단체.
31) 카르보나리Carbonari : 이탈리아어로 '숯 굽는 사람'이라는 뜻에서 유래. 그 명칭은 결사단원이 숯쟁이로 위장했기 때문이라고도 하고, 혹은 자신들이 숯쟁이와 같은 사회의 하층계급에 속하고 있음을 표명하는 것이라고도 한다.

잘 알려지지 않은 지하조직들이 가지를 뻗듯이 이어지고 있었다. 이러한 종류의 모임들 중 파리에는 '아베세 친구들'이라는 이름의 단체가 있었다.

아베세(ABC)는 곧 아베세abaissé[32], 즉 민중이었다.

아베세 친구들의 수는 많지 않았다. 그들 중 대부분은 노동자들과 친하게 지내는 학생들이었다. 다음의 주요 인물들은 어떤 면에서는 역사의 한 페이지에 기록될 수 있는 이름들이다. 앙졸라, 콩브페르, 장 프루베르, 푀이이, 쿠르페락, 바오렐, 레글르, 졸리, 그랑테르 등이 그들이다. 그 젊은이들은 마치 한 식구처럼 지낼 만큼 우정이 두터웠다.

마리우스는 라틴 구역에서 쿠르페락을 우연히 만나 친구가 되었다. 청춘들이란 쉽게 친해지고 상처 또한 쉽게 아무는 법이다. 마리우스는 쿠르페락과 어울리면서 자유를 호흡할 수 있었다. 이러한 자유는 그에게 새로운 시절을 열어 주었다. 쿠르페락은 그에게 아무것도 권유하지 않았다. 아예 그럴 생각도 없는 것 같았다. 그 나이에는 그의 모습이 모든 것을 즉각적으로 이야기해 준다. 말이 필요 없는 것이다. 바라보는 즉시 서로를 안다.

어느 날 쿠르페락은 마리우스를 카페 뮈쟁으로 안내했다. 그는 미소를 지으며 마리우스의 귀에 대고 속삭였다.

---

32) 프랑스어로 아베세abaissé는 억눌린 자라는 뜻

"자네를 혁명의 입구로 안내하겠네."

그러더니 아베세 친구들의 방으로 그를 안내했다. 그는 다른 동료들에게 나지막한 목소리로 마리우스를 소개했다.

"문하생이야."

마리우스는 정신精神들로 가득한 말벌집 속으로 떨어졌다. 비록 그곳에서 말을 가능한 한 아끼며 진중했지만, 그 역시 남들 못지않은 경쾌한 날개와 날카로운 침을 갖추고 있었다.

그가 카페 뮈쟁을 부지런히 들락거리던 어느 날 아침, 이모의 편지와 함께 육십 피스톨의 금화를 넣은 상자가 자취방으로 배달되었다.

마리우스는 그 돈을 이모에게 돌려보내며 이제 자신이 충분히 자립할 수 있다는 내용의 정중한 편지를 함께 보냈다. 하지만 그때 그의 수중에 남은 돈은 고작 삼 프랑뿐이었다.

5. 불행의 탁월함

가난이란, 거의 항상 계모이되, 가끔은 생모이기도 하다. 결핍은 영혼과 지성의 힘을 잉태시키기 때문이다.

마리우스의 생활은 가혹해졌다. 사람들이 '미친 암소 고기'라고 부르는 끔찍한 것까지 먹어치울 만큼 가난이 그를 엄습했다. 빵을 구하지 못하는 날들, 잘 수 없는 밤들, 촛불 없는 저녁들, 불기 없는 난로, 일거리 없는 평일들, 희망 없는 미래, 팔꿈치에 구멍 난 옷, 아가씨들의 웃음을 사는 낡은 모자, 건물 수위와 싸구려 식당 주인의 거드름, 방세를 내지 못해 저녁에 돌아와도 열리지 않는 문, 역겨움, 쓰라림, 쇠약의 날들이 그를 에워쌌다.

가난이란, 거의 항상 계모이되, 가끔은 생모이기도 하다. 결핍은 영혼과 지성의 힘을 잉태시키기 때문이다.

그러한 삶들을 감내하면서도 그는 변호사 자격을 취득했다. 마리우스의 나이가 스무 살이 될 무렵이었다. 그가 할아버지의 곁에서 떠나온 지도 삼 년이 되었다. 양쪽 모두 서로 다가가려고도 만나려고도 하지 않은 상태로 머물러 있었다. 하기야 서로 만난다 한들 무슨 소용이 있을까? 서로가 부딪히는 일밖에 더 있겠는가?

그가 할아버지를 떠났을 때는 어린아이였지만 지금은 성년이 되었다. 그는 그것을 느꼈다. 거듭 강조할 수 있는 것은, 비참했던 삶이 그에게 도움이 됐다는 점이다. 청춘에게 가난이란 모든 의지를 노력으로 그리고 모든 영혼을 열망으로 치닫도록 하는 장엄한 그 무엇이다.

가난한 청년은 빵을 얻기 위해 땀을 흘린다. 그는 먹는다. 끼니를 때우고 나면, 그에게 남는 것이라곤 몽상뿐이다. 그는 신이 건네주신 공짜 공연을 보러 간다. 그는 하늘과, 허공과, 별들과, 꽃들과, 아이들, 그리고 자신이 허덕이며 속해 있는 인간 세상, 자신도 그 속에서 반짝이고 있는 조물주의 세상을 지켜본다. 인간 세상을 아주 가만히 지켜보다가 그는 영혼을 발견하고, 조물주의 세상을 아주 오랫동안 지켜보다가 그는 신을 발견한다. 그는 고통받는 이기적인 인간에서 생각에 잠긴 연민의 인간으로 건너간다.

그는 불행한가? 아니다.

매일 아침 그는 다시 빵을 벌기 시작한다. 그의 손이 빵을 버는 동안, 그의 등골은 자긍심을 얻고 그의 뇌는 생각을 얻게 된다. 일이 끝나고 나면 그는 형언할 수 없는 황홀감과 관조와 즐거움의 시간 속으로 되돌아온다. 비탄 속에서 두 발로 포석과 가시밭을 걷고 어떤 때는 진흙탕 길을 걸어가도 그는 머리는 빛 속에 머무는 깨달음의 삶을 살았다.

이것이 그 동안 마리우스에게 일어난 일들이었다.

6. 두 별의 만남

눈 깜짝할 사이에 아이는 장미꽃처럼 아름다운 여인이 되어 있었다. 아이의 천진스런 우아함과 여인의 매혹적인 형태들이 가장 이상적으로 섞사귀는 그런 나이였다. 순식간에 지나가는 그 순정한 시절, 그냥 '열여섯'이란 한마디 말로밖엔 번역할 수 없는 그런 시기였다.

그 무렵 마리우스는 중간 키에 숱이 많은 검은 머리, 고결하고 이지적인 느낌의 이마, 열정적으로 열려있는 콧구멍, 진중하고 고즈넉한 분위기를 가진 청년이었다. 특히 그의 얼굴에는 해맑은 모습과 사유하는 모습이 동시에 풍겨 나왔다.

그가 가장 가난했던 시절 젊은 아가씨들이 자신을 쳐다볼 때면 죽고 싶은 마음이 들 정도로 처연해져서 달아나거나 몸을 숨기곤 했다. 아가씨들이 자신의 낡은 복장을 보고 비웃는다고 생각했기 때문이다. 하지만 실상은 그의 매력에 이끌려 바라본 것이었으며, 이런 매력이 그녀들을 꿈같은 상념에 잠기게 만들었던 것이다.

길을 걸어가던 그와 귀여운 아가씨들 사이의 오해는 그를 비사교적으로 만들었다. 그는 아가씨들 앞에서는 무조건 달아났던 지라, 어떤 아가씨와도 수작할 기회가 없었다. 그는 그렇게 대책 없이, 친구 쿠르페락의 표현을 빌자면, 바보처럼 살았다.

하지만 이 광막한 세상에서 마리우스가 피하지도 않고 경계하지도 않는 두 여자가 있었다. 하나는 그의 방 청소를 해주는 수염 난 노파였고 다른 하나는 그가 자주 만나면서도 눈여겨 본 적이 한 번도 없는 어린 소녀였다.

일 년 넘게 마리우스는 뤽상부르 공원의 한갓진 오솔길 끄트머리의 인적 드문 벤치에 한 사내가 어린 소녀와 나란히 앉아있는 것을 보았다. 남자는 육십여 세쯤 되어 보였다. 그의 모습은 진중하고도 구슬펐다. 마치 전쟁터에서 막 돌아온 군인처럼 건장하면서도 지친 모습이 엿보였다. 겉옷과 모자는 항상 새것 같았고, 퀘이커 교도 풍의 셔츠, 즉 올 굵은 직물로 지었지만 눈부시게 흰 셔츠에 검은색 넥타이를 매고 있었다. 그의 머리카락은 거의 백발에 가까웠다.

그와 동행하는 어린 소녀는 처음 보았을 무렵 열서너 살쯤 되어 보였는데, 민망할 정도로 야위었고 행동은 무던히 어색했다. 하지만 눈매만은 그나마 앞으로 예뻐 질 것 같은 모습을 하고 있었다. 게다가 그녀는 수녀원 기숙 학생의 고풍스러우면서도 아이 같은 옷차림을 하고 다녔다. 그녀들은 필경 부녀지간처럼 보였다.

남자와 소녀 사이에서 우러나오는 특이한 분위기는 자연스레 강의가 끝난 후 이따금씩 공원의 오솔길을 따라 산책하는 대여섯 명의 학생들의 관심을 불러일으켰다. 그 중에서도 소녀의 검은색 의상과 남자의 하얀 머리카락에 강한 인상을 받은 쿠르페락은 소녀를 '라누아르[34] 양', 그리고 늙은 남자를 '르블랑[35] 씨'라고 불렀다.

처음 일 년 동안 마리우스는 거의 날마다 같은 시간에 그들을 보았다. 남자는 어느 정도 끌리는 구석이 있었지만 소녀는 꽤나 무뚝뚝해 보였다.

두 번째 해에, 정확히 말해 지금 독자와 함께 다다른 이 이야기의 현재 시점에, 마리우스 자신도 어떤 이유에서인지 뤽상부르 공원에서 산책하는 습관을 중단했다. 그렇게 발길을 끊은 지 여섯 달이 지난 어느 날, 그는 불현듯 그곳에 다시 가게 되었다. 청명한 여름날 아침이었고 날씨가 맑을 때 누구나 그러하듯 마리우스의 가슴속에도 즐거움이 솟구치고 있었다.

그리고 '자신의 오솔길' 끝에서 그는 같은 벤치에 앉아 있는 두 사람을 다시 볼 수 있었다. 그가 가까이 다가갔을 때, 남자는 전과 다름없었지만 소녀는 더 이상 예전의 그녀가 아니었다. 눈 깜짝할 사이에 아이는 장미꽃처럼 아름다운 여인이 되어 있었다. 아이의 천진스런 우아함과 여인의 매혹적인 형태들이 가장 이상적으로 섞사귀는 그런 나이였다. 순식간에 지나가는 그 순정한 시절, 그냥 '열여섯'이란 한마디 말로밖엔 번역할 수 없는 그런 시기였다.

그녀는 성장했고 그렇게 가장 좋은 시절에 도달해 있었다. 4월이 오면 나무들이 제 몸을 꽃으로 뒤덮는 데 사흘이면 충분하듯이, 그

---

34) Lanoire (La noire) : '검은 여자'라는 의미.
35) Leblanc (Le blanc) : '하얀 남자'라는 의미.

녀가 자신을 아름다움으로 감싸기 위해서는 여섯 달이면 충분했다. 그녀의 4월이 도래한 것이다.

대기는 훈훈했으며 뤽상부르 공원에는 그늘과 태양빛이 뒤섞여 사방에 넘쳐흘렀다. 참새들은 마로니에의 울울한 가지들 속에서 짹 짹거렸다. 마리우스는 자연을 향해 자신의 영혼을 활짝 열어젖힌 채, 한껏 생명을 들이키면서 벤치 옆을 지나갔다. 소녀가 고개를 들어 그를 쳐다보았고, 두 눈길이 마주쳤다.

소녀의 시선 속에 무엇이 있었을까? 마리우스도 그 물음에 대답하지 못했을 것이다. 그 속에는 아무것도 없었으며 동시에 전부가 들어 있었다. 그것은 기이한 번갯불과도 같았다.

그녀는 다시 고개를 숙였고, 자신이 가던 길을 계속 걸어갔다.

마리우스가 날만 바뀌면 뤽상부르 공원을 찾아가는 동안 한 달이라는 시간이 꿈같이 흘러갔다. 그 무엇도 시간만 되면 공원으로 산책을 나가는 마리우스를 막을 수 없었다. 그는 신비로운 병에 걸린 듯 황홀했으며, 산책을 할 때마다 그 소녀가 자신을 바라보고 있다고 확신했다.

그러는 동안 마리우스는 뤽상부르 공원으로 그녀를 보러 가는 행복 위에 그녀의 귀갓길을 남몰래 따라가 보는 또 하나의 행복을 추가했다.

어느 날 저녁 집까지 따라간 마리우스는 그들이 대문 안으로 사라지자 용기를 내어 그곳의 수위에게 물었다.

"조금 전 들어가신 분들이 이 층에 삽니까?"

"아니오, 사 층에 삽니다."

"사시는 곳이 길 쪽인가요?"

"그럼요! 이 건물은 길 쪽으로만 창문이 있습니다."

"남자 분의 생업은 무엇인가요?"

"금리생활자이십니다. 참 좋으신 분이지요. 부자는 아니지만 가난한 사람들을 자주 도와주신답니다."

"그분의 성함은 어떻게 되는지요?" 마리우스가 다시 물었다.

수위가 고개를 쳐들어 그를 정면으로 바라보며 말했다.

"당신 짭새요?"

마리우스는 당황해서 황급히 자리를 떴지만, 한편으로는 입이 벙그러졌다. 그녀를 향한 마음에 조금의 진척이 있었기 때문이다.

이튿날, 르블랑 씨와 그의 딸은 뤽상부르 공원에 잠시밖에 머물지 않았다. 아직 대낮인데도 자리를 뜨는 그들을 마리우스는 익숙한 걸음걸이로 뒤쫓았다. 대문에 다다르자 르블랑 씨가 딸을 먼저 집으로 들여보내곤 고개를 돌려 마리우스를 뚫어지게 쳐다보았다.

그 다음날, 그들은 뤽상부르 공원에 오지 않았다. 마리우스는 하루 종일 헛되이 그들을 기다렸다.

날이 저문 뒤, 마리우스는 웨스트 거리에 있는 그들의 집으로 찾아갔다. 사층의 창문에서 불빛이 새어나오고 있었다. 그는 불빛이 사라질 때까지 창문 밑을 마냥 서성거렸다.

다음날에도 뤽상부르 공원에는 아무도 없었다. 마리우스는 진종일 그들을 기다리다 전날의 십자형 창문 밑으로 다시 보초를 서러 갔다. 그렇게 열 시까지 줄곧 망을 보았다. 저녁식사는 아예 잊었다. 마치 신열이 환자를 먹여 살리듯, 사랑만이 사랑에 빠진 자의 양식이 될 수 있는 것이다.

여드레가 지나도록 르블랑 씨와 그의 딸은 뤽상부르 공원에 나타나지 않았다. 마리우스의 머릿속에 온갖 비관적인 추측들이 지나갔다. 하지만 낮에는 감히 그 집 대문을 염탐할 깜냥을 가지지 못했다. 밤이 되면 찾아가 창문으로 새어나오는 불그레한 불빛을 바라보는 것으로 만족해야 했다. 가끔 그림자들이 어른거릴 때면 그의 가슴은 여지없이 두방망이질 쳤다.

그렇게 여드레째가 되는 밤, 그가 창문 아래로 도착했을 때 불빛이 보이지 않았다. 그는 기다렸다. 열 시까지, 자정까지, 한 시까지…. 하지만 4층의 창문에서는 더 이상 불빛이 보이지 않았고 건물로 들어가는 사람도 없었다. 그는 참담한 마음으로 돌아섰다.

이튿날 밤, 마리우스는 다시 그곳으로 찾아갔다. 이제는 4층 창문의 덧문까지 닫혀 있었다. 그는 급히 대문을 두드렸다. 그리고 문을 열어준 수위에게 물었다.

"4층의 신사 분은?"

"이사 갔습니다."

마리우스는 쓰러질 듯 비틀거리며 말을 이었다.

"그게 언제?"

"어제."

"지금은 어디에 사시는지요?"

"전혀 모르지요."

"새 주소를 남기지 않으셨나요?"

"아니오."

그런 뒤 수위가 얼굴을 들어 마리우스를 알아보았다.

"이런! 당신이군! 당신 정말 짭새 맞지?"

7. 추악한 빈민들

"내 이름은 종드레트가 아니야. 내 이름은 '테나르디에'라니까! 나는 몽페르메이의 여인숙 주인이야! 테나르디에라고! 이제 나를 알아보겠소?"

여름이 지나고 가을이 왔다. 그리고 겨울이 왔다. 르블랑 씨도 아가씨도 뤽상부르 공원에 다시 발을 들여놓지 않았다. 마리우스는 사랑스럽고 해사한 그녀의 얼굴 다시 보려는 생각 말고는 아무 생각도 없었다. 그는 그녀를 계속 찾았고 어디에서든 찾았지만 아무것도 찾지 못했다. 마리우스는 이제 열광적인 몽상가가 아니었다. 더이상 단호하고 열정적이며 굳은 의지의 사내도, 운명에 맞서고 미래에 대한 계획에 몰두해 있는 사람도, 여러 궁리들과 긍지와 생각들과 의지가 넘쳐나는 젊은이도 아니었다. 그는 마치 주인 없는 개와도 같았다. 깊은 슬픔에 빠져 일에도 싫증이 났고 산책을 하는 것도 피곤했다. 모든 것이 사라져버린 것만 같았다.

그해 겨울 어느 날, 마리우스는 생-자크 거리로 가기 위해 대로를 천천히 거슬러 올랐다. 그는 고개를 숙인 채 생각에 잠겨 있었다.

갑자기 그는 안개 속에서 누군가와 부딪쳤다는 느낌이 들었다. 그가 돌아보자 누더기를 걸친 여자아이 둘이 보였다. 두 아가씨는 숨을 헐떡이며 그를 스쳐 지나갔는데, 마치 도망치는 것처럼 보였다.

그녀들은 희끄무레한 빛이 막 사라진 어둠 속에 잠시 머물렀다가 곧 사라졌다. 마리우스는 계속해서 길을 가다가 발아래서 작은 회색빛 작은 꾸러미를 발견했다. 그는 몸을 숙여 그것을 집어 들었다. 편지가 들어있음 직한 봉투였다.

"그래, 그 불쌍한 아가씨들이 떨어뜨렸을지도 몰라!" 그가 말했다. 가던 길을 다시 돌아와 그녀들을 불렀지만 아무도 없었다. 그녀들이 이미 멀리 가버렸다고 생각한 마리우스는 작은 꾸러미를 주머니에 넣고 저녁식사를 하러 갔다.

밤이 되어 잠을 자려고 옷을 벗는데, 주머니 속에서 아까 길에서 주웠던 작은 꾸러미가 만져졌다. 마리우스는 까맣게 잊고 있던 그것을 열어보기로 했다. 그 아가씨들 것이라면 안에 주소가 있을지도 모른다고 생각했다.

꾸러미를 끌러보니 봉인되지 않은 봉투 안에 편지가 들어 있었다.

편지에는 주소가 적혀 있었다.

편지에서는 역겨운 담배 냄새가 났다.

몽베르네 백작 부인 前,
카세트 가街 9번지.

백작 부인께,

막내가 여덟 살 뿐이 안 된, 여섯 아이를 둔 집안의 불쌍한 여인이 있습니다. 저는 마지막으로 애를 낳고부터 병을 얻었는데, 남편에게도 5년 전에 버림을 받고 더욱이 끔찍한 가난 속에서 어느 곳도 의지할 데가 없습니다.

백작 부인께 희망을 품으며 깊은 존경심을 표하는 바입니다.

발리자르 부인.

생-자크-뒤-오-파 교회의 친절한 선생님 前,

친절한 선생님,

만일 당신이 제 딸과 동행하신다면 당신은 저희의 보잘것없고도 비참한 처지를 혜량하실 겁니다. 저는 이 사실을 당신에게 분명히 말할 수 있습니다.

이 글을 보시면 당신의 관대한 마음은 다정다감한 자비심으로 움직일 것입니다. 왜냐하면 진정한 철학자들은 항상 강렬한 감동 속에 있으니까 말입니다.

자비로운 선생님, 가장 고통스러운 결핍을 느끼면서도 얼마간의 위안을 얻기 위해, 우리의 비참함을 위로해주기를 고대하면서 자기 맘대로 굶주림으로 괴로워하다 죽지도 못한다는 듯이, 당국에 그런 사실을 확인받아야 하는 것이 얼마나 고통스러운 일인지 혜량하여주십시오. 어떤 사람들에게 인생은 너무나 불행하고 또 다른 사람들에게는 너무 흥청망청하거나 너무 안락합니다.

당신이 와주시거나 기부를 해주시기를 기다리겠습니다. 당신이 그렇게 해주신다면 더없는 기쁨이겠습니다. 정말 너그러우신 선생님, 아무쪼록 제 진심어린 마음을 혜량해주시기를 바랍니다.

감사드립니다.

연극배우, P. 파방투 배상

편지들을 읽고 나서 마리우스는 오히려 더 큰 혼란에 빠졌다. 보내는 사람은 다 제각각인데, 이상하게도 모두 필적이 같았고 맞춤법의 오류까지도 동일했다. 편지를 읽어 보아도 가로수 길에서 만난 두 처녀의 정체를 알아낼 수 없었다.

마리우스는 편지를 다시 봉투에 넣고 구석에 던져버린 다음 자리에 누웠다.

아침 일곱 시경, 그가 일어나 아침을 먹고 막 일을 시작하려는데 누군가 살그머니 문을 두드렸다.

"실례합니다…."

마리우스는 얼른 뒤를 돌아보니 한 아가씨가 보였다.

핏기 없이 야위고 허약해 보이는 여자아이였다. 몸이 얼어 덜덜 떨고 있었는데, 맨몸에 웃옷과 치마밖에 걸치고 있지 않았다. 가는 끈으로 허리띠를 대신하고 끈으로 머리를 질끈 묶었는데, 웃옷 밖으로는 뾰족한 어깨가 드러나 있었다. 창백한 낯빛에 핏기 없는 쇄골, 빨갛게 달아오른 두 손, 반쯤 벌어지고 색이 엷어진 입술, 빠진 치아, 생기 없이 거칠고 비굴해 보이는 눈…. 발육이 덜 된 여자아이의 체

형에 타락한 노파의 시선을 가지고 있었다. 열다섯 살에서 쉰까지 나이를 가늠할 수 없는 얼굴이었다.

마리우스는 일어나서, 마치 꿈결 속의 유령과도 같은 그 아이를 망연히 쳐다보았다. 마리우스가 전혀 모르는 얼굴 같지는 않았다. 그 얼굴을 어디선가 본 적이 있다고 생각했다.

"무슨 일이죠, 아가씨?" 하고 그가 물었다.

아가씨는 술에 취해 배를 젓는 노예의 목소리로 대답했다.

"당신 편지에요."

마리우스는 그 편지를 열어 보았다. 편지를 붙이는 풀이 아직 젖어있는 걸 알 수 있었다. 편지는 그리 멀리서 온 것이 아니었다. 그는 편지를 읽었다.

다정한 이웃 청년에게!

우리 네 식구가 빵 한 조각 없이 엿새째 지내고 있고 내 아내는 병중에 있다는 걸 내 큰딸이 당신께 말할 것입니다. 만일 제가 전혀 잘못 헤아리지 않았다면, 당신의 너그러운 마음이 이런 말을 듣고 저를 자비롭게 여겨 작은 호의라도 베풀어주실 마음이 당신께 자리 잡을 거라고 기대하는 바입니다.

자비로우신 은인에게 각별한 경의를 표합니다.

종드레트

추신 : 친애하는 마리우스 씨, 내 딸이 당신의 분부를 기다릴 것입

니다.

그 편지는 전날 밤부터 마리우스가 골몰해 있던 어두운 사건들을 촛불처럼 밝혀 주었다. 순간 모든 것이 명확해졌다.

이 편지는 다른 편지들과 같은 곳에서 온 것이다. 글씨와 문체, 철자가 같았고 종이에서 나는 담배냄새까지도 같았다. 우리가 이미 지적했듯이, 마리우스는 오랫동안 빈민굴에 살고 있으면서도 하층민들인 이웃 사람들을 자주 만나볼 수 없었고 그저 언뜻 보기만 했을 뿐이다. 그의 정신이 다른 데에 가 있었기 때문이다. 아마 몇 번은 복도나 계단에서 종드레트 집안 사람들과 마주쳤을 것이다. 하지만 그는 단지 그들의 그림자만을 보았을 뿐이다. 그들에게 거의 신경을 쓰지 않았기에, 전날 밤 큰길에서 종드레트의 딸들과 부딪쳤을 때도 누구인지 알 수 없었다. 이런 혐오와 연민 속에서 그는 조금 전 방에 들어온 그녀를 다른 곳에서 만난 적이 있다는 사실을 어렴풋이 기억해낼 수 있었다.

이제 모든 것이 분명해졌다. 마리우스는 이웃에 사는 종드레트가 자신의 궁핍을 이용해 자비로운 사람들의 동정을 구하려고, 가명을 써서 부유하고 자비심 많아 보이는 사람들에게 편지를 보내고 있다는 사실을 알게 되었다.

마리우스가 놀라고 비통한 시선을 자신에게 고정시키고 있는 동안에도 아가씨는 방 안을 유령처럼 왔다 갔다 했다.

그녀가 탁자로 오더니 "아, 책들이네요!" 하고 말했다.

그녀의 흐릿했던 눈에서 빛이 났다. 다시 활기를 찾은 그녀는 무언가를 자랑하고 싶어할 때의 행복감을 얼굴에 드러내며 말했다.

"나도 읽을 줄 알아요. 쓸 줄도 알지요!"

그녀는 펜을 잉크에 찍고 마리우스 쪽으로 돌아섰다.

"자, 보세요. 글자를 한번 써 볼게요."

그러더니 그가 대답할 틈도 주지 않고 탁자 가운데 놓인 백지 위에 글을 썼다.

경찰이야.

그리고는 펜을 내려놓았다.

"철자법도 정확하지요. 자, 보세요. 동생과 나, 우리는 교육을 받았어요. 옛날부터 이렇진 않았다구요. 전에는 우리도…"

여기서 갑자기 말을 멈춘 그녀가 흐린 눈으로 마리우스를 쳐다보더니, 불안에 억눌리고 냉소로 가득 찬 웃음을 토해냈다.

"쳇!"

마리우스가 가만히 뒤로 물러섰다.

"아가씨, 내가 편지 뭉치들을 가지고 있는데, 아마 당신 것 같군요. 그걸 돌려드리죠." 그가 차갑고 진지한 목소리로 말했다.

마리우스가 그녀에게 네 통의 편지를 건넸다.

그녀는 손뼉을 마주치며 소리쳤다.

"어머나! 나와 동생이 찾고 있던 거예요!"

그녀는 '생-자크-뒤-오-파 교회의 친절한 선생님께' 보낸 탄원의 편지를 펼쳐보았다.

"저런! 미사에서 만난 그 노인에게 보내는 편지에요. 벌써 시간이 되었네요. 그분에게 가져다주어야 해요. 그분이 아마 우리에게 먹을 것을 줄 거예요.

마리우스는 주머니를 샅샅이 뒤져 5프랑 16수를 찾아냈다. 지금 그가 가지고 있는 재산의 전부였다. 그는 16수를 자기가 갖고 5프랑을 소녀에게 주었다.

그녀가 어깨 드러난 셔츠를 추스르고는 깊이 허리를 굽혀 인사한 뒤 물러났다.

마리우스는 몽상과 열망에 사로잡힌 나머지 이때까지 이웃들에게 눈길 한 번 주지 않았던 걸 자책했다. 세상의 경계 밖에서 어둠 속을 헤매는 이 사람들과 단지 벽 하나를 사이하여 살고 있었다니! 매일, 매순간, 높은 벽 너머로 그들이 걷고 오가고 말하는 걸 들었지만 그는 전혀 귀를 기울이지 않던 것이다! 그들이 살아가며, 아니, 죽어가며 쏟아내는 신음소리를 그는 신경조차 쓰지 않았다!

이렇게 스스로를 자책하며, 그는 마치 연민에 가득 찬 시선이 벽을 통과해 그들의 불행한 삶을 덮혀주기라도 할 듯 종드레트 집안 사람들과 자신을 갈라놓은 벽을 바라보았다. 이제 보니 석고판으로 된 얇은 벽 너머로 말 하는 내용과 목소리까지 또렷하게 구별해낼 수 있었다. 마리우스는 이제껏 이런 사실을 전혀 의식하지 못한 채 몽상에 젖어 살아왔다. 마리우스 쪽이나 종드레트네 쪽이나 벽에는 벽지조차 발라져 있지 않았다. 그야말로 되는대로 지어놓은 건물이었다. 마리우스는 멍하니 칸막이벽을 바라보았다. 그가 갑자기 일어섰다. 천장 가까운 곳, 세 개의 널판장 사이로 세모꼴의 구멍이 눈에 띄었던 것이다. 서랍장 위로 올라서면 석고가 떨어져나간 틈 사이로 종드레트의 방을 들여다볼 수 있었다. 동정심 속에는 늘 호기심이란 게 깃들어있기 마련이다. 불행에 빠진 사람들을 도와주기 위해선 몰래 그 불행을 들여다보는 것도 나쁘지 않다. "저들이 누구인지 한번 보자. 대체 어떤 지경에 있는지." 마리우스는 생각했다.

그는 서랍장 위로 올라가 갈라진 틈 사이로 눈을 대고 바라보았다.

옆집의 고미다락방 문이 갑자기 열렸다. 큰딸이 입구에 나타났다. 발목까지 올라오는 진흙투성이의 커다란 남자 구두를 신고 있었다. 그녀는 들어와서 문을 닫았다. 그리고 가쁜 숨을 한번 몰아쉬고는 기쁨과 승리감에 차서 외쳤다.

"그분이 와요!"

아버지는 눈길을 돌렸고 그의 아내도 눈길을 돌렸다. 막내 동생은 꼼짝도 하지 않았다.

"누구 말이냐?" 아버지가 물었다.

"그 신사요!"

"박애주의자 말이냐?"

"그래요."

그 남자는 일어섰다. 그의 얼굴에서 꿍꿍이에 찬 표정이 떠올랐다.

"여보! 들었지. 박애주의자가 왔대. 불을 꺼." 그가 소리쳤다. 그는 다시 자기 딸에게 물었다. "지금 춥냐?"

"무척 추워요. 눈도 오고요."

아버지는 창가의 병석에 누워있는 막내 쪽으로 돌아서더니 벼락 같은 소리로 호통을 쳤다.

"냉큼 침대에서 내려오지 못해, 이 게으름뱅이야! 넌 도대체 하는 일이 뭐냐! 유리창을 하나 깨라!"

겁에 질린 아이가 조심조심 일어나더니 명령대로 냅다 유리창을 주먹으로 쳤다. 부서진 유리창이 큰 소리를 내며 떨어졌다.

아버지는 주위를 꼼꼼히 살피며 빠뜨린 게 없는지 확인했다.

"그래, 이제 박애주의자를 맞이하면 돼." 그가 말했다.

그 순간 누군가 문을 가볍게 두드렸다. 사내가 잽싸게 달려가 문을 열고더니 정중하게 인사하며 깊은 존경심을 표하는 미소를 지었다.

"들어오세요, 선생님! 어서 들어오세요. 저의 존경하는 은사님. 매력적인 아가씨도 어서 들어오세요."

중년 남자와 아가씨 하나가 고미다락방 입구에 나타났다.

마리우스는 아직 자기 자리를 떠나지 않고 있었다. 그 순간 그가 느낀 것은 인간의 말로는 표현할 수 없는 것이었다.

그녀였다! 사랑을 해본 사람이면 누구나 '그녀'라는 두 음절의 말에 담긴 환한 빛의 의미를 알 것이다.

정말 그녀였다. 갑자기 쏟아져 시야를 뿌옇게 가린 빛 사이로 마리우스는 겨우 그녀를 알아볼 수 있었다. 지난 육 개월 동안 그의 밤을 앗아갔던 소중한 그녀가, 그 검은 눈동자와 입술과 아름다운 얼굴이 다시 눈앞에 나타난 것이다!

그 모습이 이 어둠 속에, 이 지붕 밑 다락방에, 이 빈민굴에, 이 추악한 곳에 다시 나타난 것이다! 그녀는 여전히 그대로였고 단지 조금 창백해져 있었다. 섬세한 얼굴에 자줏빛 벨벳 모자를 쓰고 있었고 그녀의 몸은 검은색의 부드러운 천으로 된 외투 속에 감춰져 있었다.

그녀가 방 안으로 몇 걸음을 들어오더니 탁자 위에 제법 큰 꾸러미를 내려놓았다. 종드레트 집안의 장녀는 문 뒤에 서서 침울한 눈으로 그 벨벳 모자와 짧은 외투 그리고 매력적이고 행복해 보이는 얼굴을 쳐다보았다.

르블랑 씨는 선량하고도 우수에 찬 표정으로 종드레트 씨에게 다가가 말했다.

"이 짐 꾸러미 속에는 새 옷들과 양말 그리고 양모 담요가 들어 있습니다."

"천사 같은 은사님 덕분에 저희는 얼마나 기쁜지 모릅니다." 종드레트 씨가 땅바닥에 닿을 듯 고개를 숙이며 말했다. 그리고 두 손님이 볼품없는 방 안을 살펴보는 동안 재빨리 큰딸의 귀에 대고 낮은 목소리로 말했다. "거 봐, 내가 뭐랬어? 꾀죄죄한 옷들뿐이잖아! 돈은 없어. 다들 똑같은 놈들이라니까!"

하지만 아까부터 종드레트 씨는 이상한 눈빛으로 '박애주의자'를 쳐다보고 있었다. 주의 깊게 그를 살펴보며 뭔가 기억을 되살리려는 것 같았다. 그는 기력 없이 괴로운 표정으로 침대에 누워있는 자기 아내 곁으로 다가가더니 아주 낮은 소리로 급하게 말했다.

"이봐, 저 사람을 좀 보라고!"

그리고 르블랑 씨에게로 돌아서더니 말했다.

"선생님, 존경하옵는 선생님! 내일 무슨 일이 일어날지 아십니까? 2월 4일인 내일이 우리에겐 파멸의 날이 될지도 모릅니다. 집주인이 그날을 마지막 기한이라고 했거든요. 오늘 밤까지 집세를 지불하지 못하면 내일, 저와 저의 아내, 제 큰딸과 아이들 모두가 쫓겨나 길거리에, 비와 눈이 내리는 대로 한가운데, 집도 없이 내팽개쳐질 겁니다! 지금까지 사 분기 집세, 그러니까 일 년치 집세가 밀렸습니다! 모두 60프랑이지요."

"파바투 씨, 지금 제겐 5프랑밖에 없지만 제 딸을 집에 데려다주고 오늘 밤 다시 돌아오겠습니다. 돈을 내야하는 기일이 오늘 밤까지라고 하셨죠?"

종드레트 씨의 얼굴에 묘한 화색이 돌았다.

그는 힘차게 대답했다.

"예, 존경하는 선생님. 여덟 시까지 주인집에 갖다주어야 합니다."

"내가 여섯 시까지 이곳으로 오겠습니다. 당신에게 60프랑을 주지요."

"은인이십니다!" 종드레트 씨가 어쩔 줄 몰라 하며 소리쳤다. 그리고는 아주 낮은 소리로 아내를 보고 말했다. "저 사람을 잘 봐, 마누라!" "오! 저의 보호자시여, 위엄 있는 은인이시여, 눈물이 멈추지 않습니다! 부디 제가 당신을 마차까지 모셔다드리도록 해 주세요."

"밖으로 나가려면 내 외투를 입으십시오. 오늘은 무척이나 춥군요." 르블랑 씨가 다시 말했다.

종드레트 씨는 기다렸다는 듯 의자에 걸쳐 놓았던 노인의 갈색 프록코트를 냉큼 걸쳤다.

세 사람이 함께 나왔다. 종드레트 씨가 두 손님 앞에 섰다.

마리우스는 이 모든 광경을 하나도 빼놓지 않고 보았다. 하지만 사실은 아무것도 못 본 것이나 다름없었다. 그의 두 눈은 아가씨에게만 머물러 있었다. 이 더러운 오두막에 사는 야비한 인간들 사이에서 저토록 완벽한 여인을 볼 수 있다는 사실이 믿어지지 않았다. 마치 두꺼비들 가운데서 한 마리 벌새를 보고 있는 것만 같았다.

그녀가 나갔을 때 그의 머릿속에는 단 한 가지 생각밖에 떠오르지 않았다. 즉 그녀의 자취를 밟아야 하며, 어디에 사는지 알기 전까지는 그녀를 놓치지 말아야 하며, 그녀를 기적적으로 다시 만난 이상 절대 잃어버려서는 안 된다는 것이었다. 그는 서랍장에서 뛰어내려 모자를 집어 들었다.

복도에는 아무도 없었다. 그는 계단 쪽으로 뛰어갔다. 계단에도 아무도 없었다. 서둘러 계단을 내려가 큰길로 나가니 때마침 마차가 프티 방키에 거리 모퉁이를 돌아 파리 시내 쪽으로 가는 게 보였다.

마리우스는 낡은 집의 계단을 천천히 올라갔다. 방으로 돌아가려는 순간 복도 뒤쪽에서 종드레트의 맏딸이 자신을 따라오는 것을 보았다.

"당신이었소?" 마리우스가 쌀쌀맞게 물었다. "또 당신이군! 원하는 게 뭐지?"

그녀는 곰곰이 생각에 잠긴 듯 멍하니 있었다. 그녀는 더 이상 아침나절처럼 자신만만해 보이지 않았다.

"슬퍼 보이는군요, 마리우스 씨. 무슨 일이라도 있었나요?"

"아무 일도 없소."

"아니, 그렇지 않아요." 그녀가 말했다. "당신은 분명히 괴로워하고 있어요. 당신에게 비밀을 말해달라고 하진 않겠어요. 내게 말할 필요도 없고요. 하지만 내가 쓸모가 있을지도 모르죠. 편지를 전해주어야 하거나, 남의 집들을 방문한다거나, 이 집 저 집 물어보거나, 주소를 알아내야 할 때, 누군가를 따라가야 할 때, 내가 필요할 거예요."

마리우스의 머릿속에 한 가지 생각이 떠올랐다. 그는 소녀에게 다가갔다.

"이봐요…" 그가 말했다.

그녀는 기쁨으로 눈을 번뜩이며 그의 말을 가로막았다.

"오! 그래요, 말 놓으세요. 저는 그게 더 편해요."

"그래 좋아." 그가 다시 말을 이었다. "네가 그 노신사와 그분의 딸을 이곳에 끌어들였지…"

"그래요."

"그 사람들의 주소를 알고 있나?"

침울했던 종드레트의 눈이 기쁨으로 빛나다가 다시 어두워졌다.

"몰라요."

"주소를 찾아봐 줘."

"그럼 내게 뭘 주실 거죠?"

"뭐든 원하는 대로."

"알았어요. 그 아가씨의 주소를 알아봐 주죠."

그녀는 고개를 숙였다. 그리고 거친 동작으로 문을 닫고 나가버렸다.

마리우스는 다시 혼자가 되었다. 정신이 혼란스러워진 그는 의자에 몸을 던졌고 머리와 팔꿈치를 침대에 기댔다.

갑자기 뭔가에 얻어맞은 듯 그가 몽상에서 깨어났다.

종드레트 씨의 크고 거친 목소리가 들려왔다.

"확실해. 난 그 사람이 누군지 안다고."

종드레트가 누구에 대해 말하고 있는 걸까? 누구를 알아보았다는 거지? 르블랑 씨 말인가? 뭐라고! 종드레트가 그를 알고 있었다고? 그녀의 아버지에 대해?

그는 튀어 오르듯 서랍장 위로 올라가 칸막이벽의 작은 구멍 앞에 바짝 다가섰다.

"뭐라고, 정말이야? 확실해?"

"물론이지! 8년 전이지만 난 그를 알아보았다니까! 한눈에 알아봤지!"

종드레트가 갑자기 하던 말을 멈추고 딸들에게 말했다.

"너희들은 나가 있거라!"

딸들은 일어나 고분고분 아버지의 말을 따랐다.

딸들이 문을 나서려는 눈간 그가 큰딸의 팔을 붙잡더니 명령조로 말했다.

"둘 다 정확히 다섯 시에 돌아와야 한다. 너희들이 할 일이 있어."

아내와 단 둘이 된 종드레트는 아무 말 없이 방 안을 두세 바퀴 돌며 서성였다.

갑자기 종드레트가 자기 아내 쪽을 향하더니 팔짱을 끼고 큰 소리로 말했다.

"더 말해줄까? 그 아가씬 말이야…"

의심할 여지가 없었다. 분명히 그녀에 대해 이야기하고 있었다. 마리우스는 초조함으로 몸이 타들어가는 듯했다.

그러나 이번에 종드레트는 몸을 숙이고는 낮은 소리로 아내에게 뭐라고 속삭였다. 그리고는 다시 몸을 세워 확신에 찬 소리로 말했다.

"바로 그 아이야!"

"그럴 리가!" 그녀가 소리쳤다. "내 딸들을 동정하며 쳐다보던, 그 빌어먹게도 예쁜 아가씨가 그 거지새끼였다고요! 아! 어째 발길질로 그년의 배때기를 차 버리고 싶더라니!"

그녀가 침대에서 펄쩍 뛰어내렸고, 두 주먹을 불끈 쥐어 뒤로 젖힌 채 헝클어진 머리에 헤벌어진 입으로 콧구멍을 벌름거리면서 그렇게 한동안을 서 있었다. 그리고 그녀는 다시 더러운 침대에 털썩 주저앉았다.

잠시 침묵이 흐른 뒤 종드레트가 아내 옆으로 다가와 멈추었다. 여전히 그는 팔짱을 끼고 있었다.

　"잘 들어 보라구. 그 백만장자는 이제 내 손아귀에 있어. 다 된 밥이나 마찬가지야. 사람들도 준비해 놨어. 그가 오늘 밤 여섯 시에 온다고 했지! 바보 같은 놈이 60프랑을 들고 말이야! 옆방 녀석은 저녁을 먹으러 나갈 테고 할망구도 그릇을 씻으러 갈 시간이야! 그 시간에 건물 안에는 아무도 없을 거야. 아이들에게 망을 보도록 해야지. 당신도 우리를 도와야 해. 일은 순순히 진행될 거야."

　"만약 계획대로 안 되면?" 처가 물었다.

　종드레트가 섬뜩한 시늉을 하며 말했다.

　"우리가 끝내 버려야지."

　그러더니 그는 웃음을 터트렸다.

　"이제, 나가 봐야 해." 그가 말했다. "더 만나볼 사람들이 있거든. 무슨 일이 벌어지는지 한번 보라고."

　그가 양손을 바지 주머니에 넣고 잠시 생각하더니 소리쳤다.

　"놈이 나를 알아보지 못한 게 얼마나 다행인지! 만약 날 알아봤다면 다시 돌아오지 않을 거야. 그자는 우릴 피해 다녔어! 다 내 수염 덕분이야! 이 귀엽고 깜찍하고 낭만적인 턱수염 덕분에 말야." 그가 웃음을 터뜨렸다.

　잠시 뒤 그는 챙 달린 모자를 푹 눌러쓰고 밖으로 나갔다.

　마리우스의 성격은 단호하고 분명했다. 고독한 명상의 버릇이 마음 속 연민과 동정심을 키우고 화내는 습성은 억눌렀지만, 불의를 보고 분개하는 마음은 그대로였다. 두꺼비는 측은하게 여겨도 독사는 밟아 죽여 버리는 성격이었다. 한데, 그가 뚫어지게 바라보고 있던 그곳이 바로 독사들의 소굴이었다.

지금껏 들은 섬뜩한 말들을 통해 그는 한 가지 분명한 사실을 알 수 있었다. 음모가 꾸며지고 있다는 것이었다. 두 사람 모두에게 큰 위험이 닥칠 것이다. 그들을 구해야만 한다. 종드레트의 끔찍한 술책을 좌절시키고 그 거미줄을 끊어야만 한다.

그는 소리를 내지 않으려 애쓰며 최대한 조용히 서랍장에서 내려왔다. 마침 한 시를 알리는 종소리가 들렸다. 음모는 여섯 시에 이루어질 것이다. 마리우스에게는 다섯 시간이 남아 있었다. 그는 썩 괜찮은 옷에 목에는 머플러를 두른 채 모자를 쓰고, 맨발로 이끼 위를 걷듯이 소리 없이 밖으로 나왔다.

집을 나선 그는 일단 프티 방키에 거리를 택했다. 이어 포부르 생-마르소 거리 쪽으로 방향을 잡고 첫 번째 가게에서 경찰서가 어디에 있는지 물었다.

사람들이 그에게 퐁투와즈 거리 14번지라고 가르쳐주었다. 마리우스는 경찰서 2층으로 올라가 수사관을 찾았다. 사환이 그를 수사관 사무실로 안내했다. 키 큰 남자 하나가 철창 칸막이 뒤에서 난로에 몸을 기대고 세 겹 깃이 달린 넓은 외투의 늘어진 자락을 두 손으로 펴고 있었다.

"무슨 일이오?" 그가 마리우스에게 존칭도 붙이지 않고 말했다.

"아주 비밀스런 사건입니다."

"말해 보시오."

조용하면서도 거칠어 보이는 사내는 어쩐지 섬뜩하면서도 어쩐지 믿음을 주는 인물이었다. 마리우스는 그에게 자신이 겪은 일들을 이야기했다.

마리우스를 뚫어져라 쳐다보던 경감이 커다란 두 손을 외투 주머니에 넣더니 갑자기 강철로 만든 작은 권총 두 자루를 꺼냈다. 그리고 그것을 마리우스에게 주었다.

"이걸 가지고 당신 집으로 가시오. 그리고 침실에 몸을 숨기고 있으시오. 외출한 것처럼 보이도록 말이오. 권총은 각기 두 발씩 장전되어 있소. 아까 벽에 구멍이 나 있다고 말했지? 놈들이 올 것이오. 놈들을 잠시 그대로 놔두었다가 체포하기 알맞은 때라고 생각하면 허공에다 총을 한 발 쏘시오. 나머지는 내가 알아서 할 테니."

마리우스는 총을 주머니에 감추었다.

"자, 한시도 지체하지 마시오." 경감이 말했다.

마리우스가 문고리에 손을 얹고 나가려 할 때 경감이 그에게 소리쳤다.

"참, 그 사이에라도 내가 필요하면 이리로 달려오던지 사람을 보내시오. 자베르 경감을 찾으면 될 거요."

마리우스는 보폭을 크게 하여 50-52번지로 돌아왔다. 그가 왔을 때 아직 문은 열려 있었다. 그는 발끝으로 살금살금 계단을 올라 복도 벽에 붙어 자기 침실로 향했다. 그는 소리 내지 않고 들키지도 않은 채 침실에 들어가는 데 성공할 수 있었다. 잠시 후 뷔르공 할멈이 나가며 문을 닫는 소리가 들렸다.

마리우스는 침대에 앉았다. 다섯 시 반쯤 되었을 것이다. 이제 겨우 30분 정도밖에 남지 않았다. 가슴이 쿵쾅거리는 것이 느껴졌다.

종드레트의 빈민굴에서 불빛이 새어나오고 있었다. 마리우스는 조용히 신발을 벗어 침대 밑에 밀어 넣었다. 마리우스는 감시자의 자리로 다시 가야할 때가 왔다고 판단했다. 젊은이다운 민첩함으로 그는 어느새 칸막이벽의 구멍 앞에 서 있었다.

종드레트가 갑자기 목소리를 높였다.

"지금이야! 틀림없이 그는 마차를 타고 도착할 거야. 등불을 들고 내려가서 문 뒤에 잠자코 서 있어. 그리고 마차가 멈춰서는 소리가 들리면 곧장 문을 열어주어라. 그가 올라올 거야. 너는 계단과 복도에 등불을 비춰 주고 그가 방으로 들어오면 재빨리 아래로 다시 내려가 마부에게 돈을 줘서 마차를 돌려보내야 한다."

맏딸이 그의 말대로 아래로 내려갔다. 종드레트는 혼자 남았다.

마리우스는 오른쪽 주머니에 있던 권총을 꺼내들고 장전을 했다.

갑자기 종소리의 우울하고 아련한 진동이 유리창을 흔들었다. 생-메다르 교회에서 여섯 시를 알리는 종이 울렸다.

종드레트는 종이 울릴 때마다 매번 머리를 끄덕였다. 여섯 번째 종이 울리자 그는 양초를 손으로 껐다. 그리고 다시 의자로 돌아왔다. 그가 다시 자리에 앉자마자 문이 열렸다. 종드레트의 처가 문을 열었다. 고약해 보이는 얼굴에 애써 친절한 표정을 띠려는 그녀의 모습이 희미한 불빛과 함께 들어왔다.

"들어오세요. 선생님." 그녀가 말했다.

"들어오세요. 저의 은사님." 종드레트도 같은 말을 내뱉으며 황급히 일어났다.

르블랑 씨가 나타났다.

그의 평온한 표정은 매우 위엄이 있어 보였다. 그가 탁자에 4루이 금화를 올려놓았다.

"여기 당신의 집세와 얼마간의 생활비요. 그 다음은 두고 봅시다." 그가 말했다.

"자비로운 은사님, 신이 당신께 돈을 갚아주실 겁니다!" 종드레트가 말했다. 그러더니 자기 아내에게 빠르게 다가가서 말했다.

"마차를 돌려보내!"

자기 남편이 수없이 인사를 하고 르블랑 씨에게 의자를 권하는 사이에 그녀는 은근슬쩍 사라졌고, 잠시 후 돌아와서 남편의 귀에 대고 속삭였다.

"갔어요."

아침부터 쉬지 않고 눈이 와 쌓이는 바람에 밖에는 마차 오가는 소리조차 들리지 않았다.

르블랑 씨가 자리에 앉았다. 그는 비어있는 초라한 침대로 눈길을 돌렸다.

"몸을 다쳤다는 가엾은 아이는 어찌되었나요?" 그가 물었다.

"아픕니다. 아주 많이 아파요. 친절하신 선생님." 종드레트가 가슴이 아프면서도 감사하다는 표시를 하며 미소를 머금고 대답했다. "아이 큰언니가 부르브 병원으로 데려가 치료를 받게 했습니다. 아이들을 곧 보게 될 겁니다. 금방 돌아올 거예요."

"내가 보기에 종드레트 부인은 건강이 많이 나아지신 것 같군요." 르블랑 씨가 종드레트 아내의 괴상한 옷차림에 눈길을 주며 말했다. 르블랑 씨와 문 사이에 서서 출구를 지키고 있는 그녀는 이미 그와 한바탕 싸움이라도 할 태세였다.

"아내가 죽어가고 있어요." 종드레트가 말했다. "하지만 어쩌겠어요, 선생님. 그녀는 용감하답니다. 여자라기보다는 황소같지요. 아, 가엾은 아내와 나는 늘 사이가 좋았어요! 하긴, 사이마저 안 좋으면 어쩌겠습니까? 이제 우리에겐 남은 게 없는 걸요! 제가 붙들고 있는 그림 한 점밖에는 남은 게 없어요. 하지만 이젠 그거라도 팔 생각입니다. 살아야 하니까요! 어떻게든 살아야 하니까요!"

종드레트가 말하는 동안 마리우스의 눈에 막 방 안으로 들어온 한 사람이 침실 안쪽에 자리를 잡는 게 보였다. 어찌나 살며시 문을 열었는지 문 경첩이 돌아가는 소리조차 들리지 않을 정도였다. 그는 아무 말 없이 가장 가까운 침대 위에 팔짱을 끼고 앉아 있었다. 종드레트 뒤에 있어서 그는 어렴풋이밖에 보이지 않았다.

"저 분은 누구입니까?" 르블랑 씨가 말했다.

"그 사람이요?" 종드레트가 말했다. "이웃입니다. 신경 쓰지 마세요."

다시 작은 소리가 문에서 났다. 두 번째 남자가 막 들어와서 종드레트의 뒤쪽 침대에 앉으려 하고 있었다. 그는 첫 번째 사람과 마찬가지로 검은색 두건을 쓰고 있었다.

"신경 쓰지 마세요." 종드레트가 말했다. "일하는 사람들이니까요. 내가 값비싼 그림 하나밖에는 남아있지 않다고 말한 게 바로 이겁니다… 자, 선생님, 보세요."

그는 일어나 높은 벽으로 갔다. 벽 아래에는 화판이 있었다. 그는 화판을 벽에 기댄 채 뒤집어 보였다. 마리우스는 아무것도 분간할 수 없었다. 그림과 마리우스 사이에 종드레트가 서있었기 때문이다.

"무슨 그림이지요?" 르블랑 씨가 물었다. 종드레트가 외쳤다.

"거장의 작품입니다. 대상을 받은 그림이지요. 선생님! 제가 두 딸년들처럼 아끼는 그림이에요. 추억이 있는 그림이죠!"

종드레트가 신중하고 교활한 표정으로 자꾸 횡설수설 말을 이어가고 있는 동안 마리우스의 눈에 이제껏 보지 못했던 또 한 사내의 모습이 들어왔다. 방금 들어온 듯했는데 하도 조용히 들어와서 문이 열리는 소리자초 들리지 않았다. 사내는 문신을 한 맨팔을 드러낸 채 꼼짝 않고 있었는데, 온통 숯검정이 묻은 더러운 얼굴이었다.

종드레트는 르블랑 씨의 시선이 그 사람에게 향해 있다는 것을 알아차리고 말했다.

"이웃에 사는 친굽니다." 그가 말했다. "석탄 더미에서 일을 하는 터라 얼굴이 저렇게 더럽답니다. 난로공이거든요. 은인께서는 신경 쓰지 않으셔도 됩니다. 참, 말이 나온 김에 제 그림을 사 주십시오.

가난한 저에게 자비를 베풀어주세요. 비싸게 부르진 않을 겁니다. 그럼 가격을 얼마 정도로 보십니까?"

그러는 사이 문이 살짝 열리는 소리가 들렸고 또 한 사내가 들어와 조용히 종드레트의 아내 뒤쪽에 있는 침대에 앉았다. 그야말로 슬그머니 들어왔지만 르블랑 씨의 눈에 띄지 않을 수 없었다.

"그런데." 하고 르블랑 씨가 경계하듯 종드레트를 유심히 바라보며 말했다. "어느 술집 간판 같군요. 3프랑 정도 하겠네요."

종드레트는 부드럽게 대답했다.

"지갑은 가져오셨습니까? 천 에큐면 만족하겠습니다만."

르블랑 씨가 일어나 벽에 등을 기대고 침실 안을 빠른 시선으로 훑었다. 왼편 창문 쪽에는 종드레트가 있었고 그의 처와 다른 네 사람이 오른편 문 쪽에 있었다. 네 사람은 움직이지 않았고 그를 보는 것 같지도 않았다. 종드레트는 애처로운 말투로 이야기를 계속했다.

"은인께서 제 그림을 사주지 않으신다면, 이제 무일푼인 저는 강물에라도 뛰어들 수밖에 없습니다. 저희가 더 이상 어떻게 살겠습니까?"

이런 말을 하면서도 종드레트는 자신을 응시하는 르블랑 씨를 쳐다보지 않았다. 갑자기 그의 눈동자가 흉측한 빛으로 번뜩였다. 작은 키였지만, 일어선 그의 모습은 공포감을 불러일으키기에 충분했다. 그는 르블랑 씨에게로 한 발짝 다가왔다. 그리고 갑자기 쩌렁쩌렁한 목소리로 소리쳤다.

"하지만 그런 건 다 문제가 아니지! 나를 알아보겠소?"

이때 갑자기 빈민굴 집의 문이 열렸다. 그리고 푸른색 천으로 만든 헐렁한 옷을 입고, 검은 종이 가면을 쓴 세 남자가 나타났다. 첫 번째 사내는 비쩍 말랐고, 쇠를 이어붙인 긴 몽둥이를 들고 있었다. 두 번째 사내는 거인처럼 컸는데, 황소도 때려잡을 만한 커다란 도끼를 들고 있었다. 작지만 다부져 보이는 세 번째 사내는 어디서 훔쳤는지 감옥에서나 쓰는 커다란 열쇠꾸러미를 쥐고 있었다.

르블랑 씨의 얼굴이 순식간에 창백해졌다. 이제야 이곳 빈민굴에서 무슨 일이 일어나고 있는지 알아차린 듯했다. 그는 자기를 둘러싼 사람들을 주의 깊게 그리고 놀랍다는 듯 하나하나 천천히 둘러보았다. 하지만 이런 그의 태도에는 전혀 두려운 기색이 없었다. 그는 탁자를 임시 방어막으로 삼고 있었다. 방금 전까지만 해도 사람 좋은 노신사였던 이 남자가 갑자기 운동선수처럼 변해 버렸다. 강건한 주먹을 의자 등받이 위에 올려놓고 있는 그의 모습은 놀랍도록 위협적이었다.

아까부터 마리우스는 이제 자신이 나서야 할 때라고 생각하고 있었다. 그는 오른쪽 손을 천정 쪽으로 들어 올려 총의 방아쇠를 당길 채비를 하였다.

종드레트는 다시 르블랑 씨에게로 돌아서서 속을 알 수 없는 음험하고 소름끼치는 웃음을 지으며 질문을 계속했다.

"나를 모르겠다는 말인가?"

르블랑 씨가 그를 정면으로 보며 대답했다.

"모르오."

종드레트는 탁자까지 다가왔다. 그는 양초 위로 몸을 기울이더니 팔짱을 낀 채 자신의 각지고 사나워 보이는 턱을 르블랑 씨의 얼굴에 들이댔다. 그가 물어뜯으려는 야수의 몸짓으로 소리쳤다.

"내 이름은 종드레트가 아니야. 내 이름은 테나르디에야! 몽페르메이의 여인숙 주인, 테나르디에! 이제 날 알아보겠나?"

르블랑 씨의 얼굴에 알 듯 모를 듯한 홍조가 스쳤다. 그는 떨림 없는 목소리로 대답했다.

"그래도 모르겠소."

마리우스는 그 대답을 듣지 못했다. 그 순간 어둠 속에서 그는 얼이 빠지고 혼이 나가 있었다. 종드레트는 분명 이렇게 말했다. "내 이름은 테나르디에야!" 마리우스의 사지가 떨려왔고, 마치 심장에 차가운 비수라도 꽂힌 듯 벽에 기대고 말았다. 신호를 보낼 준비를 하고 있던 그의 오른쪽 팔이 천천히 아래로 내려갔다. 르블랑 씨가 기억하지 못한 '테나르디에'라는 그 이름을 마리우스는 알고 있었다. 그가 마음에 새겨놓은 그 이름은 아버지의 유언장에도 쓰여 있었다! 마리우스는 그 이름을 자신의 머리 깊숙한 곳에, 그의 신성한 장부 안에 새겨두고 있었다.

"테나르디에 라는 사람이 내 생명을 구해주었다. 내 아들이 그를 만나면 그에게 할 수 있는 모든 선행을 베풀어주어야 할 것이다."

아! 여기 그 테나르디에가 있다니! 자기 아버지의 은인이 악당이었다니! 마리우스가 은혜를 갚으려 했던 남자가 저토록 끔찍한 인간이었다니!

그의 몸이 떨려왔다. 모든 것이 그의 손에 달려 있었다. 만일 방아쇠를 당긴다면 르블랑 씨는 구출되고 테나르디에는 죽을 것이다. 만일 방아쇠를 당기지 않는다면 르블랑 씨가 희생당할 것이다. 어떻게 해야 하나? 둘 중 어느 것을 선택해야 할까?

하지만 이제부터 우리가 더 이상 다른 이름으로 부르지 못하게 될 테나르디에는 식탁 앞을 이리저리 서성이고 있었다.

"아! 마침내 당신을 다시 만났군! 박애주의자 선생! 몰락한 백만장자 양반! 그런데, 나를 알아보지 못하다니! 하지만 당신 낯짝을 보는 순간 난 곧바로 알아보았어. 8년 전 1823년 크리스마스 밤, 몽페르메이의 우리 여관에 왔던 바로 그 사람 아닌가! 팡틴의 종달새를 내 집에서 데려간 사람이 당신 아니던가! 그렇고말고! 당신은 내 모든 불행의 씨앗이야! 내가 데리고 있던 여자아이는 확실히 부잣집 아이였어. 그 아이를 데리고 있었으면 평생 먹고 살 만한 돈을 받아낼 수 있었다고!"

테나르디에는 문가에 있는 사람들에게 한 걸음 다가가더니 격앙된 목소리로 말을 이었다.

"감히 우리 집에 와서 구두 수선공 부리듯이 나를 대하다니!" 그리고는 다시 광기가 도진 듯 르블랑 씨를 향해 소리쳤다. "이 점을 더 알아둬, 자선가 양반! 나는 부랑자가 아니야! 나는 집도 없이 떠돌아다니며 아이들이나 유괴하는 놈과 다르다구! 나는 훈장을 받아야 할 프랑스 퇴역 군인이란 말이야! 워털루에도 있었어! 이름은 모르지만 전투에서 백작이라고 불리는 어떤 장군을 구하기도 했어. 그가 나에게 자기 이름을 알려주었지. 그런데 빌어먹을 목소리가 너무 작아서 이름을 듣지 못했어. '고맙소'라는 말만 겨우 들었지. 감사하다는 말보다는 그의 이름이 더 듣고 싶었는데 말이야. 이름만 알았더라면 그를 다시 찾을 수 있었을 텐데. 당신이 보는 이 그림은 부뤼크셀에서 다비드35)가 그린 거야. 그가 누구를 그렸는지 알아? 그가 그린 사람이 바로 나야. 다비드는 그 무훈을 영원히 후세에 전하고 싶었던 거지. 나는 그 장군을 등에 업고, 포탄이 쏟아지는 곳에서 그를 구해냈어. 그림이 이야기하려는 게 바로 그거요. 하지만 그 장군은 내게 아무런 도움도 되지 못했어. 남들만도 못한 존재였지. 자, 여기까지가 내가 하고 싶은 말이야. 그래서 나는 돈이 필요해. 아주 많은 돈이, 어마어마한 돈이 필요하다고. 만약 돈을 주지 않으면, 빌어먹을, 당신을 끝장내 버릴 거야!"

그가 르블랑 씨에게 팔려던, 다비드가 그렸다는 걸작은 자기가 직접 그린 싸구려 식당 간판에 불과했다. 그것은 몽페르메이 여관이 난파당했을 때 그가 몸에 지니고 나올 수 있었던 유일한 물건이었다.

얼마 전부터 르블랑 씨는 그에게서 등을 돌린 채 테나르디에의 일거수일투족을 면밀히 살피고 있었다.

르블랑 씨가 그 순간을 이용하여 뛰어오르더니 놀라울 정도로

---

35) 프랑스의 화가. 많은 역사화들을 그렸으며 나폴레1세 제위 시절에는 궁정화가로 활약하기도 했다.

민첩하게 다리로는 의자를, 주먹으로는 탁자를 밀쳐냈다. 그리고 테나르디에가 미처 돌아설 틈도 없이 창문으로 몸을 날리려 했다. 그의 몸이 절반쯤 밖으로 빠져나왔을 때 그는 억센 주먹을 대여섯 대맞고 집 안으로 다시 세게 처박혔다. 테나르디에의 처도 달려들어 그의 머리카락을 움켜잡았다.

우당탕하는 소리에 다른 악당들까지 복도에서 달려왔다. 그들은 유리창 가에 있는 침대 위에 그를 꼼짝 못하게 넘어뜨리는 데 성공했다. 테나르디에의 처는 아직도 그의 머리카락을 잡고 있었다.

"어쩔 도리가 없군."

"죽여!"

테나르디에가 탁자 쪽으로 천천히 걸어가더니 서랍을 열고 칼을 꺼냈다.

마리우스는 총자루를 만지작거리고 있었다. 어찌해야 할지 정신이 혼란스러웠다. 한 시간 전부터 그의 의식 속에는 두 개의 목소리가 싸우고 있었다. 한 목소리는 아버지의 유언을 지키라고, 다른 목소리는 납치된 사람을 구하라고 외치고 있었다.

사방을 두리번거리던 마리우스가 갑자기 전율했다.

환한 보름달이 뜨며 탁자 위의 종잇장을 환히 비추고 있었다. 종이 위에서 그는 테나르디에의 큰딸이 아침에 굵은 글씨로 쓴 문장을 읽을 수 있었다.

경찰이야.

한 가지 생각이 마리우스의 머릿속을 스쳤다. 바로 그가 찾던 방법이었다. 그를 괴롭히던 난처한 문제의 해결책이었고 살인자를 죽이지 않고 희생자를 구해낼 수 있는 방법이었다. 그는 서랍장 위에서 무릎을 꿇고 두 팔을 뻗어 종잇장을 집었다. 그리고 칸막이벽의 석고 조각을 살며시 떼어낸 다음 그것을 종이에 싸서 테나르디에의 방 한가운데로 던져 넣었다.

"뭔가 떨어졌어요!" 테나르디에의 처가 소리쳤다.

"뭐지?" 남편이 말했다.

여자가 앞으로 달려가 종이에 싼 석고를 주웠다. 그리고 그것을 남편에게 건네주었다.

"이게 어디서 떨어진 거지?" 테나르디에가 물었다.

"몰라서 물어요! 어디겠어요? 창문으로 날아왔지." 그의 처가 말했다.

테나르디에가 재빠르게 종이를 펼쳐 촛불 까까이로 가져갔다.

"빌어먹을! 에포닌 글씨잖아. 뛰어! 사다리를 가져와! 돼지는 내버려두고 창문으로 도망치자."

인질을 붙들고 있던 악당들이 그를 놓아주었다. 눈 깜짝할 사이에 줄사다리가 쇠갈고리로 창틀에 단단하게 고정되어 창문 밖으로 펼쳐졌다.

인질은 주변에서 일어나는 일에 신경조차 쓰지 않았다. 그는 마치 꿈을 꾸거나 기도하는 것 같았다.

사다리가 펼쳐지자 테나르디에가 소리쳤다.

"이리로 와, 여보!"

이렇게 말하고 그가 먼저 격자로 된 유리창으로 달려들었다.

하지만 뛰어넘으려는 순간 악당들 중 하나가 그의 목덜미를 거칠게 붙잡았다.

"아니지, 빌어먹을 놈! 우리가 먼저야!"

우리가 먼저라고! 다른 악당들이 소리쳤다.

"꾸물거릴 시간이 없어. 경찰들이 들이닥칠 거라구." 테나르디에가 말했다.

"그럼, 누가 맨 먼저 나갈지 제비를 뽑도록 하자." 악당 중 하나가 말했다.

테나르디에가 소리쳤다.

"너희들 미쳤어! 제비뽑기를 하자고? 우리들 이름을 모자에 넣고?…"

"모자가 필요한가?" 그때 문턱에서 커다란 목소리가 들려왔다.

모두 돌아보았다. 자베르였다. 그는 모자를 손에 들고 미소를 지으며 그것을 내밀었다.

자베르는 해질 무렵 대원들과 함께 와서 고르보의 빈민촌 맞은편에 있는 나무 뒤에 잠복하고 있었다. 그는 그물을 쳐놓고 빈민가 주변을 감시하던 두 처녀부터 잡아넣으려 했다. 하지만 에포닌은 어디론가 도망치고 아젤마밖에 잡아넣지 못했다. 그리고 자베르는 약속된 총성이 울리기를 기다렸다. 그는 점점 초조해졌고, 결국 총소리를 기다리는 대신 계단을 올라 범죄소굴을 급습하기로 결심한 것이다.

자베르는 모자를 다시 썼다. 그리고 팔짱을 낀 채 지팡이를 겨드랑이에 끼고 침실 쪽으로 두 걸음 다가갔다.

"그대로 서 있어! 창문으론 도망갈 수 없을 거야. 너희들이 나갈 곳은 문밖에 없어." 그가 말했다.

그리고 돌아서더니 뒤쪽을 향해 소리쳤다.

"이제 들어와."

손에 칼을 든 경찰 분대와 곤봉을 든 체포조들이 자베르의 호출을 듣고 몰려왔다.

경찰들은 악당들을 꼼짝 못하게 묶었다.

악당들의 인질도 그의 눈에 들어왔다. 경찰들이 들어온 뒤 그는 한마디 없이 고개를 푹 숙이고 있었다.

"저 사람을 풀어줘라."

그리고 그는 양초와 필기구가 놓여있는 탁자 앞에 근엄하게 앉아 주머니에서 꺼낸 공문서 용지에 조서를 작성하기 시작했다. 그가 몇 줄인가 쓰다가 다시 눈을 들고 말했다.

"그 신사를 이리 오라고 해."

경찰들이 주위를 둘러보았다.

"어라, 어디로 간 거지?" 자베르가 물었다.

악당들에게 붙잡혀 있던 르블랑 씨는 이미 사라지고 없었다.

경찰들은 문만 감시했을 뿐 창문엔 신경을 쓰지 않았다. 밧줄에서 풀려난 그가 사람들이 자신으로부터 시선을 거둔 순간 소동과 혼란, 혼잡, 어둠을 이용하여 창문으로 뛰어든 것이다. 밖에는 아무도 보이지 않았다. 줄로 만든 계단이 아직도 출렁거리고 있었다.

"제길, 가장 중요한 참고인이었는데!" 자베르가 이를 바드득 갈며 말했다.

제4부

플뢰메 거리의 목가와
생 드니 거리의 서사시

1. 역사의 몇 페이지

혁명과 안정을 동시에 끌어안는 다면적인 인물, 다시 말해 과거와 미래가 양립할 수 있도록 현재를 단단하게 붙들어줄 인물이 필요했다. 그런 사람이 때마침 나타났으니, 그의 이름은 루이 필립 도를레앙이었다.

7월 혁명[36]과 밀접하게 맞닿아 있는 1831년과 1832년은 역사 속에서 가장 독특하고 놀라운 면을 가진 시기였다. 이 두 해는 앞선 시대와 앞으로 올 시대 사이에서 커다란 산맥처럼 존재했으며 혁명적인 중요성을 지니고 있었다.

1830년은 중단된 혁명의 시기였다. 국민들은 자신의 권리를 거의 찾았지만 진보는 반쯤밖에 이루어내지 못했다.

누가 혁명을 중간에서 멈추게 했는가? 그것은 부르주아들, 즉 부르주아 계급이었다.

---

36) 1830년 7월 파리에서 일어난 부르주아 혁명을 말한다. 샤를 10세의 반동 정책에 반기를 들고 봉기하였으며 이 혁명의 결과로 루이 필리프가 프랑스 왕위에 올랐다.

왜냐고? 부르주아 계급은 이미 자기 이익에 만족했기 때문이다. 이제 과거의 욕구는 충족되었고 내일은 배가 부를 일만 남았다. 하지만 유산계급을 하나의 계급으로 보아서는 안 된다. 유산계급은 백성들 중 만족을 느끼고 있는 일부에 불과하기 때문이다. 정치가들에게처럼 유산계급에게도 '멈춰'라고 말할 사람이 필요했다. 혁명과 안정을 동시에 끌어안는 다면적인 인물, 다시 말해 과거와 미래가 양립할 수 있도록 현재를 단단하게 붙들어줄 인물이 필요했다.

그런 사람이 때마침 나타났으니, 그의 이름은 루이 필립 도를레앙이었다. 물론 역사적 상황을 고려해야겠지만, 그의 아버지가 비난받아 마땅한 만큼 그는 존경받아 마땅했다. 그는 개인으로서의 미덕만큼이나 공인으로서의 미덕도 지니고 있었다. 그는 '중간 계급'의 뛰어난 대변인이었지만 그 계급을 넘어섰고 모든 면에서 그들보다는 위대했다. 그는 유럽 국가들을 이용해 프랑스에 겁을 주었고 프랑스를 이용해 유럽 국가들에 겁을 주었다. 결국 고귀하고 독창적인 인물인 루이 필립은 그의 시대가 낳은 걸출한 인물들 중 하나로 간주되어야 할 것이다. 만일 그가 영광을 어느 정도 사랑하고 유익한 것을 인식하는 것과 같은 정도로 위대한 것을 인식했더라면, 역사에서 가장 유명한 통치자들 중 한 사람으로 받아들여질 수 있었을 것이다.

2. 에포닌

고르보 누옥의 사건에서 자베르는 완전한 승리를 거둔 듯했지만 사실은 그렇지 않았다. 인질을 인질로 잡지 못했기 때문이다. 슬그머니 사라진 피해자는 암살자보다도 더 수상스러웠다.

　자베르가 악당들을 세 개의 마차에 태우고 누추한 집을 떠나자마자 마리우스는 슬며시 집 밖으로 나와 쿠르페락의 집으로 갔다. 쿠르페락은 '정치적인 이유'로 베르리 거리에 거주하고 있었다. 당시 그 거리는 봉기가 자주 일어나던 장소였다. 마리우스가 쿠르페락에게 말했다. "너희 집에서 지내야겠어." 쿠르페락은 두 개로 된 자기 침대의 매트를 끌어당겨 하나를 바닥에 깔아주며 말했다. "여기서 자."

　그 다음날 아침 일곱 시가 되자 마리우스는 빈민굴로 다시 가서 집세와 뷔르공 부인에게 진 빚을 모두 지불했다. 그리고 손수레에 책들과 침대, 탁자, 서랍장, 의자 두 개를 싣게 한 뒤 주소도 남기지 않고 나와 버렸다. 마리우스가 서둘러 이사를 한 이유는 두 가지였다. 첫 번째는 추악한 부자들의 행태보다 더 끔찍하고 사회적으로 비열한 행위들을 너무나 가까이에서 목격한 충격 때문이었고, 두 번째는 어쩌면 있을지도 모를 재판에 출석하여 테나르디에에게 불리한 증언을 하게 되는 일을 피하기 위해서였다. 그래서 자베르가 아침에 찾아와 마리우스에게 전날의 일들을 물어보려 했을 때 뷔르공 부인에게서 돌아온 대답은 "이사 갔어요!"라는 한 마디뿐이었다.

한 달 하고도 여러 날이 흘렀다. 마리우스는 여전히 쿠르페락의 집에 있었다. 그는 법원 로비에서 자주 마주치는 변호사 시보를 통해 테나르디에가 독방에 갇혀 있다는 사실을 알았다. 마리우스는 법원 서기과에 테나르디에를 위해 월요일마다 5프랑씩 전해주게 했다. 돈이 없는 마리우스는 쿠르페락에게 5프랑을 빌렸다. 그가 주기적으로 5프랑을 빌리는 이유는 돈을 주는 쿠르페락에게나 그 돈을 받는 테나르디에에게나 수수께끼였다.

마리우스는 비탄에 잠겼다. 모든 것이 물거품으로 돌아갔다. 그의 눈앞에는 더 이상 아무것도 보이지 않았고 그의 인생은 다시 불확실한 어둠에 빠져 버렸다. 이 어둠 속에서 그는 잠시 자신이 사랑하는 아가씨와 그녀의 아버지라 여겨지는 노인을 보았고, 이 세상에서 그의 유일한 관심사이자 단 하나의 희망이었던 미지의 인물들도 만났다. 하지만 가까이 그가 다가갔다고 생각했던 순간, 세찬 바람과 함께 그들의 그림자는 모두 사라지고 말았다.

고르보 누옥의 사건에서 자베르는 완전한 승리를 거둔 듯했지만 사실은 그렇지 않았다. 인질을 인질로 잡지 못했기 때문이다. 슬그머니 사라진 피해자는 암살자보다도 더 수상스러웠다. 하지만 마리우스로 말하자면, 자베르는 그의 이름조차 잊었고 별 관심도 가지지 않았다.

어느 월요일 아침, 마리우스는 테나르디에를 위해 쿠르페락에게 100수[37]를 빌렸다. 그는 동전들을 호주머니 속에 넣어두고, 그것을 재판소의 서기과에 전해주기 전 잠시 산책을 하기로 했다.

화창한 햇살이 활짝 피어난 싱싱한 나뭇잎들을 투명하게 비추고 있었다.

그는 '그녀'를 생각하고 있었다.

답답한 상념에 잠겨있던 그에게 익숙한 목소리 하나가 들려왔다.

"어! 여기 있었네!"

그는 두 눈을 들었다. 그리고 어느 날 아침에 그의 집에 찾아왔던 불쌍한 아이를 알아보았다. 테나르디에의 큰딸, 에포닌이었다.

그녀는 더 추레해 보였지만 조금 더 예뻐진 것 같았다. "이제야 당신을 만나게 되네요. 얼마나 찾았는데! 그거 알아요? 나는 감옥에 있었어요. 보름동안이나요! 그들이 나를 풀어주었어요! 내게서 아무 것도 밝혀내지 못했거든요. 게다가 아직 분별력이 있는 나이도 아니었고요. 안 그랬으면 두 달은 살 뻔했어요. 오, 당신을 얼마나 찾았는지 몰라요! 6주나 찾아다녔어요. 이제 더 이상 그곳에 살지 않는 모양이죠?"

---

37) 1프랑은 100상팀이고 1수는 5상팀에 해당하는 동전이다.

"그렇소." 마리우스가 말했다.

그녀의 표정이 조금씩 어두워지더니 다시 말을 이었다.

"나를 만난 게 반갑지 않은가 봐요? 하지만 내가 마음만 먹으면 당신을 기쁘게 해드릴 수도 있는데…."

"무슨 소리지?" 마리우스가 물었다.

그녀는 마리우스를 똑바로 쳐다보며 말했다.

"내가 주소를 가지고 있거든요."

마리우스는 앉아있던 난간에서 뛰어내려 정신없이 그녀의 손을 잡았다.

"오! 정말? 날 데려다 줘! 원하는 건 뭐든지 해 줄게! 어디야?"

"함께 가요." 그녀가 대답했다. "거리와 번지는 잘 몰라요. 이곳과 정반대 쪽이지요. 하지만 그 집을 알고 있어요. 내가 안내할게요."

마리우스의 머릿속에 갑자기 불길한 생각이 스쳤다. 그는 에포닌의 팔을 붙잡았다.

"먼저 내게 맹세할 게 있어!"

"맹세? 그게 무슨 말이에요? 뭘 맹세하라는 거죠?"

"네 아버지 말이야! 에포닌, 약속해줘! 이 주소를 네 아버지에게 말하지 않겠다고!"

"우리 아버지? 그런 거라면 마음 놓으세요. 아버지는 독방에 있어요."

마리우스는 주머니를 뒤졌다. 그녀의 아버지 테나르디에게 주려 했던 5프랑이 전부였다. 그 돈을 집어 에포닌의 손에 쥐어주었다.

그녀는 손가락을 펴서 동전을 바닥에 떨어뜨리더니 슬픈 표정으로 그를 쳐다보았다.

"당신의 돈을 원하지 않아요." 그녀가 말했다.

3. 플뤼메 거리의 집

두 사람이 눈길을 마주치는 것만으로 사랑이 시작되었다는 말은 감히 꺼내기조차 힘들어졌다. 하지만 무릇 사랑은 그렇게 시작되며, 오직 그렇게 함으로써만 사랑은 이루어질 수 있다. 부수적인 다른 것들은 그런 이후에야 발생하는 것들이다. 두 영혼이 불꽃을 교환하며 주고받는 격렬한 충격보다 실재적인 것은 없다.

지난 세기 중반 무렵, 숨겨놓은 애인을 두고 있던 파리 고등법원의 어느 수석판사가 포브르 생-제르맹에 '작은집'을 짓게 했다. 당시 귀족들은 애인을 드러냈지만 유산계급 사람들은 애인을 숨겼기 때문이다. 그 '작은집'은 블로메의 적막한 거리에 있었는데 오늘날은 플뤼메 거리라 부른다.

그 집은 이층짜리 독채 건물이었다. 일층에는 두 개의 거실이 있고 이층에는 침실이 두 개 있었다. 주방은 아래층에 규방은 위층에 있었으며 지붕 밑에는 다락방이 있었다. 정원이 이 건물을 둘러싸고 있었고 길 쪽으로는 커다란 철책 문이 나 있었다. 집 뒤로는 교묘하게 가려진 비밀 문이 나 있었는데, 길고 구불구불한 좁은 통로의 포장된 길은 두 개의 높은 벽에 둘러싸여 밖에서는 보이지 않았다. 또한 그 집은 그곳에서 500미터나 떨어져 있는 바빌론 거리의 인적 드문 곳에 있는 또 다른 비밀문과 연결되어 있었다.

1829년 10월에 나이 지긋한 한 남자가 이 집을 세냈다. 그가 세낸 땅엔 앞서 말한 집 뒷쪽과 바빌론 거리로 이어지는 통로도 포함되어 있었다. 그는 통로로 이어지는 두 개의 입구에 비밀 문을 설치했다. 새로 세든 사람은 집의 일부를 수리하여 꾸민 뒤 아가씨와 나이든 하녀를 데리고 아주 조용히, 마치 남의 집에 몰래 들어오기라도 하듯 이사를 왔다. 주변에 쑥덕거릴 이웃조차도 없는 동네였다.

세입자는 장 발장이었고 아가씨는 코제트였다. 하녀의 이름은 투생이라고 했다. 나이가 들었고 시골사람에 말을 더듬었는데, 장 발장이 그녀를 옆에 둔 것도 이런 세 가지 특성 때문이었다. 그는 연금생활자 포슐르방이라는 이름으로 이 집을 세내었다.

그런데 장 발장이 프티-픽퓌스 수도원을 떠난 이유는 무엇이었을까?

장 발장은 수도원에서 행복했다. 너무 행복한 나머지 그는 점점 불안을 느꼈다. 그는 날마다 코제트를 볼 수 있었고 마음속에 점점 부성애가 자라나는 것을 느꼈다. 그는 아이를 마음속에 품었다. 그는 이 아이가 자기 자식이고 아무도 아이를 빼앗아갈 수 없다고 생각했다. 그는 또 생각했다. 이런 상태가 끝까지 지속되면 아이는 신앙에 귀의할 것이고, 수도원이 아이나 그에게 세계의 전부가 될 것이다. 거기서 그는 늙고 아이는 커갈 것이고, 거기서 자신은 죽고 아이는 늙어갈 것이고, 그래서 그들에게 이별은 결코 없을 것이다. 이런 행복한 상상 속에서 그는 다시 한번 곱씹어 보았다. 과연 이 행복이 온전히 그의 것일까? 혹시 남의 행복을 가로챔으로써 얻어지는 것은 아닐까? 이 늙은이의 탐욕으로 인해 아이의 행복을 빼앗아버리는 것은 아닐까? 아이의 생각은 들어보지도 않은 채, 세상의 시련으로부터 구해준다는 구실로, 아이가 누릴 수 있는 모든 기쁨들을 빼앗아버려도 되는 걸까? 혹시 코제트가 수녀가 된 것을 후회하며 그를 원망하게 된다면? 이 마지막 질문이 특히 그를 견딜 수 없게 만들었다. 결국 그는 수녀원을 떠나기로 결심했다. 확고한 결심이 선 뒤에 그는 때를 기다렸다. 때는 곧 왔다. 포슐르방 영감이 죽은 것이다.

장 발장은 원장수녀에게 면담을 요청했다. 형이 죽어 일하지 않고도 살 수 있을 만큼의 유산도 받았으니 이제 딸을 데리고 수도원에서 나가겠다고 말했다. 이렇게 해서 장 발장은 수도원을 나왔다.

그는 플뤼메 거리에서 집을 하나 찾아냈고 거기에 은신했다. 이후 그는 윌팀 포슐르방이라는 이름을 빌어 쓰게 되었다.

그는 파리에 두 개의 다른 아파트를 동시에 세내었다. 늘 같은 지역에 머물러 있는 것보다 덜 눈에 띄었고 불안해지면 언제든 집을 비울 수 있었기 때문이다. 무엇보다 기적적으로 자베르를 피했던 그날 밤처럼 곤란한 처지에 빠지지 않을 수 있었다. 두 개의 아파트는 상당히 보잘 것 없었지만, 하나는 루에스트로 거리에, 다른 하나는 롬-아르메 거리에 있어서 상당히 멀리 떨어져 있었다.

그는 어떨 때는 롬-아르메 거리에서, 어떨 때는 루에스트 거리에서 한 달이나 6주 정도씩 코제트와 함께 생활했다.

장 발장은 날마다 코제트와 나란히 산책을 나왔다. 그는 코제트를 뤽상부르 공원이나 사람들의 왕래가 드문 산책길로 인도했다. 일요일마다 미사에도 참석했다. 생-자크-뒤-오-파에 있는 성당에 다닌 것은 그의 집에서 상당히 멀리 떨어져 있기 때문이었다. 매우 가난한 사람들이 사는 지역이었으므로 많은 온정도 베풀었다. 교회에 가면 불쌍한 사람들이 그를 둘러쌌다. 테나르디에의 편지에서 그를 '생-자크-뒤-오-파 교회의 친절한 선생님께'라 부른 것도 그 때문이었다.

어느 날 우연히 거울을 보던 코제트가 "어머!" 하고 탄성을 질렀다. 거울 속의 아이가 제법 예뻐 보였기 때문이다. 그녀는 지금껏 경험하지 못한 혼란에 빠졌다. 그녀는 지금까지 한 번도 자신의 용모에 대해 생각해 본 적이 없었다. 게다가 못생겼다는 말까지 종종 들었던 터였다. 오직 장 발장만이 그녀에게 다정히 말해주곤 했다. "절대! 절대 그렇지 않아!" 그런데 거울이 갑자기 장 발장과 같은 말을 해주고 있는 것이다.

"절대 그렇지 않아!"

그녀는 밤새 잠을 이룰 수 없었다.

그녀는 아름답고 귀여웠다. 적당한 키에, 피부는 하얬고, 머리카락은 윤기가 났으며, 알 수 없는 푸른 눈동자 속에서 알 수 없는 광채가 빛나고 있었다. 그리고 자신이 아름답다는 생각에 사로잡히는 순간, 그것이 마치 분명한 사실인 양 다른 사람들도 그녀를 달리 보기 시작했다.

한편 장 발장은, 뭐라 정의할 수 없지만 심각하게 마음이 흔들리는 것을 느꼈다. 얼마 전부터 그는 코제트의 해사한 얼굴이 날마다 빛을 더해가며 아름다워지는 것을 불안한 마음으로 지켜보고 있었다. 모든 사람들이 반기는 새벽의 여명이 그에게는 불길함으로 다가왔다. '정말이야, 나는 아름다워!'라고 생각하게 된 날부터 코제트는 몸치장에 신경을 쓰기 시작했다. "난 아빠와 여기 있는 게 좋아요!"라며 집에만 틀어박히려 했던 코제트가 이제는 먼저 밖으로 나가자고 졸랐다. 마리우스가 뤽상부르 공원에서 그녀를 다시 본 것은 그렇게 6개월이 흐를 무렵이었다!

연애소설에서 남녀의 눈길에 대해 하도 많은 이야기들을 하는 바람에 사람들은 이제 그걸 진부한 표현으로 여긴다. 그래서 두 사람이 눈길을 마주치는 것만으로 사랑이 시작되었다는 말은 감히 꺼내기조차 힘들어졌다. 하지만 무릇 사랑은 그렇게 시작되며, 오직 그렇게 함으로써만 사랑은 이루어질 수 있다. 부수적인 다른 것들은 그런 이후에야 발생하는 것들이다. 두 영혼이 불꽃을 교환하며 주고받는 격렬한 충격보다 실재적인 것은 없다.

코제트가 자신도 모르게 마리우스의 마음을 흔들어놓은 시선을 내비쳤던 순간, 마리우스는 자신의 시선 또한 코제트의 마음을 똑같이 흔들어놓았으리라는 사실을 알아차리지 못했다.

그 역시 똑같은 고통과 똑같은 행복을 코제트에게 안겨주었던 것이다.

그녀는 매일 초조하게 산책시간을 기다렸고, 길에서 마리우스를 만나면 말할 수 없는 행복감을 느꼈다. 장 발장에게, "뤽상부르 공원은 정말 아름다워요!"라고 말함으로써 그녀는 자기의 모든 진심을 표현했다.

모든 상황에서 사람들은 저마다의 직감을 발동시킨다. 경험 많고 영원한 어머니인 본능은 장 발장에게 마리우스의 존재를 경고했다. 마리우스 또한 신의 심오한 법칙에 따라, 어머니인 본능의 경고에 따라, 최선을 다해 '아버지'를 피해 다녔다. 그럼에도 이따금 그는 장 발장의 눈에 띄었다. 마리우스의 행동은 더 이상 자연스럽지 않았고, 수상쩍은 신중함과 서투른 경솔함이 드러났다.

마리우스의 어리석은 행동은 계속되었다. 루에스트 거리에서 웨스트 거리까지 코제트의 뒤를 밟았고 문지기에게 말을 걸었다. 그를 수상하게 여긴 문지기가 장 발장에게 이 사실을 고해바쳤다. 일주일 후 장 발장은 이사를 했다. 뤽상부르 공원에도 루에스트 거리에도 다시는 나타나지 않기로 결심한 그는 플뤼메 거리로 되돌아왔다.

코제트는 장 발장의 결정에 불만을 품지 않았다. 그녀는 아무 말도 하지 않았고 아무것도 묻지 않았다. 그녀의 사랑은 이미 속마음을 드러내지나 않을까, 들키지나 않을까 걱정하는 단계에 접어들어 있었다. 장 발장은 한 번도 그런 식의 걱정을 경험한 적이 없었기에 코제트의 침묵에 담긴 심각함을 이해하지 못했다. 단지 그는 부쩍 우울해진 코제트를 보며 함께 침울해했다.

절대적이고도 눈물겨운 사랑으로 오래 의지하며 살았던 두 사람은 이제 서로 가까이서, 상대방으로 인해 미소를 지으며 고통 받고 있었다.

4. 땅의 은총이 하늘의 은총일 수도 있다.

가브로슈가 이런저런 궁리를 하고 있는 동안 습격이 시작되었다. 호랑이가 당나귀를 공격하고 거미가 파리를 공격하는 것과 같았다.

　저녁이 되도록 꼬마 가브로슈는 아무것도 먹지 못했다. 전날 저녁에도 아무것도 먹지 못했다는 사실을 떠올리자 온몸에서 힘이 빠져나갔다. 그는 야식을 해결해볼 생각으로 살페트리에르 병원 건너편의 인적 드문 곳을 어슬렁거렸다. 그런 장소에 횡재가 기다리는 법이다. 아무도 없는 곳이라야 무언가를 얻을 수 있다. 그는 오스테리츠 마을인 듯싶은 어느 마을에 도착했다. 해질 무렵의 하얀 하늘이 희끄무레한 빛으로 지상을 비추고 있었다.

　느닷없이 희끄무레하게 두 사람의 윤곽이 나타났다. 한사람이 앞서고 다른 한사람은 조금 처져 뒤따라오고 있었다.

　"두 사람이네." 가브로슈가 중얼거렸다.

　앞서 오는 사람의 윤곽은 나이가 든 부르주와 같았는데, 등은 굽어 있었고 생각에 잠긴 듯했으며 소박한 옷차림에 나이 탓인지 느릿느릿 걷고 있는 것이 밤중에 한가로이 산책이라도 즐기는 것 같았다.

두 번째 사람의 윤곽은 곧고 단단하면서 날씬했다. 그는 첫 번째 사람의 걸음과 보조를 맞추고 있었는데, 일부러 걸음걸이를 늦추고 있음에도 민첩성과 경쾌함이 느껴졌다. 가브로슈는 두 번째 사람의 그림자를 잘 알고 있었다. 몽파르나스였다.

몽파르나스가 그 시간에 그런 장소에서 누군가를 쫓고 있다는 것은 위협적인 일이다. 가브로슈는 그 노인에 대한 동정심이 요동치는 것을 느꼈다.

어떻게 할까? 끼어들어야 하나? 약한 사람이 또 다른 약한 사람을 구하다니! 그런 일은 몽파르나스에게는 웃음거리밖에 안 된다. 18살 먹은 그 위험한 강도에게 노인과 어린아이가 두 입 거리밖에 안 된다는 걸 가브로슈는 잘 알고 있었다.

가브로슈가 이런저런 궁리를 하는 동안 사냥이 시작되었다. 호랑이가 당나귀를 공격하고 거미가 파리를 공격하는 것과 같았다. 몽파르나스가 노인에게 달려들어 밀어붙이는 듯싶더니 그를 붙잡고 매달렸다. 가브로슈는 터져나오는 고함을 간신히 억눌렀다. 얼마 지나지 않아 그 중 하나가 다른 사람에게 깔렸고 대리석 같은 무릎에 가슴이 짓눌려 숨을 몰아쉬며 발버둥을 쳤다. 한데 그것은 가브로슈가 기대했던 장면과 전혀 달랐다. 땅바닥에 누워 있는 사람은 몽파르나스였다. 위에 올라타고 있는 사람이 그 노인이었다.

'대단한 노인인데!' 가브로슈가 생각했다.

노인은 한 마디도 하지 않았고 소리도 지르지 않았다. 그는 다시 일어났고 가브로슈는 그가 몽파르나스에게 하는 말을 들었다.

"일어나."

몽파르나스는 일어났지만 노인은 그를 붙들고 있었다.

가브로슈는 너무나 재미있다는 생각이 들었다.

"몇 살이지?"

노인이 묻자 몽파르나스가 대답했다.

"열아홉 살."

"힘도 세고 건강한데 왜 일을 하지 않는 거니?"

"따분하니까."

"하는 일이 뭐지?"

"놀고먹는 거요."

침묵이 흘렀다. 노인은 깊은 생각에 잠긴 듯싶었다. 그는 꼼짝 않고 서서 몽파르나스를 놓아주려 하지 않았다.

노인은 얼마동안 깊은 생각에 빠졌다. 그는 몽파르나스를 뚫어져라 쳐다보더니 부드럽게 목소리를 높였다. 어둠 속에서 근엄한 훈계가 이루어졌다. 가브로슈는 한 마디도 놓치지 않았다.

"젊은이, 자네는 게으름 때문에 가장 힘든 삶으로 빠져들고 있는 거야. 스스로를 놈팡이라고 부르다니! 일을 하도록 하게. 스스로 노동하기를 원치 않는다면 자네는 노예가 될 수밖에 없을 거야. 인간의 정직한 노고를 원치 않는다면 자네는 남들이 노래 부르는 곳에서 헐떡거리게 될 것이야. 잘 마시고 잘 먹고 잘 자려는 생각만 한다면 자네는 검은 빵에 물만 마시며 쇠붙이에 사지가 묶여 널빤지 위에서 자게 될 거야. 밤이면 쇠붙이의 차가운 기운이 살에 달라붙는 것을 경험하면서! 자네는 그 쇠붙이를 끊어버리고 달아나려 하겠지. 좋아. 하지만 자네는 가시덤불에서 배를 바닥에 질질 끌고 다니며 숲속 짐승들처럼 풀을 뜯어먹게 될 거야. 그러다가 다시 붙잡히겠지. 벽에 묶인 채 지하 감옥에서 더듬거리며 단지를 찾아 물을 마시려할 것이고, 개들도 먹지 않는 끔찍한 빵과 벌레들이 이미 갈아먹은 잠두콩을 입에 물고 여러 해를 보내게 될 거야. 내 말을 듣고 게으름뱅이의 힘든 길을 가려 하지 말게. 그리고 악한이 되는 것은 쉬운 일이 아니야. 정직한 인간이 되는 게 한결 쉬운 일이지. 내가 말한 걸 잘 생각해 보게. 참 그리고 자네가 내게 원한 게 뭐였었지? 내 지갑이었지. 여기 있네."

5. 끝이 시작과 같지는 않지

한밤중에 그녀는 잠에서 깼다. 이번에는 확신이 들었다. 그녀는 창문 아래 잔디 위를 걷는 발자국 소리를 선명하게 들었다.

네다섯 달 전까지만 해도 가슴을 에는 듯했던 코제트의 고통은 자신도 모르는 사이에 회복기에 들어섰다. 자연, 봄, 젊음, 아버지에 대한 사랑, 즐거운 새들, 꽃들이 그녀의 순결하고 젊은 영혼 속에 날마다 한 방울씩 망각의 물방울을 몰래 스며들게 했다.

그러던 중 이상한 사건 하나가 일어났다. 장 발장은 사월 중순경이면 여행을 떠나곤 했다. 여행으로 그가 자리를 비우는 시간은 기껏해야 하루나 이틀 정도였다. 그가 어디로 가는지는 코제트조차 몰랐다. 장 발장이 이렇게 잠깐의 여행을 떠나는 때는 대개 집에 돈이 떨어졌을 때였다.

이번에도 여행을 떠나며 그가 말했다. "사흘 안에 돌아올 거다." 저녁에 코제트는 거실에 혼자 있었다. 무료함을 달래기 위해 그녀는 오르간을 열고 〈숲속을 헤매는 사냥꾼들〉을 노래했다. 노래를 마친 그녀가 생각에 잠겼다.

갑자기 정원에서 누군가 걷는 듯한 소리가 들렸다. 밤 열 시였다. 그녀는 닫혀 있는 거실의 덧문 가까이로 가서 귀를 대어 보았다. 살금살금 걷는 것이 남자의 발소리 같았다.

그녀가 잽싸게 이층의 자기 방으로 올라가 덧문을 열었다. 마침 보름달이 떠서 대낮처럼 환했다. 아무도 없었다. 그녀는 창문을 활짝 열었다. 정원은 너무나 조용했고 달빛 아래 보이는 모든 것들은 언제나 그렇듯이 적막했다.

코제트는 자신이 착각한 것이라고 생각하고 더 이상 그 일에 대해 생각하지 않았다. 이튿날 더 늦은 시각 코제트는 다시 정원을 산책했다. 자신을 사로잡던 혼란스러운 생각에 몰두하던 중 어제 밤과 비슷한 소리를 들은 듯했다. 풀 위를 걷는 발자국 소리와 비슷했지만 나뭇가지들이 바람에 스치는 소리일지도 모른다고 생각해 다시 관심을 접었다. 잡초 무성한 초지를 지나 층계로 가기 위해서는 푸른 잔디밭을 지나야 했다. 그녀가 잡목 속에서 나왔을 때 뒤쪽에서 막 떠오른 달이 잔디 위에 그녀의 그림자를 드리웠다. 코제트는 소스라치게 놀라 걸음을 멈추었다. 달빛이 그녀의 그림자 옆에 선명하게 또 다른 그림자 하나를 잔디 위에 드러낸 때문이었다. 그림자는 둥근 모자를 쓰고 있었다.

말을 할 수도, 소리를 지를 수도, 누군가를 부를 수도, 움직일 수도, 고개를 돌릴 수도 없어 그녀는 한동안 그대로 서 있었다. 마침내 그녀가 모든 용기를 짜내 뒤를 돌아보았다.

아무도 없었다.

다시 땅바닥을 보았다. 그림자는 사라지고 없었다.

대담하게도 그녀는 무성한 잡초들 사이로 들어가 구석구석을 살폈다. 철문까지 가 보았지만 아무것도 발견할 수 없었다.

섬뜩한 기분이 들었다.

환각에 사로잡혔던 것일까?

다음날 장 발장이 돌아왔다. 코제트는 그에게 자신이 보고 들었다고 생각한 것을 말해주었다.

"별 일 아닐 거야." 장 발장이 말했지만 걱정스런 표정이었다.

그는 무슨 핑계인가를 대고 정원으로 나갔다. 코제트는 장 발장이 매우 조심스럽게 철문 주위를 살피는 것을 볼 수 있었다.

한밤중에 그녀는 잠에서 깨었는데, 이번에는 확실히 소리가 들린 듯했다. 그녀의 창문 아래서 잔디 위를 걷는 발자국 소리가 선명하게 들렸다. 그녀가 달려가 덧창을 열었다. 정원에 큰 몽둥이를 손에 든 사람이 보였다. 그녀가 소리를 지르려는 순간 달빛이 그의 옆모습을 비추었다. 그녀의 아버지였다.

장 발장은 그날 밤에도 그 다음날 밤에도 정원을 지켰다. 코제트는 덧문 틈 사이로 그를 보았다.

세 번째 밤이 되면서 달이 뜨는 시간은 늦어졌고 달은 더 작아졌다. 새벽 한 시쯤 되었을까, 그녀는 커다란 웃음소리와 함께 자신을 부르는 아버지의 목소리를 들었다.

"코제트!"

그녀는 침대에서 뛰어내려 실내복을 입고 문을 열었다.

아버지가 아래쪽 잔디 위에 서 있었다.

"널 안심시키려고 깨웠다. 자, 봐라. 둥근 모자를 쓴 그림자가 보이지?"

그러더니 그가 달빛이 만들어낸 잔디 위 그림자를 가리켰다. 그림자는 둥근 모자를 쓴 남자의 형체와 정말 흡사했다. 지붕 위로 솟은 뚜껑 달린 양철 굴뚝이 만들어낸 그림자였다.

장 발장은 다시 평온을 되찾았다. 코제트도 그 이상한 양철 굴뚝에 대해서는 더 이상 생각하지 않았다. 현행범으로 붙잡힐까 두려워서인지 그 양철 굴뚝이 누군가 볼 때면 도망가 버리는 것에 대해서도 곰곰이 생각하지 않았다. 코제트도 완전히 평온을 되찾았다.

하지만 며칠이 지나 새로운 사건이 발생했다.

길가로 난 철책 문 앞의 정원에는 돌로 된 벤치가 하나 있었다. 그곳엔 소사나무 묘목들이 서 있어 행인들의 시선을 가리고 있었다. 하지만 행인이 마음만 먹으면 철책 사이로 팔을 뻗어 소사나무 묘목 사이를 헤집을 수도 있었다.

같은 사월의 어느 날 저녁, 장 발장은 외출했고 코제트는 해 저문 정원의 벤치에 앉아 있었다. 나무들 사이로 바람이 일었다. 코제트는 생각에 잠겼다. 알 수 없는 슬픔이 조금씩 그녀를 사로잡았다. 코제트는 일어나서 천천히 이슬로 촉촉하게 젖은 정원의 풀잎 위를 걸어 보았다. 그리고 다시 돌아와 벤치 위에 앉으려는 순간 자신이 일어섰던 그 자리에 꽤 큰 돌멩이가 놓여있는 걸 발견했다. 분명 조금 전까지만 해도 자리에 없던 것이었다. 돌멩이 밑에는 편지 같은 것이 깔려 있었다.

흰 종이로 된 봉투였다. 코제트는 그것을 집어 들었다. 주소도 우체국 소인도 없었다. 코제트는 봉투 안에 들어 있는 종이 뭉치를 꺼냈다. 각 단락마다 번호가 매겨져 있었다. 코제트는 글씨체가 무척 예쁘다고 생각했다.

코제트는 이름을 찾아 보았지만 없었다. 서명도 없었다. 누구에게 보낸 편지일까? 혹시 그녀에게 온 것일까? 누군가 그녀의 자리에 편지를 놓아두었으니 그럴 수도 있었다. 그녀가 편지를 읽기 시작했다.

우주를 단 하나의 존재로 축소시키는 것, 단 하나의 존재를 신으로 확장하는 것, 그것이 바로 사랑이다.

⋯.

자홍색 장식 리본이 달린 하얀 모자, 그 아래로 어렴풋이 드러난 미소만으로도 영혼은 꿈의 궁전에 빠져들기에 충분하다.

⋯.

오, 사랑이여! 숭배의 마음이여! 교감하는 두 정신들의, 주고받는 두 심장들의, 마주치는 두 시선들의 열락이여! 행복이여 내게 오라! 햇살 가득한 축복의 한낮! 고독 가운데 둘만의 산책을 위해! 때로 나는 꿈꾸곤 한다. 천사의 삶에서 흘러내린 시간이 이곳 인간들의 운명 속에도 스며들기를.

…

한 여자가 당신 앞을 지나면 빛을 내뿜는 순간 당신의 심장은 멈추고 사랑이 시작된다. 이제 당신에게 남은 것은 하나뿐. 오직 그녀만을 생각하여 그녀 또한 당신만을 생각하지 않을 수 없도록 만드는 것.

…

―그녀가 여전히 뤽상부르 공원에 옵니까? ―아니요. ―그녀가 미사를 드리는 곳이 이 교회이지요? ―이제 더 이상 오지 않습니다. ―그녀가 여전히 그 집에 살고 있나요? ―이사했습니다. ―지금은 어디에 삽니까? ―얘기해 주지 않았습니다.
자신의 영혼이 사는 곳을 모른다는 건 얼마나 암담한 일인가!

…

사랑에 빠진 한 가난한 청년을 거리에서 보았다. 그의 모자는 낡았고, 옷은 해져 있었고, 팔꿈치엔 구멍이 뚫려 있었다. 그의 구두에 물이 스며들었고, 별들은 그의 영혼에 스며들었다.

…

누군가에게 사랑하는 사람마저 없다면 태양도 빛을 잃게 될 것
이다.

누가 보내온 편지일까? 누가 이런 글을 쓸 수 있을까? 코제트는
조금도 의심하지 않았다. 단 한사람밖에 없었다.

바로 그이였다!

방으로 돌아가 틀어박힌 그녀는 편지를 되풀이해 읽고 생각에
잠겼다. 충분히 읽고 나서 편지에 입을 맞춘 뒤 그것을 코르셋에 넣
었다.

코제트는 온종일 정신이 멍했다. 꿈을 꾸고 있는 것만 같았다. 그
녀는 혼잣말을 했다. "내가 꿈을 꾸는 것일까?" 그녀는 옷 속에 넣
어둔 소중한 편지를 만져보고 가슴에 대어 보았다가 살갗에 대고
감각을 느껴 보기도 했다. 장 발장이 이런 모습을 보았다면 그녀의
눈가에서 환하게 넘쳐나는 기쁨의 빛을 보며 전율했을 것이다.

해질녘에 그녀는 정원으로 내려갔다.

그녀는 벤치에 갔다. 돌이 그곳에 있었다. 그녀는 자리에 앉아 돌
을 쓰다듬으며 감사 인사라도 하려는 듯 부드러운 흰 손을 얹었다.

그때 갑자기 누군가가 뒤에 서 있을 때의 야릇한 느낌이 들었다.

그녀가 고개를 돌리며 일어섰다.

그였다!

그때 그녀는 그의 목소리를, 그녀가 실제로는 한 번도 듣지 못했
던 그 목소리를 들었다. 그 목소리는 가볍게 흔들리는 나뭇잎 위로

조용히 올라오더니 이렇게 속삭였다.

"갑자기 나타난 걸 용서하세요. 제 마음이 터질 것 같아서, 더는 이렇게는 살 수 없을 것 같아서 왔습니다. 제가 벤치 위에 놓아둔 것을 읽으셨습니까? 저를 알아보시겠습니까? 두려워 마세요. 시간이 많이 흘렀지만, 저를 보았던 기억이 나십니까? 뤽상부르 공원에서였어요. 6월 16일과 7월 2일이었지요. 그 뒤로 오랫동안 당신을 보지 못했습니다. 용서하세요. 당신에게 말하면서도 지금 제가 무슨 말을 하고 있는지 모르겠어요. 제가 당신을 화나게 한 건 아니지요?"

"오, 세상에!" 그녀가 말했다.

그리고 그녀는 죽어가는 사람처럼 무너졌다.

그는 그녀의 팔을 붙잡았고 자신의 행동을 의식하지 못한 채 그녀를 꽉 끌어안았다. 비틀거리면서도 그는 그녀를 떠받치고 있었다. 머릿속이 안개로 가득 찬 듯했다. 사랑으로 인해 그는 정신이 나가 있었다.

그녀는 그의 손을 끌어와 자기 가슴에 얹었다. 그곳에 편지가 있음을 느끼고 그가 더듬거리며 말했다.

"저를 사랑하신다는 건가요?"

그녀가 숨결처럼 들릴락 말락 아주 낮은 소리로 대답했다.

"말하지 말아요! 당신도 알잖아요!"

그녀는 붉어진 얼굴을 젊은이의 가슴에 묻었다.

한 번의 입맞춤, 그것이 전부였다. 둘은 몸을 떨었고 어둠 속에서 눈을 반짝이며 서로를 마주보았다.

그들은 차츰 서로의 속마음을 털어놓았다. 순수한 믿음으로 둘은 사랑과 젊음 그리고 그들이 지니고 있던 어린 시절의 기억 모두를 서로에게 털어놓았다. 두 사람의 마음은 서로 상대방의 마음에 빠져들었다. 한 시간이 지난 뒤에 청년은 처녀의 영혼을, 처녀는 청년의 영혼을 소유하게 되었다.

모든 것이 끝나고 모든 이야기를 다 털어놓았을 때, 그녀가 그의 어깨에 머리를 기대고 물었다.

"당신 이름은요?"

"제 이름은 마리우스입니다. 당신은요?"

"제 이름은 코제트예요."

6. 꼬마 가브로슈

오, 쓸모없는 것의 기대하지 않았던 유용함이여! 거대한 것들이 지니고 있는 자비로움이여! 선량한 거인들이여!

1823년 이후 몽페르메이의 싸구려 식당이 망해가고 빚의 수렁에 빠져드는 동안에도 테나르디에 부부는 남자 아이 둘을 더 두었다. 이렇게 딸 둘과 아들 셋을 합쳐 부부의 자녀는 다섯 명이 되었다.

테나르디에의 처는 어린 두 아이를 희한한 방법으로 잘도 치워버렸다.

치워버렸다는 것이 맞는 말이다. 정이라곤 찾아볼 수 없는 여자였고 그나마 모성애도 두 딸들까지가 끝이었다. 자기 아들들을 대해 그녀의 냉혹함은 이루 말할 수 없었다. 그 아이들에 대한 그녀의 마음은 깎아지른 벼랑과도 같았다. 그녀는 장남을 싫어했고 다른 두 아이는 증오했다.

테나르디에 부부가 두 막둥이들에게서 어떻게 벗어났고, 심지어 아이들에게서 어떻게 이득을 챙겼는지 살펴보기로 하자.

마뇽이라는 아가씨는 질노르망 영감에게서 자기 두 아이의 생활비를 받아내는 데 성공했다. 35년 전에 위막성 후두염이라는 큰 전염병이 파리의 센 강 연안 구역을 휩쓸었던 적이 있다. 이 전염병으로 마뇽은 아직 어린 아이 둘을 한 날에 잃었다. 심한 타격이었다. 어머니에게는 소중한 아이들이었다. 한 달에 80프랑의 수입을 가져다주었으니 말이다. 아이들이 죽자 정기적인 수입도 끊길 판이었다. 마뇽은 궁여지책을 찾아냈다. 그녀가 속해 있던 어둠의 패거리들은 모든 것을 알면서도 비밀을 지키고 서로를 도왔다. 마뇽은 아이 둘이 필요했다. 마침 테나르디에의 처에게 두 아이가 있었는데, 남자아이들인데다 나이도 같았다. 한 쪽에게는 좋은 조처였고 다른 쪽에게는 좋은 투자였다. 테나르디에의 아이들이 마뇽의 아이들이 된 것이다.

테나르디에는 아이들을 대여해준 대가로 한 달에 10프랑씩을 요구하였고 마뇽은 약속한 대로 그 돈을 지불하기까지 했다. 질노르망 씨가 계속 돈을 보내주었음은 두말할 나위도 없다. 그는 여섯 달마다 아이들을 보러 왔지만 아이들이 바뀌었다는 것을 알아차리지 못했다.

변신에 능한 테나르디에는 그 기회에 종드레트라는 이름을 쓰게되었다. 그의 두 딸과 가브로슈는 자신들에게 동생이 둘 있었다는 사실을 겨우 기억할 뿐이었다.

마뇽에게 굴러들어온 두 아이도 불만을 가질 이유가 없었다. 두 아이들은 80프랑이라는 돈이 밀어주는 만큼의 보살핌을 받았다. 입는 것, 먹는 것에 부족함이 없었으니 진짜 엄마보다는 가짜 엄마와 있는 것이 훨씬 나았다.

종드레트의 소굴에서 악당들을 상대로 벌어진 대대적인 소탕작전은 필연적으로 가택수색과 감금으로 이어졌다. 사회 밑바닥에 기생하는 추악하고 흉측한 반사회적 집단에게는 완전한 재앙이었다. 이 사건은 이 어둠의 세계를 속속들이 붕괴시켰는데 테나르디에 부부에게 일어난 재앙은 마뇽에게도 재앙을 가져다주었다.

마뇽은 붙잡혔고 그 집에 살던 사람들도 일망타진되었다. 그 시간 뒤뜰에서 놀고 있던 두 아이들은 이 장면을 전혀 보지 못했다. 아이들이 집으로 돌아왔을 때 문은 잠겨 있었고 집에는 아무도 없었다.

아이들은 집을 떠났다. 큰아이가 작은아이를 데리고 갔다.

아이들은 정처 없이 거리를 떠돌아야 했다.

봄에도 파리에는 살을 에는 삭풍이 자주 휘몰아치곤 한다. 정확히 말하면 추운 정도가 아니라 몸이 얼어버릴 정도다.

그 밤도 삭풍이 몹시 세차게 불고 있었다. 꼬마 가브로슈는 누더기를 걸치고 덜덜 떨면서도, 뭐가 즐거운지 이발소 앞에서 정신이 팔려 서 있었다. 가게 앞 가판대에서 비누를 훔쳐 변두리 이발사에게 1수를 받고 되팔 계산을 하고 있었던 것이다.

가브로슈가 이발소 유리창 앞에서 원저사 제품의 비누를 구경하는 동안, 제법 차림새가 깨끗하고 일곱 살과 다섯 살쯤 되어 보이는 어린아이 둘이 문손잡이를 살며시 돌리고 가게 안으로 들어갔다. 그러더니 구걸이라도 하는 듯 웅얼웅얼 뭔가 애처로운 소리를 냈는데, 간청이라기보다는 우는 소리에 가까웠다. 이발사가 성난 얼굴로 돌아서더니, 면도칼을 놓지도 않은 채 큰아이는 왼손으로, 작은 애는 무릎으로 밀쳐서 거리로 다시 내쫓았다.

두 아이는 울면서 다시 길을 걷기 시작했다. 그때 구름이 몰려오더니 비를 뿌리기 시작했다. 꼬마 가브로슈가 아이들을 쫓아가 말을 걸었다.

"무슨 일이니, 꼬마들아?"

"잠 잘 곳이 없어요." 큰아이가 말했다.

"그래? 이거 참 큰일이군. 그런 일로 운단 말이지? 바보같이!" 가브로슈가 말했다.

가브로슈는 약간 빈정대면서도 우쭐한 어조로 말했다.

"좋아, 같이 가자."

"좋아요, 아저씨." 큰아이가 말했다.

두 아이는 대주교라도 수행하듯 그를 쫓아갔다.

가브로슈와 아이들은 바스티유 쪽의 생탕투안 거리로 향했다.

그는 아이들에게 아무것도 묻지 않았다. 집이 없다는데 그보다 명백한 일이 어디 있겠는가?

지금은 파리 사람들의 기억 속에서 사라졌지만, 20년 전만 해도 바스티유 광장 남동쪽 모퉁이에는 기이한 기념물이 하나 서 있었다. 13미터 정도 되는 코끼리 상이었는데, 골조를 세우고 벽돌을 쌓아 만들었고 등 위에는 흡사 집처럼 생긴 탑이 있었다. 서툰 도장공이 초록색으로 코끼리를 칠했었는데, 이제는 비바람을 맞아 거무튀튀하게 변색되어 있었다. 광장 외곽의 적막한 모퉁이에서 이 거대한 동상의 넓은 이마와 코와 어금니, 거대한 엉덩이와 기둥 같은 네 다리는 밤하늘 아래 무시무시한 그림자를 드리우곤 했다.

이 조형물을 구경하러 오는 외국인은 거의 없었다. 지나가는 사람조차 그것에 눈길을 주지 않았다. 그것은 이미 폐허 더미였고, 계절이 바뀔 때마다 옆구리에서 석고가 떨어져 뼈대가 흉측하게 드러났다.

멀리서 가로등이 희미하게 비추는 광장 구석으로 부랑아가 꼬맹이들을 데리고 갔다. 거대한 동상 가까이에 다다른 가브로슈는 엄청나게 큰 것이 엄청나게 작은 것에 일으킨 효과를 알아차리고는 이렇게 말했다.

"겁먹지 마라, 꼬마들아!"

그곳에는 낮에 이웃 공사장 노동자들이 사용한 사다리가 길게 누워 있었다. 가브로슈는 놀라운 힘으로 그것을 일으켜서 코끼리 앞다리 중 하나에 기대 세웠다. 사다리가 닿은 끝쪽의 코끼리 배에 검은 구멍 같은 것이 보였다.

가브로슈가 사다리와 구멍을 가리키며 아이들에게 말했다.

"사다리를 올라서 안으로 들어가." 그리고 이어서 말했다. "여기가 우리 집이다, 꼬맹이들아."

가브로슈는 정말 자기 집에 와 있었다!

오, 쓸모없는 것의 기대하지 않았던 유용함이여! 거대한 것들의 자비로움이여! 선량한 거인들이여! 거대한 코끼리상이 조무래기들을 받아주고 맞아들였다. 바스티유 광장의 코끼리 상 앞을 지나가던 잘 차려 입은 시민들은 경멸하는 태도로 그것을 아래위로 훑어보며 말하곤 했다. "저걸 어느 짝에 쓸까?" 하지만 그것은 아버지도, 어머니도, 빵도, 옷도, 쉴 곳도 없는 어린 것들을 추위와 서리, 우박, 비에서 구해주었으며 겨울바람에서 지켜주었고, 진창 속에서 자다가 열병에 걸리거나 눈 속에서 자다가 얼어 죽는 걸 면하게 해주었다. 바스티유 광장의 코끼리는 바로 이런 용도로 사용되었다.

흠뻑 젖어 있던 불쌍한 두 아이들의 몸이 다시 따뜻해지기 시작했다.

"아, 그런데 너희들은 왜 울고 있었니?" 가브로슈가 말했다. 그리곤 동생을 가리키며 형에게 말했다. "저런 조무래기가 우는 건 아무 말도 않겠어. 하지만 너처럼 큰 애가 우는 건 멍청한 짓이야."

"정말로 가야할 집이 없었어요." 아이가 말했다.

"꼬마야, 집이 아니라 '꼴방'이라고 하는 거야." 가브로슈가 고쳐 말했다.

"더구나 이런 밤에 우리 둘만 있으니 무서워요."

"밤이 아니라 '깜중'이라고 하는 거야."

"고마워요, 아저씨." 아이가 말했다.

밤이 흘렀다. 어둠이 넓은 바스티유 광장을 덮어 버렸고 비와 섞인 겨울바람이 간헐적으로 몰려왔다.

야경꾼들이 집들과 골목과 구석진 곳들을 샅샅이 뒤지고 다녔고, 밤중에 돌아다니는 사람들을 찾아내려 코끼리 앞을 지나갔다. 어둠 속에서 두 눈을 부릅뜨고 꼼짝 않고 선 이 괴물은 자신의 착한 행동에 만족한 듯 몽상에 잠겨, 잠에 빠진 불쌍한 세 아이들을 하늘과 인간들로부터 지켜주고 있었다.

동이 트기 직전 한 사람이 생-앙투안 거리에서 뛰어나와 광장을 가로지르더니 울타리를 돌아 은밀하게 코끼리 배 밑으로 다가왔다.

그는 코끼리 아래에서 사람 소리라기보다는 앵무새 울음에 가까운 이상한 소리를 냈다.

"키리키키우!"

두 번째로 외치는 소리에 코끼리 뱃속에서 맑고 쾌활한 목소리가 응답했다.

"알았어!"

동시에, 구멍을 막고 있던 널빤지가 움직였다. 아이가 그 사이로 나오더니 코끼리 다리를 타고 잽싸게 내려왔다. 아이는 가브로슈였고 상대방은 몽파르나스였다.

사내와 아이는 어둠 속에서 아무 말 없이 서로를 확인했다.

몽파르나스가 짧게 말했다.

"네 도움이 필요해. 우리를 좀 도와줘."

아이는 더 이상의 설명을 요구하지 않았다.

"오케이."

둘은 새벽부터 시장으로 나가는 채소 재배인들의 행렬을 따라 구불구불한 길을 지나 빠르게 생-앙투안 거리로 향했다.

   그날 밤 포르스 감옥에서는 사건이 벌어졌다. 테나르디에는 독방에 있으면서도 바베, 괼메르와 함께 탈옥을 꾸몄다. 몽파르나스가 밖에서 그들을 도왔다.

   '벨에르'는 지붕밑 방으로 일종의 큰 공간을 말하는데, 삼중 철책과 엄청나게 큰 장식 못이 촘촘히 박힌 이중 철문으로 되어 있었다. 북쪽 끝에서 그곳에 들어가면 오른쪽에 좁은 복도로 나뉘어져 간격을 두고 있는 네 개의 꽤 큰 방이 있었다.

   테나르디에는 2월 3일 저녁 이후 그 방들 중 하나에 격리 수감되어 있었다. 그런 곳에 그가 어떻게 술병을 감추어 들어갈 수 있었는지는 결코 알아낼 수 없었다. 데뤼라는 자가 고안한 그 포도주는 마취제가 섞여 있어 '마취 강도단'이 즐겨 이용한 것으로 유명했다.

   각 감옥에는 고용된 감시자들이 있었는데, 그들은 간수들과 도둑들 사이에 있으면서, 하인이 시장 보는 돈을 떼어먹듯 탈옥을 돕기도 하고 부정한 간수들을 경찰에 밀고하기도 했다.

   테나르디에는 감시를 받고 있었다. 두 시간마다 교대하는 보초병 하나가 소총을 장전한 채 독방 앞을 순찰했다. 매일 오후 네 시에는 개 두 마리를 대동한 간수가 독방으로 들어와 그의 침대 옆에 검은 빵 약간과 물 한 단지를 놓아두고 쇠사슬을 점검하고 철창을 두드려 보았다. 그는 개를 데리고 밤마다 두 번씩 왔다.

   새벽 두 시에 늙은 병사인 보초병이 풋내기 병사로 교체되었다.

잠시 후 개를 데리고 온 사람이 순찰을 돌고 아무 일도 없음을 확인한 뒤 돌아갔다. 그는 다만 병사의 거동이 어수룩하고 나이가 너무 어린 것은 아닌지 생각해 보았다. 두 시간이 지나 풋내기 병사와 교대하기 위해 사람이 왔을 때, 그 애송이는 테나르디에의 독방 옆에 돌처럼 쓰러져 잠이 들어 있었다. 테나르디에는 이미 사라지고 난 뒤였다. 독방의 천장에는 구멍이 나 있었고 그 위의 지붕에도 구멍이 나 있었다. 감방에서는 술병이 발견되었는데, 마취 성분의 술이 반쯤 남아 있었다. 병사는 그것을 마시고 잠이 든 것이다.

알 수 없는 경로를 거쳐서 테나르디에는 아이들이 '벽의 칼날'이라고 부르는 곳까지 와 있었다. 땀과 비에 흠뻑 젖은 옷은 찢어지고 구멍이 났고, 손의 살갗은 벗겨지고, 팔꿈치에는 피가 흐르고, 무릎은 깨져 있었다. 그곳까지 와서 그는 완전히 힘이 빠져 길게 뻗어 버렸다. 발밑의 도로로 내려서기 위해서는 4층 높이의 깎아지른 낭떠러지가 그를 기다리고 있었다. 그가 가지고 있던 줄은 너무 짧았다.

그곳에서 그는 창백한 몰골로 가지고 있던 모든 희망을 단념한 채 기진맥진해 있었다. 아직 세상은 어둠에 싸여 있었지만 곧 날이 샐 것이고 잠시 뒤 생 폴 성당의 종이 네 시를 알리면 교대를 마친 보초가 구멍 뚫린 지붕 아래 잠들어 있는 그를 발견할 터였다. 그는 이런 생각에 겁에 질려 아찔한 높이 아래 가로등 불빛에 희미하게 드러나 있는 젖은 길을 망연히 내려다보고 있었다.

그는 공모했던 동료들은 탈옥에 성공했는지, 그들이 기다렸다가 자기를 도와주러 올지를 계산해 보았다. 그는 귀를 기울였다. 그곳에 온 이후 순찰대 말고는 아무도 거리를 지난 사람이 없었다.

마침내 4시 종이 울렸다. 극심한 불안 속에서 그는 갑자기 누군가 벽을 따라 미끄러지듯 다가오더니 자신이 매달려 있는 지점에 와서 멈추는 것을 보았다. 그에 이어 두 번째, 세 번째 사람들이 조용히 다가와서 합류하였다.

테나르디에 눈앞에 어떤 희망의 빛 같은 것이 스쳐 지나가는 것이 보였다.

"저기로 올라갈 수 있을 것 같아." 몽파르나스가 말했다.

"저 도관을 타고 말이야? 어른은 어림없어. 어린애라면 모를까." 바베가 소리쳤다.

"꼬맹이를 어디서 구한담?" 귈메르가 말했다.

"기다려 봐요. 내가 구해 볼게요."

아이는 줄과 도관, 창문들을 번갈아 살펴보더니 거드름 피우는 목소리로 혼잣말을 했다.

"이까짓 걸 가지고!"

"네가 구해야할 사람이 저기 있어." 몽파르나스가 말했다.

귈메르는 가브로슈를 한 팔로 받쳐 가건물 지붕 위로 올려놓은 다음 그에게 밧줄을 건네주었다. 아이는 도관 쪽으로 향했다. 아이가 올라가는 순간, 테나르디에가 벽 바깥쪽으로 고개를 내밀었다. 첫새벽의 희미한 여명이 땀에 젖은 그의 이마와 창백한 광대뼈, 뾰족하고 사나운 코, 비죽비죽한 나온 회색 수염을 비추었다. 가브로슈가 그를 알아보았다.

"저런, 우리 아버지잖아! 이제와서 관둘 수도 없고…"

가브로슈가 결심한 듯 줄을 입에 물고 오르기 시작했다. 허물어진 집 위에 이른 그가 담 위에 말을 타듯이 걸터앉더니 창문을 가로지른 막대에 단단히 줄을 묶었다.

얼마 후 테나르디에는 길에 내려와 있었다.

숨어있던 사내들이 차례로 나타났다. 가브로슈가 발레 거리의 모퉁이에서 사라지자 바베가 테나르디에를 한쪽으로 데리고 갔다.

"그 아이 봤어?" 그가 물었다.

"어떤 아이 말이야?"

"벽을 타고 올라가 너한테 줄을 건네준 아이 말이야."

"잘 보지 못했어."

"잘은 모르겠지만 네 아들 같던걸."

"설마! 그럴 리가?"

7. 은어隱語

은어란 무엇인가? 은어는 비참한 사람들에게서 나온 언어이다.

　게으름이라는 뜻의 피그리티아Pigritia는 끔찍한 말이다. 이 말은 도둑질이란 뜻의 페그르pègre와 굶주림이란 뜻의 페그렌pégrenne이란 말을 낳았다.

　이렇게 게으름이란 어머니에겐 도둑질이라는 아들과 굶주림이라는 딸이 있다.

　지금 우리는 무엇을 말하고 있는가? 은어에 대해 이야기하고 있다.

　34년 전, 필자가 이 책과 같은 목적으로 쓴 한 작품[38] 속에 은어를 쓰는 도둑을 등장시켰을 때 사람들은 경악하면서 야단법석을 피웠다. "뭐라고! 어떻게! 은어를 쓰다니! 역겨운 말을! 그런 것은 범죄자들의 말이고 감옥이나 사회 밑바닥에 있는 자들이 쓰는 말이야,

---

38) 『어느 사형수의 마지막 날』을 말한다.

어쩌구 저쩌구…."

이런 반발은 도무지 이해할 수 없는 것들이었다.

이후, 인간의 심성을 깊이 성찰할 줄 알았고 민중의 한결같은 친구였던 두 명의 저명한 작가 발자크와 외젠 쉬가 1828년에 내가 그랬던 것처럼 악당들을 그들의 자연스러운 언어로 표현했을 때도 똑같은 아우성이 일어났다. 사람들은 되풀이해 말했다. "이런 불쾌하기 짝이 없는 언어로 뭘 말하겠다는 거지? 은어는 불쾌하고 역겨울 뿐이야!"

누가 부인하랴? 사실 그렇다.

그렇다면 혐오감 때문에 연구를 멈추어야 한단 말인가? 질병 때문에 의사를 몰아내야 하는가? 독사, 박쥐, 전갈, 지네, 거미를 보고 "이건 너무 끔찍해!" 하며 멀리 내던지고 연구를 거부하는 과학자는 없을 것이다. 은어를 외면하는 사상가는 궤양이나 바이러스, 무사마귀를 외면하는 외과의사와 다를 바 없다. 그것은 언어를 탐구하기 거부하는 언어학자나 인간에게 일어나는 현상을 탐색하기 거부하는 철학자와 다를 바 없다. 거듭 말하지만 은어는 문학적 현상인 동시에 사회적 결과이다. 결국 은어란 무엇인가? 은어는 비참한 사람들의 언어인 것이다.

은어는 언어가 뭔가 나쁜 짓을 하려고 변장하는 탈의실과 다름없다. 은어는 그곳에서 단어라는 가면을 쓰고 은유라는 누더기를 걸친다.

그렇게 해서 은어는 끔찍한 것이 된다.

그것은 어둠 속에 떠다니는 의미를 알 수 없는 것들이다. 불행 속은 컴컴하다. 범죄 속은 더 컴컴하다. 이 두 개의 어둠이 합쳐져 은어를 만들어낸다.

사려 깊은 사람들은 행복이니 불행이니 하는 표현을 잘 쓰지 않는다. 분명 저세상으로 들어가는 입구인 이 세상에서 행복한 사람이란 없다.

인간을 제대로 나눈다면 밝은 자들과 어두운 자들이 있을 뿐이다.

은어, 그것은 어둠의 언어이다.

8. 환희와 비탄

이런 믿음, 이런 도취, 순결하고 들어본 적도 없는 절대적인 이런 소유, 이런 절대적인 힘이 지배하는 가운데 "우린 떠날 거예요."라는 말이 느닷없이 튀어나왔다.

사랑엔 중간이란 게 없다. 파멸 또는 구원이 있을 뿐이다. 모든 인간은 운명적으로 진퇴양란에 서 있다. 사랑의 운명처럼 파멸이냐 구원이냐 하는 딜레마를 냉혹하게 보여주는 것도 없다. 사랑은 죽음 아니면 삶이다. 사랑은 요람이 될 수도, 무덤이 될 수도 있다.

마리우스와 코제트는 사랑이 자신들을 어디로 이끌고 갈 것인지 묻지 않았다. 사랑이 자신들을 어디론가 이끌고 가기를 바라는 것은 인간들의 이상한 바람이다.

지난 여섯 주 동안 마리우스는 조금씩, 차츰차츰 코제트를 소유해가고 있었다. 그것은 완전히 정신적인 소유였지만 매우 근원적인 것이었다. 그녀의 미소, 숨결, 향기, 반짝이는 깊고 푸른 눈동자, 손을 만질 때의 보드라운 감촉 그리고 그녀의 모든 생각들을 그는 소유했다. 이런 믿음, 이런 도취, 이런 순결하고 경이로운 절대적인 소유, 이런 절대적인 힘에 빠져 있던 순간, 그녀의 입에서 "우린 떠날 거예요."라는 말이 튀어나왔다.

"오늘 아침 아버지가 말씀하셨어요. 내 자질구레한 소지품들을 모두 챙겨 놓으라고. 일주일 안에 모든 걸 준비해서 영국으로 떠날 거래요."

"어떻게 그럴 수가!" 마리우스가 소리쳤다.

"그래서 갈 건가요?"

"내가 어떻게 하면 좋겠어요?"

"내가 묻고 있지 않소? 갈 건지 말 건지."

"마리우스, 내게 좋은 생각이 있어요."

"뭐죠?"

"우리가 함께 떠나면 되잖아요! 내가 가는 곳으로 함께 가는 거예요!"

"당신과 함께 떠난다고! 정신 있어요? 그러려면 돈이 필요한데, 나는 돈이 없어요! 나는 당신이 모르는 내 친구 쿠르페락에게 십 루이도 넘게 빚을 졌다고요! 내가 가지고 있는 낡은 모자는 삼 프랑도 안 되고 있는 거라곤 앞 단추들이 없는 옷 한 벌, 찢어진 셔츠, 물 새는 장화밖에 없어요. 코제트, 나는 가난뱅이예요. 당신이 나를 밤에만 보았기에 사랑할 수 있지만, 낮에 보았더라면 아마 동전이라도 던져주었을 거예요! 영국이라니! 아, 나는 여권 만들 비용도 없다고요!"

그는 옆에 있던 나무에 몸을 기댔다. 이마를 나무껍질에 대고 피부가 쓸려 아픈 것도 느끼지 못한 채 그는 절망의 화신처럼 꼼짝 않고 서 있었다.

그렇게 영원히 심연 속에 머물러 있을 것 같던 그가 마침내 돌아섰다. 억누르려 애쓰는 가운데 새어나오는 슬픈 울음소리를 뒤에서 들었던 것이다.

흐느끼는 사람은 코제트였다.

그는 그녀에게 가서 무릎을 꿇고 천천히 고개를 숙여 드레스 아래로 나온 그녀의 발을 잡고 입을 맞추었다.

"내일은 나를 기다리지 말아요." 그가 말했다.

"왜요?"

"곧 알게 될 거예요."

"하루라도 당신을 보지 않고는 살 수 없어요!"

"일생을 함께할 거니 하루쯤은 희생해도 돼요."

그녀는 두 손으로 그의 머리를 감싸 안고 그의 두 눈에서 희망을 읽으려고 애썼다.

마리우스가 다시 말했다.

"무슨 일이 일어날지는 아무도 모르니 내 주소를 알아두어야 해요. 나는 베르리 거리 16번지에 있는 쿠르페락이라는 친구 집에 머물고 있어요."

그가 호주머니를 뒤져 주머니칼을 꺼내더니 석고로 된 벽에 칼끝으로 주소를 새겼다.

베르리 거리 16번지

질노르망 영감의 나이는 이미 아흔하나를 넘어섰다. 여전히 그는 자기 소유의 낡은 집에서 딸과 함께 살고 있었다. 알다시피 그는 꼿꼿하게 죽음을 기다리는, 나이도 굴복시키지 못하고 슬픔조차 꺾지 못하는 옛날 노인 중 하나였다.

그날도 질노르망 영감은 사랑스럽던 마리우스를 여느 때처럼 쓰라린 마음으로 추억하고 있었다. 상처 받은 그의 애정은 늘 격해져 분노로 변하곤 했다. 이젠 마리우스가 돌아올 이유가 없었다. 돌아오려 했다면 벌써 그렇게 했을 테고, 그런 기대는 아예 단념해야 한다는 것을 그는 받아들이고 있었다.

그렇게 깊은 상념에 잠겨 있을 때 늙은 하인 바스크가 문을 열고 들어왔다.

"마리우스 씨가 왔는데 만나 보시겠습니까?

노인이 자리에서 몸을 벌떡 일으켰다. 창백한 얼굴이 전기 충격으로 일어서는 시신 같았다. 그가 더듬거리며 말했다.

"들어오도록 하게."

그는 같은 자세를 유지하고 앉아 있었다. 머리는 흔들리고 있었지만 시선은 문에 고정되어 있었다. 문이 다시 열렸다. 한 젊은이가 들어왔다. 마리우스였다.

질노르망 영감은 놀라움과 기쁨에 얼이 빠져 환영幻影이라도 본 듯 잠시 그대로 있었다.

두 팔을 벌리고 그를 부르며 달려들고 싶었다. 그의 마음속 깊은 곳은 황홀감으로 녹아내렸고 사랑스러운 말들이 가슴에서 넘쳐났다. 그의 애정이 입술에까지 이르렀지만 마음과는 반대로 그의 입에서 쌀쌀맞은 말이 튀어나왔다.

"여긴 어쩐 일로 왔느냐? 용서를 빌러?"

마리우스의 몸이 부들부들 떨렸다. 자기 아버지를 부정하라는 요구로 들렸기 때문이다. 그는 눈을 낮추고 대답했다.

"아닙니다."

"그럼, 원하는 것이 뭐냐?" 노인이 격하게 소리쳤다.

"어르신께 결혼 허락을 받으러 왔습니다." 마리우스가 낭떠러지로 떨어지려는 사람의 눈빛을 하고 말했다.

"결혼을 한다! 스물한 살에! 그럴 작정이라! 그러니 허락해 달라고! 그래, 직업은 있느냐? 재산은 모아 놨고? 변호사질을 해서 얼마나 벌고 있는가?"

"전혀 벌지 못합니다." 마리우스가 무례할 정도로 단호하게 말했다.

질노르망 씨가 말을 이었다.

"그래, 알겠어, 아가씨가 부자라는 얘기지?"

"아닙니다."

"알몸뚱이뿐이라! 아버지는 뭐 하시는 분인가?"

"모르겠습니다."

"아가씨 이름은?"

"포슐르방 양이라고 합니다."

"포슈, 뭐라고?"

"포슐르방."

"허!" 노인이 한숨을 내뱉었다.

"마리우스! 나도 너 같은 젊은이가 사랑에 빠지는 건 아주 좋은 일이라고 생각해. 네 나이에는 당연하지. 나는 네가 자코뱅 당원인 것보다 사랑에 빠져있는 게 더 좋다. 네가 로베스피에르 씨보다는 여자 뒤꽁무니를 따라 다니는 게 더 좋아. 난 내가 여자들을 밝혔던 것이 과격한 공화파들의 짓거리보다 백번 옳았다고 생각한다. 젊음은 사라지기 마련하고 늙으면 쇠약해질 수밖에 없지. 여기 금화이백 피스톨이 있다. 마음껏 즐기고 살아라! 결혼 따윈 하지 않아도전혀 문제될 게 없어. 내 말 알아듣겠냐?"

마리우스는 어리둥절하여 한 마디도 못 하고 고개를 저어 못 알아듣겠다는 표시를 했다. 노인이 웃음을 터트렸다. 그리고 하얗게 센 눈꺼풀을 깜박거리더니 어깨를 으쓱하며 말했다.

"바보 같으니! 그 계집을 정부로 삼으라는 얘기야."

마리우스의 얼굴에서 핏기가 가셨다.

그는 일어나서 단호한 걸음으로 문 쪽으로 갔다. 그리고 다시 돌아서더니 노인 앞에 크게 고개를 숙인 다음 다시 머리를 들고 말했다.

"오 년 전에는 제 아버지를 모욕하셨습니다. 이제는 제 여자를 욕보이시는군요. 당신에게 더 이상 아무것도 요구하지 않겠습니다. 안녕히 계십시오, 영감님."

질노르망 영감은 망연자실 입을 벌린 팔을 뻗어 일어서려고 애썼

다. 하지만 그가 한 마디 내뱉기도 전에 문이 닫혔고 마리우스는 사
라지고 말았다.

9. 그들은 어디로 가는가?

하지만 코제트는 그곳에도 없었다. 눈을 들어 보았다. 덧창들이 닫혀 있었다. 그는 정원을 둘러보았다. 정원은 적막했다. 그는 사랑에 미치고, 겁에 질리고, 고통과 근심에 쌓여 늦게 돌아온 집주인처럼 덧문을 두들겼다.

그날 오후 네 시경, 장 발장은 샹드마르스 광장에서 가장 적막한 언덕 뒤편에 혼자 앉아 있었다. 조심성 때문인지, 혼자 생각에 잠기고 싶어서인지, 아니면 변화된 생활방식에 조금 익숙해져서인지 그가 코제트와 함께 외출하는 일은 점점 드물어졌다. 어느 날, 그는 큰길에서 산책을 하다가 테나르디에를 발견했다. 그가 변장을 하고 있었기 때문에 테나르디에는 그를 전혀 알아보지 못했다. 하지만 장 발장은 그때 이후 그를 여러 차례 보았다. 이런 사실 하나만으로도 그가 중대 결심을 내리기에 충분했다. 장 발장은 파리는 물론 프랑스마저 떠나 영국으로 가기로 결심했다. 그는 이런 결심을 코제트에게 알렸다. 일주일 안에 떠나기로 했다. 샹드마르스 광장의 언덕에 앉아 테나르디에, 경찰, 여행, 여권 발급 등에 대해 궁리하며 시간을 보냈다.

그러던 중 설명하기 힘든 일 하나가 일어나 또다시 그의 경계심을 일깨웠다. 아침나절 정원을 산책하다가 벽에 새겨놓은 이상한 문구를 발견한 것이다. 아마 못으로 새긴 듯한 문구는 다음과 같이 쓰여 있었다.

베르리 거리 16번지

아주 최근에 새긴 모양으로, 검은 회반죽을 파낸 자리에 하얗게 글자가 드러나 있었고 벽 아래의 쐐기풀 위에는 방금 떨어져 나온 듯 고운 횟가루가 떨어져 있었다. 뭘까? 무슨 주소일까? 다른 이들이 주고받은 신호일까? 그에게 보내는 경고일까? 하지만 어떤 경우라도 누군가 정원에 침입했다는 것은 분명했다. 이런 시나리오로 그의 머릿속은 혼란스러워졌다. 그는 코제트를 불안하게 만들까 염려되어 벽에 새겨진 구절에 대해선 일절 얘기하지 않았다.

마리우스는 아픈 가슴을 안고 질노르망 씨의 집을 떠났다. 아주 작은 희망을 안고 갔었지만 엄청난 절망을 안고 그곳에서 나와야 했다.

그는 거리를 돌아다니기 시작했다. 고통을 겪는 사람들이 의지하는 방편 중 하나였다. 무슨 생각을 했는지 하나도 떠오르지 않았다.

새벽 두 시가 되어서야 쿠르페락의 집으로 돌아온 그는 옷을 입은 채로 침대에 몸을 던졌다. 그리고 날이 훤해졌을 때야 잠이 들었다.

그가 혼란스러운 잠에서 깨었을 때 쿠르페락과 앙졸라, 푀이, 콩브페르가 막 모자를 쓰고 급히 나가려 하고 있었다.

쿠르페락이 그에게 말했다.

"라마르크 장군의 장례식에 안 갈래?"

그는 무슨 말을 하는지 도무지 알 수 없었다. 그들이 나가고 조금 후 그도 집을 나섰다. 그는 자베르가 맡겨두었던 권총을 호주머니에 넣고 있었다. 2월 3일의 그 사건 때 그의 손에 들어온 것이었다. 그가 무슨 불길한 생각으로 총을 가져갔는지는 말하기 어렵다.

그는 어디로 가는지도 모른 채 온종일 돌아다녔다. 가장 인적이 드문 대로를 걷고 있었는데, 이따금 파리 쪽에서 이상한 소리가 들리는 것 같았다. 그는 몽상에서 벗어나 중얼거렸다. "싸움이 벌어졌나?"

밤이 되어 그는 코제트에게 약속한 대로 플뤼메 거리로 갔다. 마리우스는 철책을 밀고 정원으로 뛰어들었다. 그를 항상 기다리던 자리에 코제트는 없었다. 그는 덤불숲을 가로질러 현관 앞 층계 근처의 외진 곳으로 갔다. "여기서 기다리나보다." 그가 말했다. 하지만 코제트는 그곳에도 없었다. 눈을 들어 위를 보았다. 덧창들이 닫혀 있었다. 그는 정원을 둘러보았다. 정원은 적막했다. 그는 사랑에 미치고 겁에 질리고 고통과 근심에 쌓여 늦게 돌아온 집주인처럼 덧문을 두들겼다. 창문이 열리고 그녀의 아버지가 화난 얼굴로 "무슨 짓이요?" 하고 묻는다 해도 어쩔 수 없었다. 그의 끔찍한 예감에 비하면 그 정도는 아무것도 아니었다. 그는 문을 두드리며 목청껏 코제트를 불렀다.

"코제트! 코제트!" 대답은 없었다. 그게 전부였다. 정원에는 아무도 없었다. 집에도 아무도 없었다.

그는 현관 계단에 주저앉았다. 코제트가 떠났기 때문에 이제는 죽는 수밖에 없다고 생각했다.

그때 갑자기 어떤 목소리가 들리는 듯했다. 목소리는 길 쪽의 나무들 사이에서 들리는 것 같았다.

"마리우스 씨! 마리우스 씨인가요?"

"그런데요."

"마리우스 씨, 친구들이 샹브르리 거리 바리케이드에서 기다리고 있어요." 목소리가 다시 말했다.

목소리는 그에게 전혀 낯설지 않았다. 그것은 에포닌의 쉬고 거친 목소리와 비슷했다. 마리우스는 철책으로 달려가서 그 사이로 머리를 내밀었다. 그는 누군가를 보았는데, 젊은이인 듯한 누군가 어스름 속으로 황급히 사라지고 있었다.

10. 1832년 6월 5일

이제 더 이상 손을 쓸 수 없게 되었다. 폭풍우가 휘몰아쳤고 돌들이 쏟아져 내렸다. 일제사격이 가해지면서 많은 사람들이 둑길로 달려들었다. 말뚝을 뿌리째 뽑고 총을 쏘아대면서 바리게이트가 만들어졌다.

폭동은 어디에서 오는가? 아무것도 아닌 것에서, 그리고 모든 것에서 온다. 조금씩 새어나온 전기, 돌연 솟아오른 불꽃, 떠도는 힘, 지나가는 한 줄기 바람에서 나온다. 그 한 줄기 바람이 사색하는 머리, 꿈꾸는 두뇌, 불타는 열정, 울부짖는 가난을 만나 거리를 휩쓸고 다닌다.

어디로?

닥치는 대로. 국가를 넘어, 법을 넘어, 그들의 번영과 오만함을 넘어!

확신에 찬 분노, 열광에 찬 격분, 흥분, 억눌렸던 투쟁심, 젊은 용기, 호기심, 변덕, 막연한 증오, 원망, 낙담, 불안, 공상, 야심 그리고 가장 밑바닥에서 금세 타오르는 이탄층을 이루고 있는 하층민의 무리들에서 나온다.

폭동이 있고 봉기라는 것이 있다. 둘 다 분노이기는 하지만 하나는 부당하고 다른 하나는 정당하다. 정의에 기초한 민주주의 국가에서 때로는 소수가 부당하게 다수를 착취하는 일이 생기는데, 이럴 때는 다수가 일어나 자신들의 권리를 요구하며 불가피하게 무기를 들기도 한다. 주권의 문제에서 일부에 대해 전체가 벌이는 전쟁은 봉기이고 전체에 대해 일부가 벌이는 전쟁은 폭동이 된다.

무장을 한 모든 항의는 가장 정당한 것이라 해도 같은 동요로 시작된다. 1792년 8월 10일[39]과 1789년 7월 14일[40]의 역사적 사건도 마찬가지였다. 봉기도 처음엔 폭동으로부터 시작된다. 강이 계곡물에서 시작되는 것처럼 말이다. 이렇게 해서 봉기는 혁명이라는 큰 바다에 이르게 되는 것이다.

1832년 봄, 파리는 오래 전부터 소요사태를 예고하고 있었다. 대도시는 대포와 흡사하다. 장전된 대포는 작은 불티만 떨어져도 발사된다. 1832년 6월[41]의 불티는 바로 라마르크 장군의 죽음이었다.

라마르크는 신망 높은 활동가였다. 그는 제정과 왕정복고의 두 시

---

39) 파리의 과격 공화주의자들이 1792년 8월 9일 밤 시청을 점거하여 코뮌(자치시회)을 구성하고 시민과 의용군을 동원하여 튈르리 궁을 점령한 사건이다.
40) 1789년 7월 14에 일어난 프랑스 시민혁명.
41) 1832년 6월 5일에 공화주의자들이 중심이 되어 일으킨 민중 봉기를 말한다.

대를 거치며 두 가지의 용기를 모두 보여주었다. 그것은 전쟁터에서 장수로서의 용기와 연단에서 웅변가로서의 용기였다.

지난 17년 동안 일어난 사건들에 대해서는 초연함을 유지했지만 그는 워털루의 비애를 위엄 있게 간직하고 있었다. 마지막 임종 때도 그는 백일천하[42] 시절의 장교들이 그에게 증정한 검을 가슴에 품고 있었다. 나폴레옹이 임종 때 '군대'라는 마지막 말을 남겼다면 라마르크는 '조국'이라는 마지막 말을 남겼다. 그의 예고된 죽음 앞에서 민중들은 그를 잃을까 두려워했고 정부는 그것이 도화선이 될까 두려워했다. 그의 죽음은 애도의 물결을 불러왔다. 큰 슬픔은 저항으로 나타날 수도 있는데, 그런 일이 일어났다.

6월 5일, 라마르크 장군의 장례행렬이 파리 시내를 통과했다.

북에 천을 씌우고 소총을 거꾸로 멘 2개 대대와 옆구리에 군도를 찬 1만의 국민병, 포병대가 상여를 호위했다. 영구차는 청년들이 끌고 갔고 상이군인들이 월계수 가지를 들고 뒤를 따랐다. 그리고 뒤에는 격앙된 모습의 수상쩍은 군중들이 따르고 있었다. '민중의 벗' 대원들, 법률학교 학생들, 의대생들, 망명객들, 푸른 나뭇가지를 흔드는 어린아이들, 인쇄공, 금속공들이 무리를 지어 걸어가며 소리를 지르고 몽둥이를 휘둘렀다. 보도 위, 큰길 위, 나뭇가지, 발코니, 창가, 지붕 위 할 것 없이 남자들, 여자들, 아이들의 머리가 우글거렸다. 그들의 시선에는 근심이 가득했다. 한 떼의 무장한 군중이 지나

---

42) 전쟁에 패한 나폴레옹이 엘바 섬을 탈출하여 왕위에 복귀한 100일 간의 기간을 말한다.

갔고 한 떼의 겁에 질린 군중이 그들을 쳐다보고 있었다.

정부 측에서도 칼자루에 손을 올리고 그들을 주의 깊게 지켜보고 있었다.

운구행렬이 오스테리츠 다리의 광장에 이르러 멈춰 섰다. 수많은 군중은 침묵하고 있었다. 라파예트[43]가 연설을 했고 라마르크 장군에게 작별인사를 했다. 이 감동적이고 엄숙한 순간에 모든 사람들이 모자를 벗었고 심장의 박동이 뛰었다. 그때 갑자기 검은색 옷을 입고 말을 탄 한 사람이 군중들 한가운데로 붉은 색 깃발을 들고 나타났다. 어떤 이들은 깃발이 아니라 붉은 색 모자를 창에 매단 것이라고도 했다.

그 붉은 깃발이 한바탕 소란을 일으키고 사라졌다. 부르동 대로에서 오스테리츠 다리까지 성난 아우성이 군중들을 뒤흔들었다. 두 개의 놀라운 구호가 군중들 사이에서 솟아올랐다. "라마르크를 팡테옹[44]으로! 라파예트를 시청으로!"

하지만 왼쪽 강둑에는 이미 파리 시의 기병대들이 출동하여 다리를 차단했고, 오른쪽 강둑에는 용기병들이 셀레스탱 병영에서 나와 모를랑 강변을 따라 진을 전개하고 있었다. 강변의 굽이에서 문득 그들을 알아본 군중들이 소리쳤다. "용기병들이다!" 용기병들은 불길한 사건을 예고하는 음울한 표정으로 조용히 한걸음씩 전진했다.

---

43) 라파예트 장군La Fayette(1757~1834)은 프랑스의 군인으로 미국 독립전쟁에 참전했다. 1830년 프랑스 7월 혁명 때 지도자가 되어달라는 요청을 거부했다.
44) 팡테옹은 프랑스의 위인들이 안장된 사원이다.

그 운명적인 순간 무슨 일이 일어났던가? 누구도 그 순간을 말할 수 없으리라. 두 개의 먹구름이 섞이는 암흑의 순간이었다. 어떤 이는 공격을 알리는 나팔소리가 병기창 쪽에서 들렸다고 했고, 어떤 이는 한 아이가 용기병을 단도로 찔렀다고도 했다. 갑자기 세 발의 총성이 울린 것은 사실이었다. 첫 번째 총격으로 기병 중대장 솔레가 죽었고, 두 번째 총격으로 콩트르카르프 거리에서 창문을 닫던 귀머거리 할멈이 죽었으며, 세 번째 총격으로 어느 장교의 견장이 타버렸다.

이제 더 이상 손을 쓸 수 없게 되었다. 폭풍우가 휘몰아쳤고 돌들이 쏟아져 내렸다. 일제사격이 가해지면서 많은 사람들이 둑길로 달려들었다. 말뚝을 뿌리째 뽑고 총을 쏘아대면서 바리게이트가 만들어졌다. 물러섰던 젊은이들이 오스테리츠 다리를 지나 파리 시 근위병들에게 달려들자 무장한 기병들이 달려왔고 용기병들은 검을 휘둘렀다. 군중들은 사방으로 흩어졌다. 전쟁이 벌어졌다는 소문이 파리 구석구석으로 퍼져갔다. "무기를 들어라!" 외치는 소리가 들렸다. 사람들은 뛰고 넘어지고 달아나다가 다시 저항하기를 거듭했다. 바람이 불길을 일으키듯이 분노가 폭동을 이끌었다.

11. 티끌이 폭풍우로 일어나다.

무리들은 대학생들, 노동자들, 부두 하역자들이었는데 몽둥이와 총검으로 무장을
하였고 어떤 사람들은 콩브페르처럼 긴 바지 속에 권총을 지니고 있었다.

병기창 앞에서 민중들과 군대의 충돌로 돌발한 봉기가 운구행렬
을 따르던 군중들의 방향을 바꾸어놓은 순간, 어마어마한 역류가
일어났다. 군중이 흩어지며 대열이 끊어졌다. 어떤 사람들은 공격을
외쳤고 어떤 사람들은 혼비백산해서 달아났다. 바로 그 순간 메닐
몽탕 거리에서 누더기를 걸친 아이 하나가 골동품 가게 앞에 나타
났다. 아이는 상인의 가게 진열장에서 말안장에 꽂아 놓고 쓰는 권
총을 발견했다. 아이가 소리쳤다.

"아주머니, 이 물건 좀 빌려갈게요."

아이는 권총을 들고 달아나 버렸다.

얼마 후 아믈로 거리와 바스 거리를 겁에 질려 달아나던 한 무리
의 시민들은 권총을 흔들며 노래하는 한 아이를 만날 수 있었다.

밤에는 보이지 않아도,
낮에는 아주 잘 보이지,
의심스러운 문서에
시민들은 경악하지,
미덕을 실천하시게,
용용 죽겠지!

전쟁터로 향하는 꼬마 가브로슈였다.

큰길에 이르렀을 때 그는 권총에 공이치기가 없다는 것을 알아차렸다.

가브로슈는 자신이 코끼리 피난처를 마련해준 두 꼬맹이들이 바로 친동생이란 사실을 알지 못했다. 아이는 자신도 모르는 사이 저녁에는 동생들을 새벽에는 아버지를 구해준 것이다. 그는 새벽에 발레 거리를 떠나 서둘러 코끼리에 돌아왔고 두 아이를 그곳에서 꺼내주었다. 그리고 보잘것없는 아침식사를 손수 아이들에게 차려준 다음 자신을 길러준 것이나 다름없는 길 위에 아이들을 맡겨두고 떠났다. 그는 아이들과 헤어지면서 저녁에 같은 장소에서 만나자는 약속을 했다.

하지만 경찰이 데리고 가 수용소에 집어넣었는지, 어느 서커스 단원이 유괴해 갔는지, 아니면 파리의 거대한 미로 속에서 길을 잃었는지 아이들은 다시 돌아오지 않았다. 그날 밤 이후 열두어 주가 지났다. 가브로슈는 머리를 긁적이며 몇 번이고 중얼거렸다. "도대체, 두 녀석이 어디로 간 거지?"

가브로슈는 앙졸라, 쿠르페락, 콩브페르, 이유가 이끄는 무리와 막 합류하였다.

떠들썩한 무리들이 그들과 함께했다. 무리들은 대학생들, 노동자들, 부두 하역자들이었는데 몽둥이와 총검으로 무장을 하였고 어떤 이들은 콩브페르처럼 긴 바지 속에 권총을 지니고 있었다. 아주 나이가 많은 듯싶은 노인 하나가 무리 속에 끼어 걷고 있었다. 그는 무기가 전혀 없었고 생각에 잠겨 있는 듯싶었지만 뒤처지지 않으려고 서두르고 있었다. 가브로슈가 그를 보았다.

"저건 뭐지?" 그가 쿠르페락에게 말했다.

"노인이잖아."

그는 마뵈프 씨였다.

군중집회는 원하는 곳에서 정확하게 이루어지는 것이 아니다. 군중을 이끄는 것은 한 줄기 바람이라는 걸 우리는 앞에서 설명했다. 그들은 생-메리 교회를 지나쳐 어느새 생-드니 거리에 와 있었다.

12. 코린트

얼마 뒤 수레에서 놓여난 말들이 제각기 흩어지고 합승마차가 옆으로 눕혀지자 마침내 바리케이드가 완성되었다.

파리 시민들이 중앙시장 근처의 랑뷔토 거리로 들어가면 오른쪽 몽데투르 거리 맞은편에 있는 광주리 가게를 만날 수 있다. 그곳 간판에는 나폴레옹 황제의 형상을 한 바구니가 있었는데 거기에 다음과 같은 문구가 적혀져 있다.

나폴레옹은
버들가지로만 만들어진다.

오늘날 사람들은 30년 전 그 장소에서 어떤 끔찍한 일이 벌어졌었는지 거의 짐작조차 하지 못할 것이다.[45]

바로 그곳이 샹브르리 거리였는데, '코린트'라는 이름의 유명한 선술집이 있었다.

계산대가 있는 아래층, 당구대가 있는 이층, 천장을 관통한 나선형의 나무 계단, 탁자 위의 포도주, 연기에 그은 벽, 대낮에도 켜놓은 촛불 등이 선술집의 모습을 그대로 보여주고 있었다.

그랑테르는 정오부터 보잘것없는 몽상의 원천인 포도주를 넘어서 브랜디와 스타우트, 압생트의 혼합주에 도전하고 있었다. 그랑테르는 포도주 병을 내려놓고 이 혼합주 한 조끼를 옆에 두고 있었다. 그랑테르는 아직 한심스러울 정도로 취해 있지는 않았다. 오히려 그는 놀랄 만큼 명랑했고 보쉬에와 졸리가 그와 대작하고 있었다. 그들은 건배를 했다.

상당히 술에 취했음에도 보쉬에는 침착함을 유지하고 있었다. 열린 창의 난간에 앉아 있던 그는 내리는 비에 등이 젖는지도 모르고 두 친구와 마주보고 있었다.

갑자기 등 뒤에서 떠들썩한 소리와 함께 분주한 발자국 소리, "무기를 들어라!" 하는 외침이 들렸다. 그가 뒤를 돌아보니 샹브르리 거리의 끝에 있는 생-드니 거리에서 소총을 든 앙졸라와 권총을 든 가브로슈, 긴 군도를 든 푀이유, 검을 가진 쿠르페락, 짧은 총을 든 프루베르, 소총을 든 콩브페르, 역시 소총을 든 바오렐이 보였고 무장을 하고 그들을 뒤따르는 성난 군중들이 보였다.

---

45) 이 책이 1862년에 출간되었으므로 '30년 전의 사건'이란 현재 이 책에서 묘사하고 있는 사건을 말하는 것이다.

보쉬에가 확성기처럼 두 손을 입 주위에 대고 소리쳤다.

"쿠르페락! 쿠르페락! 이봐!"

자신을 부르는 소리에 쿠르페락이 보쉬에를 알아보고 샹브르리 거리 쪽으로 다가오며 소리쳤다.

"왜 그래?"

"어디로 가는 거야?"

두 사람이 외치는 소리가 서로 마주쳤다.

"바리케이드를 칠 거야." 쿠르페락이 대답했다.

"그럼, 여기다 해! 여기가 딱이야. 여기에 바리케이드를 만들면 돼!"

"오, 그렇군, 독수리." 쿠르페락이 말했다.

쿠르페락이 손짓을 하자 군중들이 샹브르리 거리로 몰려들었다.

사실 그곳은 바리케이드를 치기에 딱 알맞은 장소였다. 길 입구는 넓지만 안쪽으로는 점점 좁아지는 막다른 골목이었다. 선술집 코린트가 그곳의 병목지점 역할을 해서 몽데투르 거리의 좌우측을 모두 차단하기가 수월했고 오직 생-드니 쪽만 뚫려 있어서 공격도 가능했다. 술이 얼큰하게 취한 보쉬에가 한니발[46]의 통찰력을 발휘한 것이다.

군중들이 난입하자 거리는 온통 공포에 휩싸였다. 순식간에 행인들의 자취가 사라졌다. 가게, 공장, 출입문의 창문, 덧창, 다락방 문

---

46) 카르타고의 장군. 제2차 포에니 전쟁 때 육로로 알프스를 넘어 이탈리아로 침입한 뒤 로마군을 물리쳤다.

까지, 일층에서부터 지붕까지의 모든 문들이 닫혀 버렸다. 오직 선술집 문만 열려 있었다. 그럴 수밖에 없는 것이, 군중들이 그곳으로 몰려들었기 때문이다.

몇 분 만에 20개의 난간 철책들이 뽑혀나갔고 20미터 거리의 포석들이 캐내졌다. 가브로슈와 바오렐은 석회를 운반하던 이륜 수레를 탈취해 뒤집어엎었다. 수레에는 석회가 가득 찬 큰 통 세 개가 실려 있었다. 그들은 그것을 땅에 깔고 포석들을 쌓았다. 앙졸라는 지하실 출입문을 따고 빈 술통들을 모조리 옮겨와 석회통들과 나란히 세웠다.

길 끝쪽에 두 마리의 백마가 끄는 합승마차가 지나가고 있었다. 보쉬에가 포석 더미 위를 뛰어넘어 달려가더니 마부를 멈추게 했다. 그는 부인들에게 손을 내밀어 내리게 하고 마부 대신 고삐를 쥐고 마차와 말을 데려왔다. 얼마 뒤 수레에서 놓여난 말들이 제각기 흩어지고 합승마차가 옆으로 눕혀지자 마침내 바리케이드가 완성되었다.

앙졸라, 콩브페르와 함께 쿠르페락이 모든 것을 지휘했다. 이제 두 개의 바리케이드가 동시에 만들어졌다. 두 개 모두 코린트 선술집의 담에 기대어 수직으로 세워졌다. 큰 것은 샹브르리 거리를 봉쇄했고 다른 것은 몽데투르 거리를 봉쇄했다. 두 번째의 작은 바리케이드는 통과 포석들만 쌓아서 만들었다. 50여 명이 작업을 했는데 그 중 30명이 소총으로 무장하고 있었다. 여기까지 오는 도중 그들이 무기 가게를 통째로 탈취해 버렸던 것이다.

가브로슈는 완전히 들뜨고 신이 나서 동에 번쩍 서에 번쩍 사람들 사이를 다람쥐처럼 오가고 있었다. 그는 사람들의 흥을 돋우는 역할을 하고 있었다. 그에게 날개라도 달린 것일까? 확실히 그렇다. 그의 날개는 바로 신바람이었다. 그는 어디든 나타났고 소리를 내며 대기를 채우고 있었다. 그는 끊임없이 사람들을 북돋우며 신출귀몰했다. 그는 잠시도 멈추지 않았다. 멈춘다는 것이 불가능했다. 그는 거대한 바리케이드를 자신의 엉덩이로 느끼고 있었다.

바리케이드가 세워지고 저마다의 위치가 정해졌다. 소총이 장전되고 초병이 세워졌다. 더 이상 개미새끼 한 마리 지나가지 않았다. 죽음처럼 적막한 거리에 그들은 홀로 남았다. 정체는 알 수 없지만 비극적이고 무시무시한 뭔가가 다가오고 있음을 느끼며, 그들은 어둠과 침묵의 한가운데서 무기를 들고 결의를 다지며 기다렸다.

밤이 되어 사방이 깜깜해졌지만 아무 일도 일어나지 않았다. 들리는 것은 뭔가 웅성거리는 소리와 간헐적으로 들리는 총소리뿐이었다. 총소리는 드문드문, 그것도 아주 멀리서 들려왔다. 이렇게 침묵이 길어진다는 건 정부가 시간을 갖고 병력을 집결시키고 있다는 얘기다. 이렇게 50명의 사내들은 6만의 군대를 기다리고 있었다.

앙졸라는 점점 초조함에 사로잡혔다. 엄청난 사건을 마주하기 직전 아무리 정신력이 강한 사람이라도 맞닥뜨릴 수밖에 없는 그런 초조함이었다. 그는 가브로슈를 찾으러 갔다. 가브로슈는 아래층에서 두 개의 희미한 양초 불빛에 의지해 실탄 만드는 작업을 하고 있었다.

"너는 아직 꼬마니까 잡지 않을 거야. 지금 바리케이드를 벗어나 집 뒤쪽으로 슬며시 나가거라. 주위의 길들을 살펴보고 와서 무슨 일이 있는지 내게 말해줘야 한다." 앙졸라가 말했다.

"그럴게요! 잠깐, 저기 덩치 큰 사람 보이세요?"

"그런데?"

"끄나풀이에요."

앙졸라는 꼬마를 놓아두고 재빨리 다른 쪽에 있던 노동자에게로 가서 낮은 소리로 소곤거렸다. 노동자가 방을 나가더니 다른 세 사람을 데리고 돌아왔다. 건장한 인부 네 사람이 탁자 위에 팔꿈치를 괴고 있는 사내의 뒤로 가서 섰다. 인부들이 그에게 달려들 태세를 취했다.

그때 앙졸라가 그에게 다가가 물었다.

"당신 누구요?"

갑작스러운 질문에 그 사람은 앙졸라의 순진한 눈동자를 뚫어져라 쳐다보았다. 그는 앙졸라의 눈동자에서 그의 생각을 읽은 듯했다. 그가 슬며시 미소를 지었는데, 그 미소는 이 세상에서 볼 수 있는 가장 거만하고 가장 단호하고 가장 과감한 것이었다. 그는 아주 낮은 소리로 대답했다.

"나는 당국에서 나온 사람이오."

"이름이 뭐요?"

"자베르."

앙졸라가 네 사람에게 손짓했다. 눈 깜박할 사이에 자베르는 먹살을 잡혔고, 쓰러져 밧줄에 묶이고 몸수색을 당했다. 수색이 끝나자 사람들이 자베르를 다시 일으켜 세웠다. 그리고 그의 몸은 팔이 등 뒤로 묶인 채 아래층 복판에 매달아졌다.

이 모든 일이 매우 신속하게 이루어졌다. 그래서 선술집 주변에서 일이 일어난 걸 알았을 때는 모든 것이 끝난 뒤였다.

13. 어둠 속으로 사라진 마리우스

이제 자신을 위한 때가 왔고, 자신의 시간을 알리는 종이 울렸다고 생각했다. 아버지처럼 자신도 용감하고 대담하게 총탄과 총검 앞에서 피를 쏟으며 적에 맞서고 죽음에 맞서리라 생각했다.

황혼 무렵 마리우스를 샹브르리 거리의 바리케이드로 불러들인 그 목소리는 그에게는 운명의 소리와도 같았다. 그는 죽기를 원했고 그 기회가 온 것이다. 무덤의 문을 두드리는 그에게 어둠 속에서 어떤 손이 열쇠를 건네주었다. 마리우스는 철책을 열고 정원을 나서며 말했다. "가자!"

그는 고통으로 정신이 나가 있었다. 그의 머릿속에서 분명하고 확고한 것은 더 이상 아무것도 없었다. 젊음과 사랑에 도취되어 지냈던 두 달 이후 절망의 온갖 몽상에 짓눌리게 된 그에게 이젠 하나의 욕망밖에 남지 않았다. 그것은 "이제 모든 것을 끝내버리자."는 것이었다.

그는 빠르게 걷기 시작했다. 자베르의 권총이 있으니 마침 무장도 갖춘 상태였다.

포위된 거리는 마치 거대한 동굴 같았다. 그곳에 있는 모든 것들이 잠들어 있는 듯 미동도 하지 않았다.

마리우스가 파리의 중앙시장에 도착했다.

그는 자신이 찾고 있던 것들이 아주 가까이 있음을 느꼈다. 그렇게 그는 몽데투르의 짧은 골목 모퉁이에 도착했다. 그 골목길은 앙졸라가 외부와의 연락을 위해 남겨둔 유일한 통로였다. 마지막 모퉁이에서 그는 머리를 내밀어 몽데투르 거리를 바라보았다.

샹브르리 골목과 거리의 어두운 모퉁이 너머로 땅바닥을 비추는 희미한 빛과 선술집 일부가 보였고 소총을 무릎 위에 놓고 웅크려 앉은 사람들이 보였다. 모든 것이 20미터 거리 안에 있었다. 그곳이 바로 바리케이드 내부였다.

마리우스는 이제 한 걸음만 더 내딛으면 되었다.

그 순간 가련한 젊은이는 경계석에 앉아 팔짱을 끼고 자기 아버지를 생각했다. 이제 자신을 위한 때가 왔고 자신의 시간을 알리는 종이 울렸다고 생각했다. 아버지처럼 자신도 용감하고 대담하게 총탄과 총검 앞에서 피를 쏟으며 적에 맞서고 죽음에 맞서리라 생각했다. 그는 생각했다. 이제 그는 싸우기 위해 전쟁터에 뛰어들 것이고, 자신이 뛰어들 전쟁터는 바로 거리이며, 자신이 수행할 이 전쟁은 바로 이 내전이라고!

14. 위대한 절망

그는 피로 물든 옷에 나있는 총구멍을 모두에게 보여주며 말했다. "이제 이것이 우리의 깃발이다."

아직 아무 일도 일어나지 않았다. 생-메리 교회에서 열 시를 알리는 종소리가 들렸다. 앙졸라와 콩브페르는 기병총을 손에 든 채 큰 바리케이드의 방책에 가서 앉았다. 그들은 아무 말도 하지 않고 귀를 기울이며 가장 작고 가장 멀리서 들리는 발걸음 소리라도 들으려고 애를 썼다.

음산한 침묵이 흐르는 가운데, 갑자기 생-드니 거리에서 흘러나오는 듯 맑고 쾌활한 아이의 목소리가 노래를 시작했다.

내 코가 눈물을 흘리네
내 친구 비조여
헌병들을 좀 빌려주게

그들에게 한 마디만 하게
푸른 군복에
군모 쓴 암탉
여기는 교외
꼬꼬댁 꼬꼬

앙졸라와 콩브페르가 손을 맞잡았다.

"가브로슈야." 앙졸라가 말했다.

"그가 우리에게 신호를 보낸 거야." 콩브페르가 말했다.

빠른 걸음이 적막한 거리를 뒤흔들었다. 그리고 어릿광대처럼 재빠른 한 사람이 합승마차 위로 기어오르는 것이 보였다. 가브로슈가 숨을 헐떡이며 바리케이드로 뛰어 들어왔다.

"놈들이야."

바리케이드 안에 강한 전율이 흘렀고 소총을 찾는 손들이 분주하게 움직이는 소리가 들렸다.

저마다 전투 위치를 잡았다.

봉기를 일으킨 43명 중에는 앙졸라, 콩브페르, 쿠르페락, 보쉬에, 졸리, 바오렐과 가브로슈 등이 있었다. 그들은 대형 바리케이드 앞에 무릎을 땅에 대고는 아무 말 없이 총을 겨눴다. 푀이유가 지휘하는 나머지 여섯은 뺨에 소총을 대고 선술집 두 개의 층에 자리 잡고 있었다.

시간이 얼마 쯤 흐르자 규칙적이고 육중한 발자국 소리가 생-뢰 교회 쪽에서 또렷하게 들렸다. 그 소리는 처음에는 약했다가 점점 선명해졌고 나중엔 땅을 울리며 천천히, 중단 없이, 확고하고도 규칙적으로 가까워졌다.

갑자기 어둠 자체가 말을 하는 듯 음산한 목소리가 들려왔다.

"누구냐?"

그러자 앙졸라가 짧고도 쩌렁쩌렁한 소리로 대답했다.

"프랑스 혁명군이다."

"발사!" 어둠 속의 목소리가 말했다.

마치 화덕의 문이 열렸다가 갑자기 닫힌 듯 섬광이 거리의 모든 외벽을 붉게 물들였다. 바리케이드 위에서는 엄청난 폭발음이 들렸다. 붉은 깃발이 쓰러졌다. 격렬한 집중사격으로 깃대가 꺾여버린 것이다. 건물 돌출장식을 맞고 튄 총알들이 바리케이드 안까지 들어와 여러 사람들에게 부상을 입혔다.

그 최초의 일제사격으로 모두의 심장이 얼어붙었다. 적어도 일개 연대 전체와 맞서게 된 것이 분명했다.

"우선 떨어진 깃발을 다시 세웁시다." 앙졸라가 말했다.

그가 마침 자기 발아래 쓰러져 있던 깃발을 주워들었다.

밖에서는 소총을 막대기로 쑤셔 화약 넣는 소리가 들렸다. 군대가 무기를 재장전하고 있었다.

앙졸라가 다시 말했다.

"누가 용기를 내겠소? 누가 바리케이드 위에 깃발을 다시 세우겠소?"

아무도 대답하지 않았다. 바리케이드 위에 올라간다는 것은 죽음을 의미하는 것이었다.

"지원할 사람 없소?"

앙졸라가 거듭 물었다.

그때 선술집 입구에 마뵈프 영감이 나타났다. 그는 곧바로 앙졸라 앞으로 걸어갔다. 사람들은 어떤 경외감에 사로잡혀 그에게 길을 터주었다. 그는 주춤거리며 물러서는 앙졸라에게서 깃발을 빼앗아 들었다. 누구도 감히 그를 멈추게 하거나 도와줄 수 없었다. 팔순의 노인은 머리를 흔들면서도 당당하게 바리케이드에 설치해놓은 포석으로 된 계단을 천천히 올랐다.

그가 마지막 계단에 이르렀다. 휘청거리는 무시무시한 그의 그림자가 잔해물 더미 위에 서 천이백 자루의 보이지 않는 소총과 마주하고 있었다. 그는 마치 자신이 죽음보다도 힘이 세다는 듯 몸을 곧추세웠다.

초자연적인 일이 일어날 때만 나타나는 침묵이 흘렀다.

그 침묵 가운데서 노인이 붉은 깃발을 흔들며 외쳤다.

"공화국 만세!"

두 번째 일제사격이 비 오듯 바리케이드 위로 쏟아졌다.

노인은 무릎을 굽혔다. 그리고 깃발을 떨어트린 채 포석 위에 십자가 모양으로 두 팔을 벌리며 널빤지처럼 쓰러졌다. 그의 몸에서 피가 시냇물처럼 흘러내렸다. 창백하고 슬픈 노인의 얼굴은 하늘을 우러르고 있었다.

앙졸라는 머리를 숙여 노인의 머리를 받쳐 들고는 분노에 찬 얼굴로 이마에 입을 맞추었다. 그리고는 노인의 팔을 벌려 더 이상 고통을 주지 않으려는 듯 조심스레 시신에서 옷을 벗겨냈다. 그는 피로 물든 옷에 나 있는 총구멍을 모두에게 보여주며 말했다.

"이제 이것이 우리의 깃발이다."

그동안 자리를 뜨지 않고 홀로 경계 태세를 취하고 있던 꼬마 가브로슈의 눈에 사람들이 살금살금 바리케이드로 다가오는 것이 보였다. 돌연 그가 소리쳤다.

"조심해요!"

위기의 순간이었다. 한순간이면 바리케이드가 무너질 태세였다.

바오렐이 들어오던 첫 번째 파리 경찰에게 돌진하여 근접 거리에서 기병총 한 발로 사살했다. 두 번째 경찰이 달려들어 총검으로 바오렐을 죽였다. 그때 또 다른 경찰이 쿠르페락을 넘어뜨렸다. 쿠르페락이 소리쳤다. "도와줘!"

거인처럼 체격이 큰 경찰 하나가 총검을 앞에 겨누고 가브로슈에게 걸어왔다. 총검이 가브로슈를 스치기 직전 병사의 손에서 소총이 떨어졌다. 총알 하나가 파리 경찰대의 이마 한복판을 맞추어 뒤로 나자빠진 것이다. 두 번째 총알이 쿠르페락을 공격하던 다른 경찰의 가슴 한복판을 맞추자 그가 땅바닥 위로 나뒹굴었다.

바리케이드에 막 들어온 사람은 마리우스였다.

주저하며 떨고 있던 마리우스는 최초의 전투 장면을 목격했다. 그는 결단을 내릴 수 없었다. 하지만 마뵈프 씨의 죽음 앞에서, 사살당한 바오렐 앞에서, "도와줘!"라고 외치는 쿠르페락과 위험에 처한 아이, 도와주거나 복수를 해주어야 하는 친구들 앞에서 모든 망설임은 사라졌다. 그는 손에 권총 두 정을 든 채 혼전 속으로 뛰어들었다. 그리고 첫 번째 총알로 가브로슈를, 두 번째 총알로 쿠르페락을 구해냈다.

이제 마리우스에게는 무기가 없었다. 그는 총알이 소진된 권총을 버렸다. 하지만 곧 술집 아래층 문 앞에 있는 화약통을 발견했다.

그가 그쪽을 향해 몸을 반쯤 돌렸을 때 병사 하나가 그를 총으로 겨누었다. 병사가 마리우스를 겨냥하는 순간 어떤 손이 총신의 끝을 막았다. 총알이 발사되어 손을 관통했지만 마리우스를 맞추지는 못했다. 이 모든 것이 자욱한 연기 속에서 언뜻 보였을 따름이다. 아래층으로 들어가던 마리우스는 자신을 향했던 총구와 그것을 막은 손을 어렴풋이 보았고 총소리도 들었다.

앙졸라가 외쳤다.

"기다려! 무턱대고 쏘면 안 돼!"

혼전 속에서 자기편끼리 서로를 다치게 할 수도 있었다. 대부분의 사람들은 이층 창문과 지붕 밑 방으로 올라가 공격자들을 내려다보고 있었다.

갑자기 우렁찬 목소리가 들렸다.

"물러서라. 그렇지 않으면 바리케이드를 날려버리겠다!"

모두 목소리가 들리는 쪽을 돌아보았다.

아래층에서 화약통을 가지고 나온 마리우스가 자욱한 연기를 틈타 어느새 바리케이드를 지나 횃불이 타고 있는 포석 더미에 와 있었다. 마리우스는 화약통을 내려놓은 채 횃불을 뽑아들고는 화약통 아래에 있던 포석 더미를 밀어 밑바닥이 떨어뜨렸다. 이 모든 일들이 그가 몸을 한번 숙였다 일어나는 사이에 벌어졌다. 국민병이며 파리 경찰대, 장교들, 병사들 할 것 없이 모두가 바리케이드 끄트머리에 잔뜩 몸을 웅크리고 망연자실 그를 바라보고 있었다. 그가 화약통이 있는 쪽으로 횃불을 기울이며 무시무시한 소리로 외쳤다.

"물러서라! 그렇지 않으면 바리케이드를 폭파하겠다!"

팔순 노인에 이어 바리케이드에 올라선 마리우스는 늙은 혁명세력 뒤에 등장한 젊은 혁명세력의 환영幻影 같았다.

"바리케이드를 폭파한다고! 너도 함께 폭파될 셈인가!" 부사관 하나가 말했다.

"그래, 나도 함께 죽을 거다."

마리우스가 대답했다. 그러더니 횃불을 화약통에 가까이 가져갔다.

하지만 바리케이드 곁에는 이미 아무도 없었다. 공격자들은 죽은 동료들과 부상자들을 남겨둔 채 우왕좌왕 물러가더니 밤의 어둠 속으로 사라졌다.

그들이 패주했다.

바리케이드가 해방된 것이다.

이런 전투의 특징은 항상 정면에서 바리케이드 공격이 이루어진

다는 것이다. 공격자들은 매복이나 구불구불한 길 안쪽으로 말려드
는 것을 겁낸다. 그래서 시민군들의 주의력은 온통 대형 바리케이드
쪽으로만 쏠리게 된다. 그렇지만 마리우스는 소형 바리케이드에도
주의를 기울이며 그곳을 살펴보곤 했다.

마리우스가 수색을 끝내고 자리를 뜨려는데, 어둠 속에서 자신의
이름을 부르는 희미한 소리가 들렸다.

"마리우스 씨! 저를 모르겠어요?"

"모르겠군요."

"에포닌이잖아요."

마리우스는 급히 몸을 숙였다. 정말 그 가엾은 아이었다. 그녀는
남장을 하고 있었다.

"여긴 어떻게 왔지? 거기서 뭘 하고 있는 거요?"

"저는 죽어가고 있어요." 그녀가 말했다.

그는 그녀를 부축하여 일으키려 했다. 그러다가 그녀의 손을 건드
리는 순간 약한 신음소리가 들려왔다.

그녀는 마리우스의 눈길 가까이로 손을 들어보였다. 마리우스는
손 가운데서 검은 구멍을 보았다.

"도대체 손이 어떻게 된 거요?" 그가 말했다.

"손이 뚫렸어요. 당신을 겨누던 소총을 보았나요?"

"그래요. 어떤 손 하나가 그것을 막았지."

"그게 제 손이에요."

마리우스는 소스라치게 놀랐다.

"그런 바보 같은 짓을! 가엾은 아가씨! 그래도 다행이오. 그 정도라면 괜찮을 거요. 내가 당신을 침대로 옮기겠소. 붕대를 감아줄 거요. 손이 뚫렸다고 해서 죽는 것은 아니니까."

그녀가 나지막한 소리로 말했다.

"총알이 손을 관통했지만 등으로 나왔어요. 저를 여기서 옮긴다고 해도 소용없어요."

그녀는 미친 것 같기도 했고 진지한 듯 슬퍼 보이기도 했다. 그녀의 찢어진 옷 사이로 젖가슴이 드러났다. 그녀는 말을 하면서도 뚫어진 손으로 가슴을 누르고 있었다. 그 가슴에는 또 다른 구멍이 있었고 그곳에서 쉼 없이 피가 흘러나왔다.

그 순간 꼬마 가브로슈의 어린 수탉 같은 목소리가 바리케이드에서 울려 퍼졌다. 에포닌은 몸을 세우고 듣더니 중얼거렸다.

"제 동생이에요. 걔가 나를 보아서는 안 돼요. 나를 나무랄 거예요."

"동생이라고? 누가 당신 동생이란 말이오?" 테나르디에 가족에게 갚아야할 자기 아버지가 남겨놓은 빚을 마음 속 가장 쓰라리고 고통스러운 곳에 간직하고 있던 마리우스가 물었다.

"저 꼬마 아이."

"노래 부르고 있는?"

"그래요."

그녀가 갑자기 표정을 바꾸며 말했다.

"당신을 속이고 싶지는 않아요. 제 호주머니에 당신 편지가 있어요. 어제부터 가지고 다녔어요. 우체통에 넣어달라고 했는데 그냥 가지고 있었어요. 당신이 편지를 받게 되는 걸 원치 않았어요."

그녀는 마리우스의 손을 잡아 자신의 웃옷 주머니에 가져갔다.

"가져가세요." 그녀가 말했다.

마리우스는 편지를 받았다.

그녀가 만족스러운 표정을 지었다.

"그런데 마리우스 씨, 제가 당신을 조금 좋아했던 것 같아요."

그녀는 미소를 지으려고 애쓰다 숨을 거두었다.

사람의 마음이란 이렇게 만들어졌나 보다. 불쌍한 아이가 막 눈을 감았는데도 마리우스는 편지를 펼쳐볼 생각을 하고 있으니 말이다. 그는 그녀를 살며시 바닥에 놓고 다른 쪽으로 걸어갔다. 누군가가 그녀의 시신 앞에서 편지를 읽어서는 안 된다고 말하는 것 같았기 때문이다.

그는 아래층의 촛불 가까이로 갔다.

마리우스 퐁메르시 씨에게,
베르리 거리 16번지, 쿠르페락 씨 댁.

그는 편지를 뜯었다.

오, 사랑하는 그대!

아버지는 곧장 떠나기를 원해요. 우리는 오늘 밤 롬-아르메 거리 7번지로 갈 거예요. 그리고 일주일 후면 런던에 있을 거예요.

코제트, 6월 4일

마리우스는 코제트의 편지에 수없이 입을 맞추었다. 그녀는 나를 사랑하고 있다! 순간 이제 자신이 죽어서는 안 된다는 생각이 들었다. 그는 생각했다. '그녀가 떠난다. 그녀의 아버지가 그녀를 영국으로 데려가고 할아버지는 우리 결혼을 승낙해주지 않는다. 우리 운명은 아무것도 바뀌지 않았다.' 그는 이제 자신에게 두 가지 의무가 남아있다고 생각했다. 코제트에게 자기의 죽음을 알리고 마지막 작별인사를 하는 것과 다가오는 파국에서 에포닌의 동생이자 테나르디에의 아들인 불쌍한 아이를 구해내는 것이었다.

그는 수첩을 가지고 있었다. 그는 수첩 종이를 뜯어 연필로 다음과 같이 몇 줄을 적었다.

우리 결혼은 불가능합니다. 할아버지에게 승낙을 청했지만 거절당했습니다. 나는 재산이 없고 당신도 마찬가지입니다. 그날 당신 집으로 뛰어갔지만 당신은 없더군요. 당신에게 내가 했던 약속을 기억할 겁니다. 나는 그 약속을 지키려고 죽습니다. 당신이 이 편지를 읽을 때면 내 영혼은 당신 곁에 있을 것이고 당신에게 미소를 지을 겁니다.

편지를 넣을 봉투가 없었으므로 그는 편지를 네 번 접는 것으로 만족하고 다음 주소를 적어 넣었다.

코제트 포슐르방 양에게,
롬-아르메 거리 7번지 포슐르방 씨 댁.

그는 편지를 접고 잠시 생각하더니 수첩을 꺼내 첫 장에 몇 줄을 더 써 넣었다.

내 이름은 마리우스 퐁메르시.
내 시신을 마레 지구 피유 뒤 칼베르 거리 6번지, 조부인 질노르망 씨 집에 데려다 주시오.

그는 수첩을 옷 주머니에 다시 넣고 가브로슈를 불렀다. 꼬맹이는 마리우스의 목소리에 기뻐하며 충성을 다하겠다는 표정으로 달려 왔다.

"나를 위해 뭔가 해줄 수 있겠니?"

"말만 하세요. 까짓 거! 아저씨가 아니었으면 나는 끝장났을 거예요."

"이 편지 보이지? 당장 바리케이드를 떠나 내일 아침 이 편지를 주소에 있는 코제트 양에게 전해야 한다. 롬-아르메 거리 7번지, 포슐르방 씨 댁이다."

용감한 아이가 대답했다.

"좋아요. 한데 그동안 놈들이 바리케이드를 빼앗으려 할 텐데, 내가 이곳에 없으면 안 되잖아요."

"바리케이드는 새벽부터 공격할 테니 내일 자정까지는 점령당하지 않을 거다."

대꾸할 말을 찾지 못한 가브로슈는 마음을 정하지 못해 귀를 긁적거리며 그대로 서 있었다. 그러더니 익히 보아온 민첩한 동작으로 갑자기 편지를 집어 들고 몽데투르 골목길로 달음박질쳤다.

15. 롬-아르메 거리

가엾은 노인 장 발장은 아버지로서밖에는 코제트를 사랑하지 않았다. 하지만 그는 부성애 속에 자신의 모든 사랑을 받아들였다. 그는 코제트를 어머니처럼 사랑했고, 누이처럼 사랑했다. 장 발장은 코제트 말고는, 그 한 아이 말고는 그의 긴 인생동안 사랑할 수 있는 그 무엇도 알지 못했다.

6월 5일의 봉기 하루 전날, 장 발장은 코제트와 투생을 데리고 롬-아르메 거리로 거처를 옮겼다. 새로운 주소로 자리를 옮기면서 장 발장의 불안감은 조금 사라졌다. 하지만 코제트와 의지해 살아 온 이래 처음으로 둘의 뜻이 충돌했다. 코제트는 집을 옮기는 것에 격렬하게 반대했다. 하지만 뭔가 압박해 오는 듯한 불안감이 장 발장을 단호하게 만들었고 코제트도 양보할 수밖에 없었다.

그는 너무나도 오랫동안 어둠만을 보았고 이제 겨우 푸른 하늘을 보기 시작했다. 단 몇 달 동안이라도 고국을 떠나 런던에 가 있는 것도 현명한 일일 것이다. 프랑스에 있든 영국에 있든 코제트가 곁에 있어주기만 하다면 무슨 상관이겠는가? 코제트가 바로 그의 국가다. 코제트만 있으면 그는 행복했다.

느린 걸음으로 이리저리 걷고 있던, 그의 시선에 문득 이상한 것이 들어왔다.

앞쪽의 찬장에 비스듬이 세워진 거울에서 그는 다음의 몇 구절을 똑똑히 읽을 수 있었다.

> 오, 사랑하는 그대!
> 아버지는 곧장 떠나기를 원해요. 우리는 오늘 밤 롬–아르메 거리 7번지로 갈 거예요. 그리고 일주일 후면 우리는 런던에 있을 거예요.
>
> 코제트, 6월 4일

장 발장은 충격 속에 동작을 멈추었다.

코제트가 거울 앞 찬장 위에 글씨를 쓸 때 사용하는 압지를 놓아두던 것이다. 고통과 불안에 사로잡혀 그녀는 그것을 그 자리에 놓은 채 잊어버리고 말았다.

글씨는 그 압지에 고스란히 새겨져 있었고 거울이 그것을 반사하여 보여주고 있었다.

장 발장은 얼이 빠진 듯 비틀거리며 찬장 쪽에 있는 낡은 안락의자에 주저앉았다. 코제트가 누군가에게 쓴 것이 분명했다.

가엾은 노인 장 발장은 아버지로서밖에는 코제트를 사랑하지 않았다. 하지만 그는 부성애 속에 자신의 모든 사랑을 받아들였다. 그는 코제트를 어머니처럼 사랑했고, 누이처럼 사랑했다. 장 발장은 코제트 말고는, 그 한 아이 말고는 그의 긴 인생동안 사랑할 수 있는 무엇도 알지 못했다. 그는 조부모, 아들, 남편이 한 데 버무려져 만들어진 이상한 아버지였다. 그는 코제트를 사랑하고 열애하며 그 아이를 빛으로, 거처로, 가족으로, 조국으로, 낙원으로 여기는 아버지였다.

장 발장이 생각에 잠겨있는 동안 하녀가 들어왔다. 그가 일어서며 물었다.

"거기가 어느 쪽이지?"

"무슨 말씀이신지요?"

"전투가 벌어지고 있다고 있다는 그곳 말이오."

"아, 예! 생-메리 쪽이에요, 어르신."

우리의 생각 가장 깊은 곳에는 자신도 모르게 움직이는 기계장치 같은 것이 있다. 장 발장이 5분 후 거리로 나섰던 것은 분명 이런 종류의 장치가 그를 자극했기 때문일 것이다.

그는 모자도 쓰지 않은 채 자기 집 문의 경계석에 앉아 있었다. 벌써 밤이 되어 있었다.

문득 그가 눈을 들었다. 길 쪽에서 누군가 다가오는 발소리가 들렸다. 가로등 불빛 아래 파리해 보이는 어린 얼굴 하나가 나타났다.

가브로슈가 막 롬-아르메 거리에 도착한 것이다.

장 발장은 갑자기 이 아이에게 말을 걸어보고 싶은 충동을 느꼈다.

"꼬마야, 무슨 일이니?"

"배가 고파요." 가브로슈가 또박또박 대답했다. 그러더니 다시 "댁도 별 볼일 없는 사람 같네요." 하고 말했다.

장 발장은 작은 지갑을 뒤져 5프랑을 꺼냈다.

가브로슈는 그 동전의 크기에 놀라 가까이 들여다보았다. 5프랑 동전에 대해선 얘기만 들어봤을 뿐이다.

"친절하신 분이니 7번지가 어디인지 가르쳐 주시겠지요?" 가브로슈가 말했다.

"7번지는 왜?"

아이는 말을 멈추었다. 너무 말을 많이 한 것 같아 걱정이 됐기 때문이다.

장 발장의 머릿속에 한 가지 생각이 스쳐갔다. 그는 아이에게 말했다.

"내가 기다리던 편지를 가져온 사람이 바로 너냐?"

"아저씨라고요? 아저씨는 여자가 아니잖아요." 가브로슈가 말했다.

"그 편지는 코제트 양에게 보내는 게 아니냐?"

"코제트? 그래요, 그런 이상한 이름이었어요." 가브로슈가 중얼거렸다.

"내가 편지를 전해주마. 이리 다오." 장 발장이 다시 말했다.

가브로슈는 호주머니 중 한 곳에 손을 잽싸게 넣더니 네 번 접은 편지를 꺼냈다.

그는 편지를 장 발장에게 건넸다.

"서두르세요, 아저씨, 쇼제트인가 뭔가 하는 아가씨가 기다리고 있을 테니까요."

장 발장은 마리우스의 편지를 가지고 들어갔다.

격한 감정 때문에 제대로 글을 읽을 수가 없다. 편지 내용 중에 다음 몇 구절만 겨우 눈에 들어왔다.

> … 나는 죽습니다. 당신이 이 편지를 읽을 때면 내 영혼은 당신 곁에 있을 것이고.

그는 이 두 구절 앞에서 극심한 현기증을 느꼈다.

경쟁은 끝이 났다. 미래가 다시 시작되었다. 이 편지를 주머니 속에 간직하고 있기만 하면 된다. 코제트는 '그 사람'이 어떻게 되었는지 결코 알지 못할 것이다. 그렇게 혼잣말을 하고 나서 그는 우울해졌다. 한 시간쯤 뒤에 장 발장은 집을 나섰다.

그는 장전된 소총 한 정과 실탄이 가득한 탄약 주머니를 지니고 있었다. 그는 파리 중앙시장 쪽으로 향했다.

제5부

장 발장

1. 아무도 없는 곳에서의 싸움

가브로슈는 비틀거리다 털썩 주저앉았다. 바리케이드 전체에서 신음소리가 흘러나왔다. 쓰러졌던 가브로슈가 다시 벌떡 몸을 일으켰다. 그는 앉은 자세였는데, 핏줄기가 얼굴에 흘러내리고 있었다. 그는 두 팔을 허공에 치켜세우더니 총알이 날아온 곳을 보며 다시 노래를 시작했다.

바리케이드는 보강되었다. 사방 여기저기서 가져온 잔해물로 외부가 얼기설기 복잡하게 꾸며졌다.

앙졸라는 정찰을 나갔다.

봉기를 일으킨 사람들은 희망에 부풀었다. 밤 동안에 공격을 물리친 경험이 있기에 그들은 새벽에 있을 전투에 자신감을 가지고 있었다. 그들은 공격을 기다리면서 미소를 지었다. 그들은 승리에 대해 의심하지 않았다. 더구나 분명 지원군이 올 것이다. 아침 여섯 시면 민중들이 돌아설 것이고, 정오에는 파리 전체가 봉기를 일으킬 것이며, 해 질 녘에는 드디어 혁명이 일어날 것이라고 생각했다.

이런 즐거운 희망이 무리들 사이에서 귓속말로 오갔다. 그 밀담은 벌통에서 벌들이 윙윙거리는 소리와도 흡사했다.

앙졸라가 다시 나타났다. 그는 바깥세상의 어둠 속을 독수리처럼 정찰하고 오는 길이었다. 이런 기쁨의 웅성거림을 그는 팔짱을 끼고 한 손을 입에 댄 채 잠시 듣고 있었다. 그리고 아침이 밝아올 무렵 냉정하고 상기된 표정으로 말했다.

"파리의 모든 군대가 움직이고 있습니다. 한 시간 내에 공격이 시작될 것입니다. 민중들은 어제까지 들끓었지만 오늘 아침에는 아무런 움직임도 없습니다. 기다릴 것도 기대할 것도 전혀 없습니다. 여러분은 버림받았습니다."

그 말이 웅성거리던 사람들의 무리를 엄습했고 폭풍우의 첫 번째 물방울이 꿀벌 떼 위에 떨어진 효과를 만들어냈다. 모두 아무 말이 없었다. 잠시 죽음이 떠도는 소리와도 같은 형언할 수 없는 침묵이 흘렀다.

그 순간은 짧았다. 군중들의 뒤쪽 어딘가에서 누군가가 앙졸라를 향해 외치는 소리가 들렸다.

"좋소, 바라케이드를 20피트로 높이고 모두 끝까지 남읍시다. 시민 여러분, 우리 모두 시체가 되어 이곳을 지킵시다. 민중들이 공화주의를 버리더라도 공화주의는 민중들을 버리지 않는다는 걸 보여줍시다."

이 한 마디가 그들 각자를 짓누르던 먹구름을 거두어 갔다. 열광적인 환호의 함성이 터졌다.

"사람들이 오든 안 오든 상관없다! 최후까지 남아 여기서 죽겠다!"

앙졸라의 지시에 따라 네 명의 반란군들이 자베르를 기둥에서 풀어주었다. 그를 풀어주고 있는 동안 다섯 번째 사람은 그의 가슴에 총검을 겨누고 있었다. 그의 손을 등 뒤로 묶은 뒤, 그가 겨우 걸음을 옮길 수 있도록 가늘고 튼튼한 채찍 줄로 발을 묶었다. 그런 뒤 그를 방 안쪽의 탁자까지 걷게 하여 위에 눕히고 몸통 가운데를 단단히 결박했다.

자베르를 묶고 있는 동안 문 입구에 있던 한 사내가 유별난 관심을 가지고 그를 쳐다보고 있었다. 그 남자의 그림자에 자베르가 고개를 돌렸다. 그는 한눈에 장 발장을 알아보았다. 그는 미동조차 하지 않았다. 단지 거만하게 눈꺼풀을 내리깔고는 이렇게 말했다.

"그랬군."

빠르게 새벽이 왔다. 하지만 창문 하나 열리지 않았고 모든 문들은 꽉 닫혀 있었다. 새벽이 왔을 뿐 아무도 깨어나지는 않았다.

보이지는 않았지만 소리는 들렸다. 상당히 먼 거리에서 뭔가 움직이고 있었다. 위기가 닥쳐오고 있었다.

기다림의 시간은 길지 않았다. 분명 생-뢰 교회 쪽에서 움직이는 소리가 시작되고 있었지만 처음 공격 때의 움직임과는 달랐다.

철럭이는 쇠사슬 소리, 뭔가 거대한 무리가 움직이는 소리, 포석 위를 구르는 청동 소리…. 그것은 뭔가 무시무시한 쇳덩어리가 다가오고 있음을 알려주고 있었다.

드디어 눈앞에 대포 한 문이 나타났다.

"사격개시!" 앙졸라가 소리쳤다.

모든 바리케이드에서 불이 뿜어져 나왔다. 맹렬하게 총성이 울렸다.

자욱한 연기가 대포와 사람들을 잠시 사라지게 했고, 잠시 후 연기가 사라지자 대포와 사람들이 다시 나타났다.

"다시 장전." 앙졸라가 외쳤다.

바리케이드 외벽이 포탄에 맞으면 어떻게 될까? 포탄에 구멍이 뚫릴까? 그것이 문제였다. 반란군이 소총을 다시 장전 하는 동안 포병들은 대포를 장전하고 있었다.

바리케이드 안에 불안이 고조되었다.

대포가 발사되고 폭발음이 들렸다.

이때 쾌활한 목소리가 들렸다.

"제가 왔어요!"

포탄이 바리케이드에 떨어지는 것과 동시에 가브로슈가 안으로 뛰어들었다.

바리케이드 내에서 가브로슈는 포탄보다도 더 큰 놀라움을 불러일으켰다.

사람들이 가브로슈를 둘러쌌다.

마리우스가 급히 아이를 다른 쪽으로 데려갔다.

"누가 돌아오라고 했어? 내 편지를 전하기는 한 거야?"

"시민 동지, 제가 편지를 관리인에게 전했습니다. 부인께선 잠들어 계셨고요. 일어나면 편지를 받으실 겁니다."

마리우스가 편지를 보낸 것은 두 가지 목적에서였다. 하나는 코제트에게 작별을 고하는 것이었고 또 하나는 가브로슈를 내보내는 것이었다. 그가 원했던 것 중에서 절반만 이루어진 셈이 되었다.

가브로슈는 '동지들'에게 바리케이드가 봉쇄되었음을 알렸다. 프티트 트뤼앙드리 거리에 주둔해 있는 일 개 대대가 시뉴 거리 쪽을 감시하고 있고, 반대편에서는 파리 경찰대가 프레쉐르 거리를 점령하고 있었다. 맞은편에는 군의 주력부대가 버티고 있었다.

바리케이드 안에서도 의견이 분분했다. 포격이 곧 다시 시작되려 하고 있었다. 비 오듯 쏟아지는 포탄 앞에서 15분을 견디기도 어려울 것이다. 포격을 완화시키는 것이 필요했다.

앙졸라가 명령을 내렸다.

"매트리스들을 가져다 놓아야 해요."

샹브르리 거리에 무리들이 도착했을 때, 총알을 막기 위해 어느 노파가 매트리스를 창문에 걸어놓은 것이 보였다. 그 창문은 바리케이드에서 조금밖에 떨어지지 않은 아파트의 7층 꼭대기에 있었다.

"누가 나에게 2연발 기병총을 빌려주겠소?" 장 발장이 말했다.

앙졸라가 자기 총을 정전한 뒤 그에게 주었다.

장 발장은 지붕 밑 방을 겨냥하여 방아쇠를 당겼다. 매트에 묶여 있던 두 개의 줄 중에서 하나가 끊어졌다. 매트는 이제 한 줄에만 겨우 매달려 있었다. 장 발장은 두 번째 총알을 발사했다. 매트가 두 개의 장대 사이로 미끄러지며 거리로 떨어졌다. 바리케이드에서 환호성이 일었다.

"매트리스가 생겼다." 모두가 한 목소리로 외쳤다.

"맞아, 그런데 누가 저걸 가져오지?" 쿠르페락이 말했다.

매트리스는 바리케이드 바깥의, 시위대와 포위대 사이에 떨어져 있었다.

장 발장이 엄폐물에서 뛰어 나와 비 오듯 쏟아지는 총탄을 뚫고 매트로 접근했다. 그는 매트를 집어 등 뒤에 매고 바리케이드로 돌아왔다. 그리고 직접 매트를 장애물 위에 얹어놓았다.

다음 포격은 오래 기다릴 필요가 없었다. 대포가 울부짖으며 파편을 튀겨냈지만 바리케이드 안으로 날아 들어오지는 않았다. 파편들이 매트 위에 떨어지며 힘을 잃었던 것이다. 예상했던 효과였다.

"시민 동지여, 공화국의 이름으로 감사드립니다." 앙졸라가 장 발장에게 말했다.

사격이 계속되었다. 일제사격과 포격이 번갈아 불을 뿜었지만 큰 피해를 주지는 못했다. 코린트 주점의 벽 윗부분만 피해를 입었다. 2층 창문들과 다락방은 산탄으로 구멍투성이가 되어 차츰 본모습을 잃어갔다. 그곳에 자리하고 있던 병사들은 몸을 피해야만 했다. 하지만 그것은 바리케이드를 공략하기 위한 전술이었다. 즉 봉기를 일으킨 사람들이 응사하게 만들고 탄약을 허비하도록 하여 장기전을 펼치려는 것이었다. 반란군의 사격이 잦아들기 시작하면 총알과 화약이 바닥난 걸 알아차리고 일제공격이 시작될 것이다.

상당히 오래전부터 잠잠하던 바리케이드가 다시 필사적으로 사격을 시작했다. 일종의 광기와 기쁨이 어우러진 일고여덟 차례의 일제사격이 계속되었다.

"좋았어. 성공이야." 보쉬에가 앙졸라에게 말했다

하지만 앙졸라는 고개를 흔들며 대답했다.

"이런 성공이 15분만 지속되면 바리케이드 안에 탄약통은 10개도 남지 않을 거야."

쿠르페락은 바리케이드 총알이 쏟아지는 바깥쪽 길가에 누군가 있는 것을 발견했다. 가브로슈였다. 술집에서 술병 담는 바구니를 가지고 나온 가브로슈가 바리케이드 옆에 사살되어 쓰러진 국민병들의 탄약통에서 탄약들을 꺼내 바구니에 쓸어 담고 있었다.

가브로슈가 경계석 가까이에 쓰러져 있던 어느 부사관의 탄약통을 열려는 순간, 총알 하나가 시신을 맞추었다.

"저런! 시체들을 또 죽이고 있잖아." 가브로슈가 말했다.

두 번째 총알은 그가 있는 쪽의 포석을 번쩍이게 했다. 세 번째 총알은 그의 바구니를 엎었다.

가브로슈는 유심히 살펴보고 그것이 외곽에서 날아왔음을 알았다.

그는 똑바로 일어서서 손을 허리에 얹고 총을 쏜 국민병들 쪽을 바라보며 노래를 불렀다.

쾌활한 것은 나의 성격이지,
잘못은 볼테르에게 있어,
가난은 나의 재산이지.
잘못은 루소에게 있어.

총알이 계속해서 날아왔지만 그 노래는 얼마 동안 계속되었다.

소름끼치면서도 경쾌한 장면이었다. 가브로슈는 총격을 받으면서도 총질을 하는 사람들을 약올리고 있었다. 그는 마치 참새가 사냥꾼들을 부리로 쪼아대듯 이 상황을 즐기는 듯했다. 그는 총격이 가해질 때마다 노래 한 소절을 부르는 것으로 응수했다. 적들은 계속 그를 겨누었지만 총알은 번번이 빗나갔다. 국민병들과 정규군들도 웃으면서 그를 겨냥했을 것이다. 바리케이드는 떨고 있었지만 그는 노래를 부르고 있었다. 그는 아이도 어른도 아니었다. 그는 기이한 꼬마 요정이었다. 총알이 그의 뒤를 쫓았지만 그는 총알보다도 날쌨다. 그는 죽음과 알 수 없는 숨바꼭질을 하고 있었다.

그렇지만 정확히 조준했던 건지 우연히 비껴 나간 건지 도깨비 같은 아이를 명중시키고야 말았다. 가브로슈는 비틀거리다 털썩 주저앉았다. 바리케이드 전체에서 신음소리가 흘러나왔다. 쓰러졌던 가브로슈가 다시 벌떡 몸을 일으켰다. 그는 앉은 자세였는데, 핏줄기가 얼굴에 흘러내리고 있었다. 그는 두 팔을 허공에 치켜세우더니 총알이 날아온 곳을 보며 다시 노래를 시작했다.

> 나는 바닥에 거꾸러졌지
> 잘못은 볼테르에게 있어
> 코를 개울에 처박았지,
> 잘못은 루소에게 있어.

그는 노래를 끝마치지 못했다. 같은 저격수의 두 번째 총알이 그의 노래를 중단시켰다. 이번에는 포석에 얼굴을 처박고 쓰러졌고 더 이상 움직이지 않았다. 어리지만 위대했던 이 영혼이 하늘로 날아가 버린 것이다.

마리우스는 바리케이드 밖으로 뛰쳐나갔다. 콩브페르가 그를 쫓아갔다. 하지만 너무 늦었다. 가브로슈는 죽었다. 콩브페르가 탄약 바구니를 가지고 왔고 마리우스는 아이를 끌고 왔다.

마리우스가 바리케이드 안에 가브로슈를 두 팔로 안고 들어왔을 때 아이와 마찬가지로 그의 얼굴도 피로 흥건했다. 그가 아이를 부축하러 몸을 숙이는 순간 총알이 그의 머리를 스치고 지나간 것이다. 하지만 그는 그것을 알아차리지도 못했다. 쿠르페락이 목도리를 풀어 마리우스의 이마를 동여매 주었다.

사람들은 가브로슈와 마뵈프를 한 탁자에 눕히고 검은색 숄을 두 시신 위에 덮었다. 숄은 노인과 아이를 덮기에 충분했다.

콩브페르는 자신이 가져온 바구니의 탄약을 배분했다. 탄약은 한 사람에 15발씩 돌아갔다.

두 차례의 일제사격 중간에 문득 시간을 알리는 종소리가 들렸다.

"정오야." 콩브페르가 말했다.

열두 번의 종소리가 다 울리기도 전에 앙졸라가 바리케이드 위에서 쩌렁쩌렁한 소리로 외쳤다.

"포석을 건물 안으로 올리시오. 포석으로 창문과 다락방 창가를 보강하시오. 절반은 소총을 들고 절반은 포석을 맡으시오. 잠시도

허비할 시간이 없소."

배치가 완료되었을 때 그가 자베르 쪽으로 돌아서며 말했다.

"너를 잊지 않았어." 그는 탁자 위에 총을 놓으며 말했다. "마지막으로 나가는 사람이 이 첩자의 머리통을 날려버리도록 합시다."

그때 장 발장이 나타났다.

"아까 나에게 고맙다고 말했지요?"

"공화국의 이름으로 말입니다. 두 동지가 이 바리케이드를 구했습니다. 마리우스 퐁메르시에와 당신이…."

"내가 그 보답을 받을 만하다고 생각하지 않소?"

"물론입니다."

"그럼, 한 가지만 부탁하겠소. 이 자의 머리를 내가 직접 날려버리게 해 주시오."

자베르가 고개를 들었다. 장 발장이었다. 조금 머뭇거리는 듯하더니 앙졸라가 말했다.

"좋습니다."

거의 같은 순간 나팔소리가 들렸다.

"모두 위치로!" 앙졸라가 바리케이드 위에서 소리쳤다.

봉기를 일으킨 사람들이 소란스럽게 달려 나가는 순간 자베르의 말소리가 등 뒤에서 들려왔다.

"그럼, 또 봅시다!"

자베르와 둘만 남게 된 장 발장은 포로의 몸통을 묶고 있던 밧줄을 풀었다. 그리고 일어나라는 눈짓을 했다. 자베르는 이상야릇한 미소를 지으며 그의 말에 따랐다.

장 발장은 짐승의 고삐를 잡듯이 허리춤에 끈이 묶인 자베르를 끌고 천천히 선술집 밖으로 나갔다.

장 발장의 손에는 권총이 들려져 있었다.

두 사람은 이렇게 바리케이드 안의 공터에서 마주하게 되었다. 아무도 그들을 보지 않았다.

장 발장은 권총을 겨드랑이에 끼고 호주머니에서 주머니칼을 꺼냈다.

"단검이라! 그게 자네와 어울리지." 자베르가 외쳤다.

장 발장은 자베르의 목과 손목에 묶였던 끈을 하나씩 자른 다음 몸을 숙여 다리를 묶었던 가는 끈도 잘라냈다. 그리고 몸을 일으키며 말했다.

"당신은 자유요. 나는 아마 여기서 빠져나오지 못할 거요. 하지만 혹시 나간다면 포슐르방이라는 이름으로 롬-아르메 거리 7번지에 살고 있을 것이오."

자베르는 호랑이처럼 얼굴을 찌푸리고 입 속으로 중얼거렸다.

"조심해야 할 걸. 롬-아르메 거리라고 했지?"

"7번지요."

자베르가 작은 소리로 되풀이했다.

"7번지…."

그는 프록코트의 옷매무새를 고치고 두 어깨를 군인처럼 단정하게 가다듬은 뒤 파리 중앙시장 쪽으로 걷기 시작했다. 장 발장의 시선이 그를 따라갔다. 자베르는 몇 걸음 가다가 돌아서서 장 발장에게 소리쳤다.

"나를 곤란하게 만드는군. 차라리 나를 죽이시지."

"어서 가시오." 장 발장이 말했다.

자베르는 천천히 멀어졌고 잠시 후 프레쉐르 거리의 모퉁이를 돌았다.

자베르가 사라지자 장 발장은 허공에 권총을 발사했다. 그리고 바리케이드로 돌아왔다.

"해치웠소."

바리케이드에 최후의 순간이 다가오고 있었다.

갑자기 공격을 알리는 북소리가 울렸다.

공격은 폭풍우와도 같았다. 군대는 바리케이드를 향해 정면으로 돌진했다. 성벽을 부수는 육중한 청동 들보를 든 공병대를 앞세우고 강력한 보병대가 거리 한복판으로 총검을 휘두르며 달려왔다.

반란군들은 맹렬하게 사격을 가했다. 적들이 바리케이드를 기어오르기 시작했다. 바리케이드는 한순간 공격자들로 넘쳐났다. 하지만 바리케이드는 사자가 개들을 흔들어 떨쳐 버리듯 병사들을 떨쳐냈다. 포위해 들어오는 공격자들로 뒤덮였던 바리케이드는 다시 거품 이는 바닷물이 덮쳤다가 빠져나간 바위처럼 그 검은 형체를 드러내곤 했다.

공격은 계속되었고 공포는 점점 커졌다. 공격군은 수에서 우세했고 방어하는 쪽은 지형에서 유리했다. 공격 부대는 비 오듯 쏟아지는 총탄 속에서도 끊임없이 병력을 보강하며 한 걸음 한 걸음 압축기를 죄는 나사처럼 바리케이드를 죄어오고 있었다.

적들은 열 번이 넘게 접근하고 습격했지만 바리케이드는 좀처럼 점령되지 않았다. 봉기군들의 입에서는 불길이 일고 얼굴은 해골처럼 변해 인간의 모습이 아니었다.

총질과 칼질, 주먹질이 난무하는 백병전이 이루어졌다. 높은 곳에서, 아래층에서, 지붕 위에서, 선술집 창문에서, 지하 환기창에서 싸움은 계속되었다.

보쉬에가 죽었다. 푀이유도 죽었다. 쿠르페락도 죽었다. 졸리도 죽었다. 콩브페락은 부상당한 병사 하나를 일으키는 순간 가슴을 총검으로 세 번 찔려 간신히 하늘을 한번 쳐다보고 숨을 거두었다. 여전히 싸우고 있던 마리우스는 온몸에, 특히 머리에 심한 부상을 입어 얼굴에 붉은색 손수건을 덮어놓은 듯 온통 피범벅이었다.

앙졸라만이 부상을 입지 않았다. 그는 더 이상 무기가 없자 사방에 손을 뻗쳤고, 아군은 그의 손에 무엇이든 건네주었다.

바리케이드 양 끝에 있던 앙졸라와 마리우스 말고는 더 이상 지휘할 사람이 남아있지 않았다.

이제 최후의 공격이 가해졌고 그 공격은 성공을 거두었다. 반란군들은 7층 건물 쪽으로 쫓겨 들어갔다. 그 건물이 아니면 피할 곳이 없었다. 그 건물 뒤쪽에 거리로 탈출할 수 있는 공간이 있었다. 그들은 개머리판과 발길질로 문을 두드리기 시작했다. 불러 보고 소리쳐 보고 애원하며 빌기도 했지만 문을 열어주는 사람은 아무도 없었다.

앙졸라와 마리우스 그리고 주위에 있던 일고여덟 명의 동조자들이 달려들어 그들을 보호했다. 앙졸라가 공격해오는 병사들에게 소리쳤다. "다가오지 마라!" 말을 따르지 않고 달려드는 장교를 앙졸라가 죽였다. 그는 선술집 코린트를 등지고 한 손에는 칼을 다른 손에는 소총을 든 채 공격자들이 들어오지 못하도록 열려 있는 선술집 문을 막고 있었다.

마리우스는 밖에 남아 있었다. 총알 하나가 그의 쇄골을 부러뜨렸다. 그는 자신이 정신을 잃어가는 것을 느끼면서 쓰러졌다. 그 순간 이미 눈이 감긴 그를 억센 손 하나가 붙잡았다. 기절하기 전 짧은 순간 그는 생각했다. "포로가 되겠군. 총살당하겠지."

문이 굳게 닫히자 앙졸라가 사람들에게 말했다.

"최후까지 용감하게 싸웁시다."

죽지 않은 모든 것들이 이 층으로 몰려들었다. 계단 입구였던 이 층 천장 구멍을 통해 어마어마한 총격이 가해졌다. 그들이 가진 마지막 실탄이었다.

마침내 이십여 명의 병사들과 국민군, 경찰대가 이 층으로 진입해 들어왔다. 그 무시무시한 진입 과정에서 대부분 부상을 입어 그들의 얼굴은 흉하게 피로 물들어 있었다. 적들 앞에는 단 한사람 앙졸라만이 서 있었다. 그는 실탄도 칼도 없었으며 손에는 소총의 총신만이 들려 있었다. 총의 개머리판은 진입하던 자들의 머리를 내리칠 때 부서져 날아가 버렸다. 누군가 고함치는 소리가 들렸다.

"저 자가 우두머리다. 저 자가 포병을 죽였다. 이 자리에서 총살합시다."

"나를 쏴라." 앙졸라가 말했다.

그는 동강난 소총을 던지고 팔짱을 낀 채 가슴을 내밀었다.

그 와중에 그랑테르가 잠에서 깨어나 있었다. 기억하겠지만 그랑테르는 전날부터 선술집 이 층에서 탁자에 코를 박은 채 잠들어 있었다. 소음은 술 취한 사람을 깨우지 못했지만 정적이 그를 깨어나게 했다. 한쪽 구석에 처박혀 있었던데다 당구대가 가리고 있어 병사들은 그를 알아보지 못했다. 상사가 "앞에 총" 하는 명령을 내리려 할 때 갑자기 옆에서 고함치는 목소리가 들렸다.

"공화국 만세! 나도 한 패다."

그랑테르가 일어나며 다시 말했다 "공화국 만세!" 그리고 단호한 걸음으로 방을 가로지르더니 소총 앞에 선 앙졸라와 나란히 섰다.

앙졸라가 미소를 지으며 그의 손을 잡았다.

그 미소가 채 가시기도 전에 폭발음이 울렸다.

여덟 발을 맞은 앙졸라는 마치 총알로 못이 박힌 듯 그대로 벽에 등을 기대어 꼼짝하지 않았다. 즉사한 그랑테르는 앙졸라의 발 아래에 쓰러졌다.

마리우스는 실제로 포로가 되었다. 장 발장의 포로였다. 그가 쓰러지는 순간 뒤에서 받쳐주었던 손, 그가 의식을 잃으면서 누군가 붙잡았다고 느꼈던 손은 바로 장 발장의 것이었다.

맹렬한 공격이 앙졸라와 선술집 문에 집중되었던 터라, 기절한 마리우스를 부축한 장 발장이 코린트 건물 모퉁이 뒤로 사라지는 것을 본 사람은 아무도 없었다.

장 발장은 잠시 멈춰 서서 마리우스를 바닥에 내려놓은 다음 벽에 등을 기대고 주변을 살펴보았다. 이제 어떻게 할 것인가? 새들이 아닌 한 그곳을 탈출할 방법은 없었다.

장 발장은 자기 앞의 건물을 쳐다보다가 바리케이드를 쳐다보았고, 시선으로 바닥에 구멍이라도 낼 듯 땅을 바라보기도 했다.

마침내 장 발장이 행동을 개시했다. 옛날 탈출의 경험이 섬광처럼 머릿속에서 떠올랐다. 포석을 뜯어내고 철 뚜껑을 하나 들춰낸 다음, 그는 시체처럼 꼼짝 않는 마리우스를 어깨에 둘러매고 그리 깊지 않은 웅덩이 속으로 발을 들이밀었다. 이어 그의 머리 위에서 무거운 철 뚜껑 문이 다시 닫혔다. 그 동작은 채 몇 분도 걸리지 않았다.

장 발장은 여전히 기절해 있는 마리우스와 함께 일종의 긴 지하 통로 안에 있었다. 그곳엔 깊은 평온과 절대적인 고요, 어둠이 있을 뿐이었다.

3. 진창 속의 영혼

장 발장은 출구를 보았다. 그는 이제 마리우스의 무게가 느껴지지 않았다.

파리는 해마다 이천오백만 프랑을 물에 버린다. 이 말은 은유가 아니다. 어떻게 어떤 방법으로? 낮이나 밤을 가리지 않고. 어떤 목적으로? 아무 목적도 없이. 어떤 생각으로? 아무 생각도 없이. 무엇 때문에? 이유 없이. 어떤 기관을 이용하여? 자신의 내장을 이용하여. 그 내장은 무엇인가? 바로 하수도이다.

파리는 지하에 또 다른 파리를 지니고 있다. 하수도로 이루어진 파리이다. 그 파리에도 나름대로의 거리와 교차로, 광장, 막다른 길, 도로가 있다. 질척거리며 그곳을 드나드는 것들 가운데 인간의 형체 같은 건 찾아보기 힘들다.

장 발장이 있는 곳은 하수도 안이었다.

그는 한동안 얼이 빠진 사람처럼 그대로 있었다. 부상을 입은 사람이 전혀 움직이지 않으므로 장 발장은 그가 살았는지 죽었는지 알지 못했다.

그는 마리우스를 바닥에 내려놓았다. 그리고 더 정확하게 말하자면, 주워들어 어깨에 들쳐 엎고 다시 걷기 시작했다. 그는 망설임 없이 어둠 속으로 발을 내딛었다.

그는 약 오십 걸음 쯤 걷다가 멈추어 서야만 했다. 길이 두 개로 갈라진 것이다. 어느 쪽으로 가야 할까? 왼쪽으로? 아니면 오른쪽으로? 그런데 한 쪽에는 경사면이 있었다. 경사면을 따라 내려가면 강에 이를 수 있다. 장 발장은 그런 사실을 곧장 알아차렸다.

마리우스의 피로 물든 뺨이 그의 뺨에 닿았다. 마리우스의 몸에서 나온 미지근한 핏줄기가 그의 옷 아래로 스며들어 흘러내리는 것도 느껴졌다. 또한 부상자의 입이 닿아있는 그의 귀로 느껴지는 축축한 열기를 통해 아직 그의 목숨이 붙어 있음을 알 수 있었다.

장 발장은 부상당한 동생을 보살피듯이 살며시 마리우스를 하수도의 측면 복도에 내려놓았다. 환기창의 희고 희미한 불빛 아래 피로 흥건한 마리우스의 얼굴이 무덤 속에서처럼 드러났다. 그의 눈은 감겨 있었고, 머리카락은 붉은색 물감에 적셨다 말린 붓처럼 엉겨 붙었으며, 두 손은 죽은 사람처럼 축 늘어져 있었다. 장 발장은 손가락 끝으로 옷을 풀고 그의 가슴에 손을 얹었다. 심장은 아직 뛰고 있었다. 장 발장은 자신의 셔츠를 찢어 조심스레 상처를 동여맸다. 그러고 나서 그는 여전히 의식을 찾지 못하는 마리우스 위에 몸을 기울이고 표현할 수 없는 원망의 표정으로 그를 쳐다보았다.

그는 마리우스의 옷을 풀어 헤치다가 주머니에서 수첩을 발견했다. 첫 페이지에서 마리우스가 쓴 몇 구절이 보였다.

내 이름은 마리우스 퐁메르시.
내 시신을 마레 지구 피유 뒤 칼베르 거리 6번지, 조부인 질노르망 씨 집에 데려다 주시오.

장 발장은 환기창의 빛으로 그 구절을 읽었다. 그는 마리우스를 다시 들쳐 업고 하수도를 내려가기 시작했다.

그의 체력은 점점 바닥나고 있었다. 너무나 지쳐 서너 걸음을 옮길 때마다 숨을 내쉬고 벽에 기대 쉬어야 했다. 하지만 체력은 바닥이 났어도 기력은 다하지 않았다. 그는 있는 힘을 다해 뛰다시피 걸음을 옮겼다. 그런 상태로 고개도 들지 않고 백 걸음 정도 걸었을 때 벽이 그의 머리에 부딪쳤다. 그가 고개를 드니 지하도 끝, 그의 앞쪽 상당히 먼 곳에 한 줄기 빛이 보였다. 햇빛이었다.

장 발장은 출구에 도착했다. 그는 그곳에서 멈추어 섰다. 분명 출구였지만 나갈 수 없었다. 아치형으로 된 출구는 튼튼한 창살로 막혀 있었다. 창살 너머에는 강과 태양, 강둑, 파리, 넓은 지평선 그리고 자유가 있었다.

저녁 여덟 시 반쯤 된 듯 싶었다. 해는 기울고 있었다.

장 발장은 마리우스를 벽에 기대어 내려놓은 뒤 두 손으로 창살을 꽉 쥐고 격렬하게 흔들었다. 하지만 문은 미동도 하지 않았다. 그는 창살을 등지고서 움직임이 없는 마리우스 옆에 주저앉았다. 그는 무릎 사이에 고개를 처박았다. 출구는 없었다.

기진맥진해 있는 가운데, 어떤 손 하나가 그의 어깨를 잡고 낮은 목소리로 말했다.

"우리 둘이서 나눠 갖는 거야."

어떤 사람이 그의 앞에 서 있었다. 그는 작업복 차림에 맨발이었고 왼쪽 손에 구두를 들고 있었다. 걷는 소리를 들키지 않고 장 발장이 있는 곳까지 오려고 신발은 벗은 게 틀림없었다.

전혀 예상하지 않은 만남이었지만 장 발장은 그 자가 누구인지 알아보았다. 테나르디에였다. 장 발장은 테나르디에가 자신을 알아보지 못했음을 알아차렸다. 둘은 어둠 속에서 상대를 파악하려는 듯 잠시 서로 노려보았다. 테나르디에가 먼저 입을 열었다.

"어떻게 나가려고?"

장 발장은 대답하지 않았다.

테나르디에가 이어 말했다.

"열쇠가 없으면 여길 나갈 수 없어. 그래도 나가고 싶겠지?"

"그렇소." 장 발장이 말했다.

"좋아, 같이 나눠 먹자고."

"무슨 말이지?"

"당신이 저 사람을 죽였잖아. 좋아, 내게 열쇠가 있어. 사람을 죽인 걸 보면 분명 주머니를 노렸을 테지. 내게 절반을 줘. 그럼 나는 문을 열어 주지."

장 발장은 주머니를 뒤적였다.

그가 진흙에 완전히 젖은 주머니를 뒤집어 땅 위에 금화 한 개와 오 프랑짜리 동전 두 개, 일 수짜리 동전 대여섯 개를 늘어놓았다.

테나르디에는 고개를 갸우뚱하며 아랫입술을 내밀었다.

"이따위 돈 몇 푼을 뜯으려고 사람을 죽였군."

서로 몫을 나누자는 말을 잊었는지 그는 모든 것을 가져갔다. 그런 다음 작업복에서 열쇠를 꺼냈다.

"이제 나가도 좋아, 친구. 돈을 지불했으니 나가게."

그가 웃기 시작했다.

테나르디에가 문을 조금 열어 장 발장에게 길을 터 주었다. 그런 다음 철책을 다시 닫고 소리 없이 어둠 속으로 사라졌다.

장 발장은 밖으로 나왔다.

그는 마리우스를 둑길에 내려놓고 마리우스 위로 몸을 숙였다. 그는 손을 모아 물을 떠서 몇 방울을 마리우스의 얼굴에 살며시 뿌렸다. 마리우스의 눈꺼풀은 열리지 않았다. 그렇지만 살짝 열린 그의 입은 숨을 쉬고 있었다.

장 발장이 손을 강물에 다시 담그려 할 때 뭔가 이상한 느낌이 들었다. 그는 뒤를 돌아보았다.

자베르였다.

장 발장 앞에서 그렇게 호의적으로 철책을 열어준 것은 순전히 테나르디에의 술책이었다. 살인자라니, 이런 횡재가 어디 있을까! 테나르디에는 자기 대신 장 발장을 밖으로 내보냄으로써 경찰에게 먹이를 던져준 것이다. 이렇게 그는 자신에 대한 추격을 그치게 하는 동시에 자베르에게는 기다림의 보상을 주었다.

자베르는 장 발장을 뚫어져라 쳐다보았다.

"여기서 뭣하고 있소? 그 사람은 누구지?"

"바리케이드에 있던 사람이군. 마리우스라고 부르던데." 자베르가 중얼거리듯 작은 소리로 말했다.

"부상자요." 장 발장이 말했다.

"죽었소?" 자베르가 물었다.

장 발장이 대답했다.

"아직은 아니요."

장 발장은 마리우스의 옷을 뒤져 수첩을 꺼낸 다음 마리우스가 연필로 쓴 페이지를 자베르에게 내밀었다. 그는 마리우스가 쓴 몇 구절을 입으로 중얼거렸다.

"질노르망, 피유 뒤 칼베르 거리 6번지."

그리고 그가 길 쪽을 향해 외쳤다.

"마부!"

마차가 피유 뒤 칼베르 6번지에 도착하였을 때는 완전히 어두워져 있었다. 마리우스는 이층으로 옮겨졌다. 하인 바스크가 의사를 부르러 가는 동안 장 발장은 자베르가 자기 어깨를 툭 치는 것을 느꼈다. 무슨 뜻인지 알아들은 그가 계단을 다시 내려왔다. 자베르가 그의 뒤를 따랐다.

그들은 다시 삯마차를 탔다.

"자베르 경감, 한 가지만 더 허락해 주시오. 집에 잠시 들리고 싶소. 그 다음엔 당신 마음대로 해도 좋소."

잠시 아무 말이 없더니 자베르가 앞 유리창을 내리고 말했다.

"롬-아르메 거리 7번지로!"

그들은 이동하는 내내 아무 말도 없었다.

그들은 7번지에 도착했다. 문이 열렸다.

"좋소, 여기서 기다리겠소." 자베르가 말했다.

장 발장은 이 층에 와서 잠시 멈추어 섰다. 층계의 창문이 열려 있었다. 숨을 고르기 위해 장 발장은 무심코 창문으로 머리를 내밀었다. 그는 거리를 내려다보았다. 가로등이 길 양쪽 끝을 모두 밝혀주고 있었다. 장 발장은 순간 자기 눈을 의심했다. 아무도 없었다.

자베르는 가고 없었다.

의사는 마리우스의 얼굴과 머리카락을 차가운 물로 닦아냈다. 양동이 전체가 순식간에 붉게 물들었다. 관리인이 손에 촛불을 들고 주위를 밝혔다.

의사가 얼굴을 씻기고 여전히 감겨 있는 마리우스의 눈꺼풀을 손가락으로 가볍게 건드리는 순간 응접실 안쪽 문이 열리더니 창백한 얼굴이 나타났다. 노인이었다.

그는 침대를 보았다. 매트 위에는 피로 물들어 있는 젊은이가 있었는데 밀랍처럼 창백했고 눈은 감겨 있었으며 입은 벌어져 있었다. 벗겨진 상체에는 여러 곳이 칼에 베인 듯 붉은 상처투성이였다.

조부는 머리에서 발끝까지 몸을 떨었다. 그가 작은 소리로 말했다.

"마리우스!"

"어르신, 사람들이 도련님을 데리고 왔습니다. 바리케이드로 갔다가 이렇게…" 바스크가 말했다.

"죽었어! 나쁜 놈!" 노인이 험한 목소리로 말했다.

그 순간 마리우스가 천천히 눈을 떴다. 혼수상태의 충격에서 아직 벗어나지 못한 그의 시선이 질노르망 씨에게 가서 멈추었다.

"마리우스!" 노인이 소리쳤다. "마리우스! 내 아가, 마리우스! 사랑하는 내 아가! 네가 눈을 떴구나. 네가 나를 보는구나. 살아있구나, 고맙다!"

그리고 그는 혼절하여 쓰러졌다.

4. 혼란에 빠진 자베르

그를 놀라게 했던 한 가지는 장 발장이 자신을 용서했다는 사실이었다. 그보다 그를
아연실색케 한 것은 자베르 자신이 장 발장을 용서했다는 사실이었다.

자베르는 롬-아르메 거리를 천천히 걸어갔다.

그는 가장 빠른 길을 통해 센 강 쪽으로 질러가서는 노트르담 다
리 모퉁이에 멈춰 섰다. 그는 팔꿈치를 난간에 기대고 두 손으로 턱
을 괴었다. 그는 생각에 잠겼다.

새로운 일이, 혁명이, 파국이 그의 마음 깊은 곳에서 막 일어났다.
그는 혼란스러웠다. 맹목에 사로잡혀 있을 때는 그토록 명료했던 그
의 머리가 투명함을 상실했다. 그 크리스털 속에 구름이 드리워졌다.

그를 놀라게 한 한 가지는 장 발장이 자신을 용서했다는 사실이
었다. 그보다 그를 아연실색케 한 것은 자베르 자신이 장 발장을 용
서했다는 사실이었다.

도대체 어찌된 일인가! 어떻게 이런 터무니없는 일이 일어날 수

있는가! 어떻게 아무도 처벌을 받지 않을 수 있는가! 사회적 질서를 파괴했던 장 발장은 자유로워졌고 자베르 자신은 정부가 주는 빵을 계속해서 먹어야 하다니!

자베르의 마음속에 일어난 것은 원칙에서 벗어나지 않는 의식이 일으킨 대형 사고였고, 한 영혼의 일탈이었으며, 저항할 수 없이 질주하던 정직함이 신과 맞닥트려 박살난 사건이었다.

한치 앞도 볼 수 없을 정도로 어두웠다. 구름이 천장이 되어 별들을 가리고 있었다. 하늘은 을씨년스러운 하나의 막에 불과했다.

자베르가 팔꿈치를 괴고 있는 장소는 바로 센 강의 급류 위였다. 그는 고개를 떨어뜨리고 밑을 바라보았다. 모든 것이 어둠이었다. 그는 암흑세계의 입구를 쳐다보면서 잠시 꼼짝하지 않고 있었다. 강물이 메아리치는 소리가 들렸다. 갑자기 그는 모자를 벗었고 그것을 강둑 가장자리에 놓았다. 잠시 후 키가 크고 시커먼 형체 하나가 난간 위로 올라 센 강 쪽으로 몸을 숙이더니 어둠 속을 향해 곧바로 떨어졌다. 물이 둔하게 출렁거리는 소리가 들렸다. 물속으로 사라진 그 어두운 형체가 일으킨 격랑의 비밀을 알고 있는 것은 이제 어둠뿐이었다.

5. 손자와 할아버지

마침내 노인이 말을 더듬으며 말했다. "그래! 이제야 마음이 풀렸어. 내게 '할아버지'라고 했어."

마리우스는 오랫동안 혼수상태에 있었다. 그는 정신이 오락가락한 가운데 여러 주 동안 열에 시달렸다. 머리에 입은 상처보다, 상처의 충격이 일으킨 두뇌의 이상 증상이 훨씬 더 심각했다. 그는 열에 들떠 밤새도록 코제트의 이름을 불렀다.

마침내 9월 7일, 그러니까 그가 할아버지 집에 실려 온 밤으로부터 넉 달이 지난 날, 의사는 그의 생명에는 이상이 없을 거라고 선언했다. 회복기에 접어든 것이다. 하지만 쇄골뼈가 부러진 탓에 마리우스는 긴 의자에 두 달 이상을 누워 있어야 했다.

거의 온전한 힘을 되찾은 마리우스는 누웠던 자리에서 일어나 불끈 쥔 주먹으로 침대 시트를 누르고 할아버지를 똑바로 쳐다보며 냉정한 표정으로 말했다.

"한 가지 드릴 말씀이 있습니다."

"무슨 말이냐?"

"결혼을 하고 싶습니다."

"예상하고 있었다." 할아버지가 말하고 함박웃음을 지었다.

"예상하고 있었다고요?"

"그래, 다 준비되었다. 이제 넌 그 아가씨를 얻게 된 거야."

놀라고 어안이 벙벙한 마리우스가 온 몸을 떨었다.

질노르망 씨가 이어 말했다.

"그래, 네 귀여운 아가씨를 데려오려무나. 그 아가씨가 날마다 노신사를 보내 네 용태를 물어왔단다. 네가 다친 후 눈물을 흘리며 온종일 거즈를 만드는 데 시간을 보낸다는구나. 롬-아르메 거리 7번지에 살고 있다던가."

"할아버지!" 마리우스가 소리쳤다.

"아! 네가 나를 할아버지라고 불렀어!" 노인이 말했다.

"그래! 이제야 네 마음이 풀렸어. 나를 '할아버지'라고 불렀어."

코제트와 마리우스는 다시 만났다.

코제트가 집으로 온 날 온 가족이 마리우스의 방에 모였다. 백발의 남자가 코제트를 따라왔다. 그는 근엄했고 늘 미소를 짓고 있었다. 하지만 그 미소는 희미했고 아픔이 있는 듯했다.

"트랑슈르방 씨…"

질노르망 영감이 일부러 그렇게 부른 것은 아니었다. 남의 이름에 신경 쓰지 않는 것은 귀족들의 일종의 버릇이었다.

"트랑슈르방 씨, 내 손자인 마리우스 퐁메르시 남작을 대신해 아가씨와의 결혼 승낙을 요청하고 싶습니다."

'트랑슈르방 씨'가 대답 대신 몸을 숙여 보였다.

"그럼, 그렇게 알겠습니다." 조부가 말했다.

그리고 조부는 마리우스와 코제트를 향해 돌아서더니 두 팔을 벌려 진심으로 기뻐하며 말했다.

"서로 열렬히 사랑할 것을 허하노라."

그는 손자와 코제트를 곁에 앉게 한 다음 주름진 손으로 둘의 손을 잡았다.

"참 예쁜 아가씨로구나. 어린 아가씨이지만 귀부인의 자태가 있어. 고작 남작부인 가지고는 어림도 없겠어. 후작 부인은 타고났는데 말이야." 그가 갑자기 어두운 얼굴을 하며 덧붙였다. "한데 난처한 일이 하나 있구나! 내 재산의 절반 이상은 종신연금으로 되어 있단다. 내가 살아있는 동안은 문제가 없겠지만 내가 죽은 뒤 이십여 년이 지나면, 아! 가엾은 아이들, 너희들은 무일푼이 될 텐데!"

이때 무게 있고도 조용한 목소리가 들렸다.

"포슐르방 양은 60만 프랑의 재산을 가지고 있습니다."

장 발장의 목소리였다.

"60만 프랑이라고!" 질노르망 씨가 말했다.

"아마 만 사오천 프랑은 부족할지도 모릅니다." 장 발장이 대답했다.

그러는 동안에도 마리우스와 코제트는 서로를 바라보고 있었다. 그들은 그런 자질구레한 일에는 관심조차 없는 듯했다.

코제트는 자신이 그토록 오랫동안 아버지라고 불렀던 노인의 딸이 아님을 알았다. 그는 단지 친척일 뿐이며 또 다른 포슐르방이 자기의 진짜 아버지라고 했다. 다른 때였다면 그녀는 그 때문에 비탄에 빠졌을지도 모른다. 하지만 그녀는 지금 말로 표현할 수 없을 정도로 기쁨에 취해 있던 터라 먹구름은 가슴 속에 그리 오래 머물지 않았다. 그녀에게는 마리우스가 있었다. 젊은이가 나타나면 노인은 사라지는 법이다. 인생이란 그런 것이다.

젊은 부부는 할아버지 집에서 살기로 했다. 질노르망 씨는 두 사람에게 집에서 가장 좋은 침실을 내어주었고 질노르망 씨의 서재는 마리우스의 변호사 사무실이 되었다.

마리우스는 할아버지 집으로 실려 오기까지의 일을 전혀 기억하지 못했다. 그가 기억하는 것은 자신이 바리케이드에서 쓰러지려던 순간 억센 손 하나가 자신을 붙잡은 것밖에 없었다. 그 이후로는 모든 기억이 사라졌다. 그가 다시 기억을 되찾은 것은 질노르망 씨의 집에 실려 와서였다.

그는 여러 가지 추측에 빠져들었다. 그는 분명 샹브르리 거리에서 쓰러졌다. 그런데 앵발리드 다리 근처 센 강둑길에서 데려왔다니 어찌 된 일인가? 그렇다면 누군가 자신을 중앙시장 거리에서부터 샹젤리제까지 데리고 왔다는 말인가? 어떻게? 하수구를 통해? 불가능한 얘기다. 누구였을까? 누구인가?

어느 날 저녁, 마리우스는 코제트와 장 발장 앞에서 자신이 겪었던 이 이상한 사건과 자신이 얻게 된 무수한 정보들 그리고 헛된 노력들에 대해 모두 털어놓았다. 그는 포슐르방 씨의 무관심한 얼굴 때문에 조바심이 났다. 그는 격한 어조로 말했다.

"그래요, 그 사람이 어떤 사람인지는 몰라도 훌륭한 사람입니다. 그가 어떤 일을 했는지 아십니까? 그는 수호천사처럼 전쟁터 한복판에 뛰어들어 저를 빼냈고 하수구를 열고 들어가 저를 들쳐 업고 간 겁니다. 하나의 시체를 구하고자 하는 단 한 가지 목적 때문에요. 그 시체가 바로 저입니다. 그는 이렇게 생각했을 겁니다. '아직 생명의 불씨가 살아있을지 몰라. 내 목숨이 위태롭더라도 그 불쌍한 불씨를 살릴 거야!' 그의 목숨은 스무 번이나 위태로웠을 겁니다! 하수도에서 나왔을 때 그가 체포된 것이 그 증거입니다. 그 사람은 모든 것을 희생했습니다. 기대할 어떤 보상도 없는데 말입니다. 저는 어떤 사람이었습니까? 그저 폭동을 일으킨 사람이었습니다. 저는 어떤 사람이었습니까? 그저 패배자였습니다. 오! 코제트의 60만 프랑이 제 돈이라면…"

"자네 돈이네." 장 발장이 말을 가로막았다.

"그렇다면 저는 돈을 그 사람을 찾는 데 쓰겠습니다!"

장 발장은 아무 말도 없었다.

6. 뜬 눈으로 지새운 밤

그 존경할 만한 사람은 백발이 된 머리를 침대에 떨어뜨렸다. 언제나 의연함을 잃지 않았던 이 노인이 무너져 내렸다. 그는 얼굴을 코제트의 옷에 파묻었다. 만일 누군 가 계단을 지나갔다면 무섭게 흐느끼는 소리를 들었을 것이다.

1833년 2월 16일에서 17일까지의 밤은 축복의 밤이었다. 그 밤의 어둠 위로는 열린 하늘이 펼쳐져 있었다. 그 밤은 마리우스와 코제트가 결혼하는 밤이었다.

멋진 하루였다.

질노르망 씨 집 안에는 장 발장을 위해 가구가 딸린 멋진 방이 준비되었다. 코제트가 너무나 간절하게 "아버지, 제발요"하고 조르는 바람에, 그에게서 그곳에서 살겠다는 약속을 거의 받아낸 것이다.

결혼식이 열리기 며칠 전 장 발장에게 사고가 났다. 오른 손 엄지손가락 하나를 어딘 가에 끼어서 다친 것이다. 그는 코제트는 물론 누구에게도 그것에 대해 신경 쓰지 못하게 했다. 그렇지만 부상으로 어깨걸이 붕대를 한 탓에 서명을 할 수 없었다. 질노르망 씨가 코제트의 후견인 자격으로 코제트와 마리우스에게 증여하는 재산 증서에 대신 서명했다.

식당에 연회가 준비되었다. 바스크가 식사준비가 되었다고 알렸다. 질노르망 씨가 코제트의 팔을 잡고 들어왔고 이어서 손님들이 순서대로 테이블에 앉았다.

신부의 양쪽에는 큰 안락의자가 있었다. 첫 번째 것이 질노르망 씨의 자리였고 두 번째 것은 장 발장을 위한 것이었다. 질노르망 씨가 자리에 앉았다. 하지만 또 다른 안락의자는 비어 있었다.

사람들이 포슐르방 씨를 찾았다. 그는 아무데도 없었다. 질노르망 씨가 바스크를 호출했다.

"포슐르방 씨는 어디에 계신가?"

"어르신, 포슐르방 씨가 어르신께 전하라고 말씀하셨습니다. 그분은 아픈 손 때문에 힘이 드셔서 남작 내외와 식사를 할 수 없을 것 같다고 하셨습니다. 죄송하다며 내일 아침에 오겠다고 하시더군요. 좀 전에 나가셨습니다."

집으로 돌아온 장 발장이 촛불을 켜고 계단을 올랐다. 그는 어깨 붕대를 팔에서 풀었다. 그는 오른손을 마음대로 사용하고 있었다. 그는 침대로 갔다. 그의 시선이 오랫동안 함께해 온 작은 여행용 가방에 가서 멈췄다. 그는 가방에서 십년 전 코제트가 몽페르메이를 떠나면서 입었던 옷들을 가방에서 천천히 하나씩 꺼내 침대 위에 올려놓았다. 그는 생각에 잠겼고 여러 기억들을 떠올렸다.

그 존경할 만한 사람은 백발이 된 머리를 침대에 떨어뜨렸다. 언제나 의연함을 잃지 않았던 이 노인이 무너져 내렸다. 그는 얼굴을 코제트의 옷에 파묻었다. 만일 누군가 계단을 지나갔다면 무섭게 흐느끼는 소리를 들었을 것이다.

코제트에게는 마리우스가 있었고 마리우스는 코제트의 마음을 차지하고 있었다. 그들은 모든 것을 가지고 있었고 재산도 있었다. 그가 이루어준 것이었다.

한데 지금 엄연히 존재하는 그들의 행복 앞에서 장 발장이 무엇을 할 수 있다는 말인가? 코제트의 집에 태연하게 들어간단 말인가? 잠자코 자신의 과거를 그들의 미래와 연결시킨단 말인가? 그 단란한 가정에 얼굴을 숨긴 채 들어앉는단 말인가? 아무렇지도 않게 미소 지으며 비극적 운명을 타고난 자신의 손으로 그들의 순수한 손을 잡는단 말인가? 탈법의 불명예스러운 그림자를 드리운 자신의 발을 질노르망의 거실 위에 들여놓아야 한단 말인가?

7. 마지막 고난

"예전에 나는 살기 위해 빵을 훔쳤지요. 하지만 지금 살기 위해 이름을 속이고 싶지는 않습니다."

결혼 다음날은 쓸쓸한 법이다. 두 사람이 행복에 빠져들 수 있도록 해주어야 하기 때문이다. 방문과 축하객들의 분주함은 더 있어야 시작된다. 2월 17일 아침, 정오가 조금 지난 시간에 바스크는 가볍게 문 두드리는 소리를 들었다. 바스크가 문을 열자 포슐르방 씨가 있었다. 그는 포슐르방 씨를 거실로 안내했다. 거실은 전날의 즐거운 흔적으로 아직 어수선했다.

문이 열리는 소리가 들렸다.

당당한 모습의 마리우스가 밝은 얼굴과 자신감 넘치는 눈으로 미소를 머금고 들어왔다.

"안녕하세요, 아버님. 손은 어떠세요? 나아지신 거지요? 저희는 행복하게 살자고 굳게 약속했습니다. 저희가 행복하면 아버님도 행복하시겠죠? 그렇죠, 아버님? 아, 그런데 오늘은 함께 점심식사를 하실 거죠?"

장 발장은 오른 팔을 지탱하고 있던 검은색 머플러를 풀고 손에 감겨 있던 천도 풀더니 엄지손가락을 마리우스에게 보여주었다.

"손은 아무 이상이 없네." 그가 말했다.

마리우스는 엄지손가락을 쳐다보았다.

정말 다친 흔적이 없었다.

장 발장이 계속 말을 이었다.

"제가 당신들의 결혼식에 참석하지 않는 게 맞는 일이었습니다. 저는 할 수 있는 한 자리를 피했지요. 거짓을 행하지 않으려고, 혼인 증서가 무효가 되지 않게 하려고, 서명을 하지 않으려고 이 상처를 꾸며낸 겁니다."

당황한 마리우스가 더듬거리며 말했다.

"무, 무슨 말씀을 하시려는 거죠?"

"저는 강제 노역장에 있었습니다." 장 발장이 대답했다.

"말도 안 돼요!" 마리우스가 창백한 얼굴로 소리쳤다.

"퐁메르시 씨, 저는 강제 노역장에 19년을 있었습니다. 도둑질 때문이었지요. 그리고 종신형을 받았습니다. 역시 도둑질 때문이었습니다. 같은 죄를 다시 저지른 거죠. 그리고 지금은 탈주범 신분입니다." 장 발장이 말했다

마리우스는 진실 앞에서 뒷걸음 치고, 사실을 거부하고, 명백한 것에 저항하려 했지만 아무 소용없었다. 그는 그것을 받아들여야만

했다.

"그런데 왜 그런 이야기들을 저에게 하시는 겁니까? 왜죠? 자신만 아는 비밀로 간직할 수도 있었는데, 무슨 의도로 그런 고백을 하시는 겁니까? 무슨 이유로?"

"무슨 이유냐고요? 정직하고자 하는 마음 때문입니다. 예전에 전 살기 위해 빵을 훔쳤지요. 하지만 지금은 살기 위해 이름을 속이고 싶지 않습니다." 장 발장의 목소리가 너무나 나직하고 거의 들리지 않을 정도여서 마치 마리우스가 아닌 스스로에게 말하는 것 같았다.

장 발장은 안락의자에 털썩 주저앉아 두 손으로 얼굴을 감쌌다. 소리는 들리지 않았지만 어깨의 들썩임으로 울고 있다는 것을 알 수 있었다. 말없이 흐르는 눈물, 참기 어려운 눈물이었다.

"걱정 마세요. 비밀은 저 혼자만 알고 있겠습니다." 마리우스가 말했다.

"고맙습니다." 장 발장이 부드럽게 대답했다. "불쾌하게 생각하지 않는다면 가끔씩 코제트를 만나러 오겠습니다. 자주 오지는 않을 겁니다. 그리 오래 머물지도 않을 거고요."

"매일 밤 오셔도 좋습니다. 코제트가 당신을 기다릴 겁니다." 마리우스가 말했다.

"당신은 좋은 사람이군요." 장 발장이 말했다.

8. 저물어가는 날

"이제 저를 아버지라 부르지 마십시오. 저를 장 씨라고 부르십시오. 원하시면 장이
라고 하십시오."

다음 날, 어둠이 찾아왔을 때 장 발장이 질노르망 씨의 저택 문
을 두드렸다. 바스크가 매우 예의바르게 아래층 문을 열고 말했다.

"부인께 알리겠습니다."

장 발장이 들어간 방은 궁륭형으로 된 습기가 많은 아래 층 방이
었다. 간혹 포도주 저장고로 사용되는 이 방은 길쪽으로 쇠창살이
달린 창이 나 있었고 빛이 잘 들지 않는 곳이었다. 벽난로 양쪽에는
안락의자 두 개가 놓여 있었고, 안락의자 사이에는 카펫 대신에 올
이 풀려 있는 바닥깔개가 펼쳐져 있었다.

장 발장은 피곤했다. 며칠 전부터 먹지도 못했고 잠도 자지 못했
다. 그는 안락의자에 쓰러지듯 주저앉았다. 갑자기 그가 소스라치듯
이 일어섰다. 코제트가 뒤에 와 있었다.

"아, 그래요. 저도 아버지가 독특하시다는 것은 알고 있었지만 이 정도일 줄은 몰랐어요." 코제트가 소리쳤다. "무슨 일이에요! 아버지가 저와 여기서 만나기를 원한다고 마리우스가 말하더군요."

"그래, 내가 그랬다."

"왜요? 왜 이 집에서 가장 누추한 방을 택해 절 보자고 하신 거죠?"

"너도 알다시피…" 장 발장이 다시 말했다. "부인, 당신도 알다시피 저는 특이한 사람이고 곧잘 엉뚱한 짓을 하죠."

코제트가 작은 손을 마주치며 말했다.

"부인이라니요!… 당신도 알다니요! 또 뭔가 엉뚱한 생각을 하고 계시군요! 대체 뭘 하시는 거예요?"

"아가씨는 귀부인이 되려 하셨고 그렇게 되셨습니다."

"아버지한테는 아니에요, 아버지."

"이제 저를 아버지라 부르지 마십시오. 저를 그냥 장 씨라고 부르십시오. 원하시면 장이라고 불러도 좋습니다."

"이제 아버지가 아니라니요? 나도 코제트가 아니라고요? 장 씨라니요? 무슨 말을 하시는 거예요? 도대체 무슨 일이 있었나요? 제 얼굴을 똑바로 보세요. 왜 우리와 함께 있으려 하지 않으시는 거지요? 제가 무슨 일이라도 저질렀나요? 아니면, 무슨 일이라도 있었나요?"

"아무 일도 없었습니다. 당신이 퐁메르시 부인이니 저는 장 씨가 못 될 것도 없지요."

"제가 행복하기를 원하지 않는다는 말씀인가요?"

코제트에게는 별것 아닌 그 질문이 장 발장에게는 의미심장했다. 코제트는 살짝 할퀴는 정도로 그런 말을 했지만 듣는 사람은 살이 찢어지는 듯했다.

장 발장의 얼굴이 창백해졌다. 그는 잠시 대답을 않고 있다가 형언할 수 없는 억양으로 스스로에게 말하듯 중얼거렸다.

"아이의 행복이 내 삶의 목적이었지. 이제 신은 나의 퇴장을 명하셨어. 코제트, 네가 행복하니 내 역할은 끝났다."

"아! 이제야 너라고 하시는군요!" 코제트가 소리쳤다.

그녀는 달려들어 목을 끌어안았다.

어떤 충동이 장 발장의 가슴을 찌르듯 파고들었다. 그는 코제트의 품에서 살며시 빠져나와 모자를 집어 들었다.

"왜 그러세요?" 코제트가 말했다.

장 발장이 대답했다.

"부인, 이제 가야겠습니다. 모두들 당신을 기다리고 있습니다." 그는 문을 나서면서 덧붙였다. "할 말은 다 드렸습니다. 당신 남편께 이제 더 이상 이런 일은 없을 거라고 말씀해 주십시오. 용서를 빕니다."

장 발장은 나갔고 코제트는 수수께끼 같은 작별인사에 얼이 빠져 있었다.

다음 날 같은 시간에 장 발장이 왔다. 마리우스는 그가 오는 시간에 자리를 비우려 일부러 일을 만들었다. 집안 사람들도 포슐르방 씨의 새로운 행동방식에 익숙해졌다. 할아버지는 이렇게 단언했다.

"독특한 분이시구나."

다음 날 코제트는 아래층으로 들어가면서 충격을 받았다. 안락의자가 사라진 것이다. 의자 하나 없었다.

"이런, 안락의자가 없네! 안락의자가 어디로 간 거지?" 코제트가 소리쳤다.

장 발장이 더듬거리며 말했다.

"제가 바스크에게 치우라고 했습니다. 오늘 저는 잠깐만 있을 겁니다."

다음 날 그는 오지 않았다. 코제트는 저녁이 돼서야 그런 사실을 알았다.

"어쩜, 장 씨가 오늘은 오지 않았네."

그녀는 조금 슬픈 마음이 들기도 했지만 간신히 그런 생각이 들 정도였고 마리우스의 입맞춤을 받고 곧 정신을 다른 데로 돌렸다.

다음 날도 그는 오지 않았다.

9. 마지막 어둠, 마지막 여명

그의 고개가 뒤로 젖혀졌고 두 개의 촛대의 희미한 불빛이 그를 비추고 있었다. 그의 창백한 얼굴은 하늘을 향했다. 코제트와 마리우스는 축 늘어진 그의 두 손에 수없이 입을 맞추었다.

마리우스는 결혼 전 포슐르방 씨에게 궁금한 것을 묻지 못했었고 장 발장의 진짜 이름을 알게 된 후에도 그런 질문을 주저했다. 그는 자신이 한 약속에 끌려 다니게 된 것이 후회스러웠다. 그는 장 발장을 자기 집에서 점차 멀어지게 하고 코제트의 머릿속에서 그를 가능한 한 지워버리는 수밖에 없다고 생각했다. 말하자면 그는 코제트와 장 발장 사이에 늘 들어앉아 있으려 했다. 그런 식으로 그녀가 그를 보지 못하면 생각조차도 지워지게 될 거라고 확신했다. 아니, 그것은 지워 버린다기보다는 소멸시켜 버리는 것이었다.

그때도 그는 자신이 조심스럽게 찾던 누군가에게 60만 프랑을 돌려주어야 한다는 중압감에 시달리고 있었다. 그 동안 그는 돈에는 손도 대지 않았다.

어느 날 장 발장은 계단을 내려와 거리에서 세 걸음 정도 걷다가 경계석에 주저앉았다. 6월 5일과 6일 사이 밤에 가브로슈가 생각에 빠진 그를 발견했던 돌이었다. 잠시 그대로 앉아있던 그가 다시 계단을 올라갔다. 그 다음날 그는 집에서 나오지 않았다. 그 다음날에는 침대에서도 나오지 않았다.

같은 날 저녁 마리우스가 책상에서 일어났을 때 바스크가 편지를 가져왔다.

"이 편지를 쓴 사람이 부속실에 와 있습니다."

마리우스는 편지를 받아들었다. 거기에서는 담배 냄새가 났다. 담배와 함께 그 필적도 알아볼 수 있었다. 그는 급히 겉봉을 뜯었다.

저는 한 개인에 관한 비밀을 쥐고 있습니다. 귀하와도 관계가 있는 사람입니다. 귀하께 유익한 정보를 제공하는 영광을 누리고 싶습니다….

혼란스런 문장과 맞춤법이 명확한 사실을 말해주고 있었다.

그는 책상 서랍을 열고 은행권 몇 장을 꺼내 호주머니에 넣은 뒤 종을 쳤다. 바스크가 살짝 문을 열었다.

"들어오게 해요." 마리우스가 말했다.

한 사람이 들어왔다.

"무슨 일인가요?"

"남작님, 제가 비밀 하나를 팔려고 합니다."

"비밀이라!"

"남작님, 남작님은 댁에 도둑이자 살인자를 들이셨습니다. 제가 그의 진짜 이름을 알려드리지요. 이건 거저 알려드리는 겁니다."

"말해 보시오."

"그 자의 이름은 장 발장입니다."

"알고 있소."

"전에는 강제 노역자였습니다."

"알고 있소."

"제가 방금 말씀드려서 아시는 거겠죠?"

"아니오, 전부터 알고 있었소."

"감히 남작님의 말씀을 부정할 생각은 없습니다. 하지만 이번에 제가 알려드리는 것은 저밖엔 아무도 모르는 일입니다. 남작부인님의 재산에 관한 일이기도 하지요. 이건 가치가 있는 비밀입니다. 그걸 제가 헐값에 제공하려고 합니다. 2만 프랑에…"

"나는 더 많은 비밀들도 알고 있소." 마리우스가 말했다.

사내는 값을 조금 내릴 필요를 느꼈다.

"남작님, 일만 프랑만 주십시오. 그러면 제가 말씀드리지요."

"나는 당신의 대단한 비밀도 알고 있소. 테나르디에! 내가 지금 부른 게 당신의 진짜 이름이지. 또한 종드레트, 배우 파방투, 시인

장 폴로이기도 하고, 몽페르메유에서 싸구려 식당을 운영했었고."

"싸구려 식당이라구요? 절대 그런 적 없어요."

"그리고 당신은 천하의 불한당이야. 옛소."

마리우스는 호주머니에서 지폐 한 장을 꺼내 그의 면전에 던졌다.

"감사합니다. 그런데, 5백 프랑이군요, 남작님!"

어리둥절해진 그가 넙죽 절을 하고는 지폐를 이리저리 살펴보았다.

잠시 침묵하던 마리우스가 다시 말했다.

"이제 당신이 나에게 알려준다던 비밀을 거꾸로 당신에게 가르쳐 주지. 내가 당신보다 더 많은 것을 알고 있음을 곧 알게 될 거요. 당신이 말한 것처럼 장 발장은 살인자이자 도둑이지. 그가 부유한 공장 주인 마들렌 씨가 범한 죄를 고발하여 체포하게 만든 뒤 허위 서명으로 돈을 훔쳤기 때문에 도둑인 거고, 경찰인 자베르를 총을 쏘아 살해했기 때문에 살인자인 거요."

"남작님, 우리가 길을 잘못 든 것 같군요. 장 발장은 마들렌 씨의 돈을 훔치지 않았습니다. 그리고 장 발장은 절대로 자베르를 죽이지도 않았습니다. 그런 사실을 입증해줄 문서가 제게 있습니다." 그가 조용히 말했다. 그는 펼쳐진 신문 두 개를 마리우스에게 내밀었다.

가장 오래된 신문인 〈흰색 기旗〉 1823년 7월 25일자는 마들렌 씨와 장 발장이 동일 인물임을 밝히고 있었고 또 다른 신문인 〈세계 신보〉 1832년 6월 15일자는 자베르의 자살을 확인해 주었다.

마리우스는 기쁨의 탄성이 터져 나오는 것을 막을 수 없었다.

"그래, 그 불쌍한 사람은 위대한 인물이었어! 그 재산 전부는 정말 그의 것이었고! 그가 진짜 한 고장 전체를 구해준 마들렌이었어! 그리고 자베르의 목숨을 살려준 사람도 장 발장이야! 그 사람은 영웅이야! 그 사람은 성인이야!"

"그 자는 성인도 영웅도 아닙니다. 그 자는 살인자이자 도둑이라니까요." 테나르디에가 말했다.

"남작님, 1832년 6월 6일, 그러니까 일 년 전쯤 소요가 있던 날, 어떤 사람이 앵발리드 다리와 예나 다리 사이에 있는 파리 하수도에 있었습니다. 몸을 구부리고 걷던 사람은 예전의 강제 노역수였는데, 그가 어깨에 메고 있던 것은 시체였습니다. 시체를 짊어지고 가던 사람이 바로 장 발장입니다. 그때 하수구 열쇠를 가지고 있던 사람이 지금 남작님에게 말씀 드리고 있는 이 사람이지요."

"그 젊은이가 나였소." 마리우스가 소리쳤다.

테나르디에의 얼굴이 파리해졌다.

마리우스는 몸을 떨며 일어났다.

그는 주머니를 뒤지더니 노한 표정으로 테나르디에 쪽으로 다가갔고, 지폐를 움켜쥔 주먹을 그의 얼굴에 거의 닿을 정도로 들이댔다.

"비열한 자 같으니라고! 당신은 거짓말쟁이, 사기꾼, 불한당이야! 당신은 그 사람을 고발하러 왔지만 반대로 그의 무죄를 증명하고 말았어. 당신은 그를 파멸시키려 했지만 그를 영웅으로 만들었어. 도둑은 바로 당신이야! 살인자는 바로 당신이야! 나는 당신을 본 적이 있어. 오피탈 대로의 그 지저분한 집에서 테나르디에이자 종드레트인 당신을 말이야. 나는 당신을 강제 노역장에 보낼 만큼 당신에 대해 자세히 알고 있어. 자, 천 프랑이오. 내일 아침이 되자마자 당신 딸과 아메리카로 떠나시오! 당신이 떠나는지 내가 지켜보겠어. 그 뒤에 당신에게 이만 프랑을 지급할 것이오. 다른 곳에 가서 목을 매든지 말든지 알아서 하시오!"

"남작님, 이 은혜 영원히 잊지 않겠습니다." 테나르디에가 땅에 머리가 닿도록 인사를 했다.

마리우스는 테나르디에가 나가자마자 코제트가 산책을 하고 있는 정원으로 갔다. "코제트! 코제트! 이리 와요! 빨리 떠납시다." 그가 소리쳤다. "바스크, 마차를 준비하게! 아! 맙소사! 내 생명을 구해준 사람이 바로 그분이었어! 한시도 지체할 수 없어!"

마리우스가 정신이 나갔다고 생각하면서도 코제트는 그 말에 따랐다.

장 발장은 문을 두드리는 소리를 듣고 몸을 돌렸다.

"들어오시오." 그가 힘없이 말했다.

문이 열렸다. 코제트와 마리우스의 모습이 보였다. 코제트가 급히 방에 들어왔다. 마리우스는 문틀에 등을 기대고 섰다.

"코제트!" 장 발장이 말했다. 그는 의자에서 몸을 일으켜 두 팔을 벌렸는데, 몸은 떨리고 창백하고 침울한 얼굴을 하고 있었지만 눈에는 기쁨이 넘쳐났다.

감동하여 숨이 막힐 지경인 코제트가 장 발장의 가슴으로 뛰어들었다.

"아버지!" 그녀가 말했다.

당황한 장 발장이 더듬거리며 말했다.

"코제트! 당신… 너구나! 이런, 너로구나! 네가 왔어! 나를 용서해 주는 거니?" 장 발장이 코제트를 껴안고 소리쳤다.

눈물이 흐르는 것을 멈추려고 눈꺼풀을 내리깔고 있던 마리우스가 흐느낌을 멈추려고 경련을 일으키듯 입술을 일그러뜨리며 작은 목소리로 말했다.

"아버님!"

"당신도 나를 용서하시는군요!" 장 발장이 말했다.

이 말에 마리우스의 가슴속에서 북받쳤던 것이 한꺼번에 출구를 찾아 터져 나왔다.

"코제트, 들었소? 이분이 나에게 용서를 구하고 있소. 이분이 나에게 무엇을 해주었는지 알고 있소? 이분이 내 목숨을 구해주었소. 그게 전부가 아니오. 이분이 나에게 당신을 주었소. 내 목숨을 구한 다음에, 나에게 당신을 준 다음에, 코제트, 이분이 어떻게 했는지 아시오? 이분은 자신을 희생하셨소. 바로 이분이오. 배은망덕한 나에게, 망각에 빠진 나에게, 인정머리 없는 나에게, 죄를 진 나에게 고맙다고 말하고 있는 거요! 이분은 저 바리케이드, 저 하수도, 저 화염, 저 시궁창 속을 나를 위해, 코제트 당신을 위해 헤쳐나가셨소! 이분은 모든 용기, 모든 미덕, 모든 용맹함, 모든 성스러움을 다 지니셨소. 코제트, 이분은 천사요!"

"쉿! 쉿! 왜 그런 말을 하는 건가요?" 장 발장이 낮은 소리로 말했다.

"그러면, 어르신께서는, 왜 다 말하지 않으셨습니까? 어르신께서 잘못하신 겁니다. 사람들 목숨을 구해주고 그것을 숨기시다니요!" 마리우스는 화를 내면서도 존경심을 다해 소리쳤다.

"나는 진실을 말했을 뿐이오." 장 발장이 대답했다.

"무슨 말씀입니까, 진실하려면 모든 진실을 말해야 합니다. 어르신께서는 그런 진실을 말하지 않으셨습니다. 자신이 마들렌이었는데도 왜 그걸 말하지 않으셨습니까? 본인이 자베르를 구해놓고 왜 그 사실을 말하지 않으셨습니까? 제가 어르신께 생명을 빚고 있는데 왜 그런 사실을 말하지 않으셨습니까?" 마리우스가 말했다.

"나는 떠나야만 했소. 만약 당신이 그 하수도 사건에 대해 알았다면 나를 당신 옆에 잡아두었을 것이오. 그래서 나는 입을 다물고 있어야만 했소. 만일 내가 말을 했다면 폐를 끼치게 되었을 거요."

"무엇이 폐란 말씀인가요? 누구에게 폐가 된단 말입니까? 여기 계속 숨어 계시려고 했습니까? 제가 이 모든 사실을 우연히 알았으니 망정이지! 우리가 아버님을 모시고 가겠습니다. 아버님은 저희 가족입니다. 당신은 그녀의 아버지이자 저의 아버지입니다. 이 흉한 집에서 하루도 더 머물게 할 수 없습니다. 여기서 내일까지 계실 생각일랑 하지 마세요." 마리우스가 다시 말했다.

"내일, 나는 이곳에 없을 것입니다. 그렇다고 두 사람 집에 있지도 않을 겁니다." 장 발장이 말했다.

"무슨 말씀이세요?" 마리우스가 다시 물었다.

"나는 곧 죽을 것이오."

코제트와 마리우스는 소스라치게 놀랐다.

"죽다니요!" 마리우스가 소리쳤다.

"그래요, 하지만 걱정할 일은 아니라오." 장 발장이 말했다.

그가 코제트와 마리우스에게 차례로 손짓을 하여 가까이 오게 했다. 분명 마지막 순간이었다. 그가 그들에게 뭔가 말하려 했지만 목소리가 너무나 약해서 마치 멀리서 소리가 들려오는 듯했다.

"얘들아, 울지 말거라. 나는 그리 멀리 가지 않는다. 내가 그곳에서 너희들을 볼 것이다. 밤하늘을 보면 내가 미소 짓고 있는 것이 보일 것이다. 코제트, 너희 어머니 이름을 네게 말해줄 때가 되었구나. 그녀의 이름은 팡틴이다. 팡틴이라는 이름을 기억해 두거라. 그 이름을 말할 때마다 무릎을 꿇어라. 그녀는 많은 고난을 겪었다. 그녀는 너를 무척 사랑했단다. 그녀는 네가 행복한 만큼 불행을 겪었어. 그것이 신의 공평함이다. 그분은 저 높은 곳에 계시면서 우리 모두를 보고 계신다. 그럼 이제 나는 떠나야겠다. 항상 사랑해라. 이 세상에 서로 사랑하는 일 말고 다른 것은 없단다. 지금 죽는 이 가없는 노인에 대해서도 가끔 생각해주기 바란다. 나는 행복하게 죽는다. 내가 너희들의 사랑스러운 머리 위에 손을 얹을 수 있게 가까이 오너라."

코제트와 마리우스는 무릎을 꿇었고 눈물로 목이 멘 채 각자 장 발장의 손을 잡았다. 위엄 있는 그 손은 더 이상 움직이지 않았다.

그의 고개가 뒤로 젖혀졌고 두 개의 촛대에서 희미한 불빛이 그를 비추고 있었다. 그의 창백한 얼굴은 하늘을 향했다. 코제트와 마리우스는 축 늘어진 그의 두 손에 수없이 입을 맞추었다. 그는 죽었다.

*

페르라셰즈 묘지의 공동 묘혈 근처, 묘지들로 이루어진 이 우아한 구역에서 멀리 떨어진 곳에, 죽음에 대한 추한 풍습을 영원한 것으로 드러내놓고 있는 온갖 기발한 묘석들에서 멀리 떨어진 곳의 이끼 사이에 돌 하나가 있다. 그 돌은 다른 돌들과 마찬가지로 세월에 얼룩지고 곰팡이가 피고 푸석푸석해졌으며, 새들의 배설물로 덮여 있다. 돌은 흐르는 물로 인해 이끼가 꼈고 부는 바람으로 검게 변했다. 가까운 곳에는 오솔길도 없다. 그쪽은 풀이 무성한데다 곧바로 발이 젖기 때문에 가고자 하는 사람도 없다. 햇살이 잠깐 비추면 그곳에 도마뱀이 나타나고 주변의 야생 귀리들이 바람에 가볍게 흔들리곤 한다. 봄이면 나무에서 꾀꼬리들이 지저귄다.

그 돌에는 아무런 표시도 없다. 그 돌을 깎으면서 단지 묘석이 필요하다는 것만 생각했는지, 한 사람을 덮을 정도로 길고 좁게 돌을 만드는 데만 만족했던 것 같다.

돌에는 아무 이름도 쓰여 있지 않다.

다만 여러 해 전의 일이지만, 그곳에 누군가 연필로 네 구절을 써 놓았다. 그 구절은 비를 맞고 먼지에 덮여 점점 알아보기 어렵게 되었고 아마 지금은 지워져버렸을 것이다.

그는 잠들어 있다.

그의 운명이 무척 기구하긴 했지만,

그는 삶을 영위했다.

그의 천사가 더 이상 존재하지 않자 그는 죽었다.

그저 그렇게 되었을 뿐이다.

해가 지면 밤이 찾아오듯.

소설과 함께 보는
뮤지컬 레미제라블

소설과 함께 보는 뮤지컬 《레 미제라블》

프랑스에서의 탄생, 영국에서의 성공, 세계로의 도약

흔히 세계 4대 뮤지컬이라고 말하는 〈레 미제라블〉, 〈오페라의 유령〉, 〈캣츠〉, 〈미스 사이공〉 중에서도 〈레 미제라블〉은 대중적 인기는 물론 원작의 탄탄함, 서사성, 연출 등에서 가장 완성도 높은 뮤지컬로 평가할 수 있다. 다른 3편의 작품이 남녀 간의 사랑이나 인간 세상에 대한 풍자 차원에 머물고 있다면 〈레 미제라블〉은 개인적 사랑은 물론 인류애와 인간에 대한 헌신, 혁명과 역사를 다루고 있다는 점에서 드라마적인 것과 서사적인 것을 동시에 표방하고 있는 작품이다.

뮤지컬 〈레 미제라블〉은 1980년 프랑스 파리의 '팔레 데 스포르'에서 초연되었다. 작곡자는 프랑스인 클로드 미셸 쇤베르그였고 작사자는 알랭 부블릴과 장 마르크 나탈이었다. 사실 〈레 미제라블〉이 세계적인 흥행을 거둔 것은 기획자 카메론 매킨토시와의 협력으로 런던에 진출한 이후의 일이지만, 뮤지컬이 탄생한 프랑스에서도 상당한 성공을 거두었다. 다만 프랑스의 경우는 뮤지컬 전용극장이 없었기 때문에 석 달 동안의 성공적인 공연에도 불구하고 막을 내릴 수밖에 없었다.

이후 1985년 런던 바비칸 센터에서 카메론 메킨토시의 기획과 로열 셰익스피어 극단의 트레버 넌의 연출로 〈레 미제라블〉이 재탄생하였다. 말하자면 프랑스에서 태어난 뮤지컬이 카메론 메킨토시라는 세계적인 기획자를 만나 뮤지컬의 본고장인 런던의 웨스트엔드에서 세계의 뮤지컬로 다시 태어난 셈이다. 1987년에는 뉴욕 브로드웨이에 진출하여 〈오페라의 유령〉, 〈캣츠〉와 흥행 순위를 다투면서 장기 공연에 돌입하여 현재까지도 공연 중에 있다.

런던에서는 2004년 이후 퀸즈 극장에서 장기 공연 중인데, 2015년에 30주년 기념 콘서트가 열린 이래 전 세계에서 장기 공연되고 있다. 이제 〈레 미제라블〉은 런던과 뉴욕을 넘어서 우리나라를 포함한 전 세계 42개국 308개 도시에서 21개 언어로 공연되었을 만큼 뮤지컬의 대명사로 자리를 잡았다.

뮤지컬을 감상하고 이해하는 방법은 다양하다. 그중 뮤지컬의 대표곡을 반복하여 들으면서 작품과 친숙해지고 줄거리와 극의 분위기를 떠올리는 것도 좋은 감상 방법이 될 것이다. 뮤지컬 〈레 미제라블〉은 전체 50곡 모두가 대표곡이라고 할 수 있을 만큼 어느 곡 하나 친숙하지 않고 감동적이지 않는 곡이 없지만 그중 12개의 대표곡을 뽑으면 다음과 같다.

1. '노동의 노래' Work song

2. '나는 꿈을 꾸었네' I Dreamed a Dream

3. '나는 누구인가?' Who Am I?

4. '대결' The Confrontation

5. '별' Stars

6. '적과 흑' Red and Black

7. '민중들의 노래 소리가 들리는가?' Do You Hear the People Sing?

8. '사랑으로 넘치는 마음' A Heart Full of Love

9 . '다시 하루가 더 지나면' One Day More

10. '나 혼자서' On my own

11. '그를 집으로 데려가 주소서' Bring Him Home

12. '빈 의자, 빈 탁자' Empty Chairs at Empty Tables

뮤지컬 〈레 미제라블〉의 성공 포인트

뮤지컬 〈레 미제라블〉의 특징 중 하나는 원작과 뮤지컬 공연, 엔터테인먼트 측면에서 볼 때 프랑스와 영국의 합작 뮤지컬로 출발하여 세계의 뮤지컬로 발전한 데 있다. 〈캣츠〉의 성공에 고무되어 있던 제작자 카메론 매킨토시가 빅토르 위고의 원작과 〈레 미제라블〉의 음악에 매료되어 로열 셰익스피어 극단 트레버 넌과 의기투합한 것은 잘 알려진 사실이다. 제작자를 비롯하여 많은 독자들이 빅토르 위고의 작품이 지니고 있는 서사성과 위대함에 동의하면서도, 다섯 권으로 이루어진 대문호의 대하소설은 뮤지컬의 힘인 동시에 난관으로 작용할 수밖에 없었다. 말하자면 원작의 주요 내용을 살리면서도 뮤지컬의 특성에 맞게 개작과 연출 과정을 거치는 것이 중요했다. 그런 이유에서 연출자들은 등장인물들 각각의 개성을 살리는 것에 그리고 원작의 재현보다는 이해에 중점을 두어 연출을 했다. 주제 면에서 무거울 수밖에 없는 극의 긴장을 해소하기 위해 테나르디에 부부와 가브로슈의 역할을 강조한 것도 뮤지컬의 특징이다.

노래와 가사 측면에서 보면, 프랑스 작곡가와 작사가의 곡과 가사를 기반으로 영국 작사가는 원 가사의 의미를 살리면서도 이를 새롭게 개작하여 영어 버전으로 재탄생시켰다. 뮤지컬 〈레 미제라블〉이 원곡을 토대로 가사와 연출을 각국의 현지 상황과 요구에 맞게 받아들여 세계의 〈레 미제라블〉로 탄생한 것도 주목할 만한 점이다. 원작의 내용과 극의 특성을 고려하여 오페라 창법을 상당 부분 수용(장 발장 : 테너, 자베르 : 바리톤, 팡틴, 에포닌 : 메조 소프라노, 코제트 : 소프라노)한 것도 뮤지컬 〈레 미제라블〉만의 특성이다.

무대장치와 의상, 소품 측면에서 주목할 부분은 원작의 핵심적인 내용을 해석하여 독창적인 무대장치를 만들어냈다는 것이다. 360도 회전하는 무대와 분리, 결합되는 바리케이드가 바로 그것이다. 현장을 있는 그대로 재현하기보다는 상징적인 무대장치를 만들고, 무대세트를 다양한 장면에서 효과적으로 사용한 것은 영국 뮤지컬보다는 오히려 프랑스 뮤지컬의 특징을 보는 듯하다. 혁명을 상징하는 붉은색 깃발, 앙졸라의 군복, 자베르의 삼각모, 어린 코제트의 머리 모양과 빗자루 등은 이제 뮤지컬 〈레 미제라블〉을 상징하는 하나의 아이콘이 되었다.

 주제와 관련하여 뮤지컬 〈레 미제라블〉에서 주목할 부분은 장 발장과 자베르의 대립구도이다. 두 사람의 대립과 갈등은 극의 시작에서부터 마지막에 이르기까지 팽팽하게 유지되며 그 균형이 무너질 때야 끝이 난다. 그 끝은 한 사람, 즉 자베르의 죽음이다. 자베르는 사회 정의의 집행자이자 인간의 본성과 악의 불변성에 대한 강한 신념의 소유자로서 극의 한 축을 이루고 있다. 그는 정의의 실현에는 충실했지만 용서와 화해는 처음부터 자신의 가치체계 안에 없었고 그 가치체계가 혼란에 빠진 순간 죽음을 선택한 것이다. 빅토르 위고의 원작이나 뮤지컬을 통해 우리가 장 발장을 인류애를 온전히 구현하고 온갖 선의로만 가득 차 있는 인물로 이해했다면 그것은 지나친 편견이다. 장 발장은 자기 내부에서 꿈틀거리는 야수성과 폭력성을 억누르고, 인간에 대한 사랑과 타인에게서 받은 용서와 사랑을 실천하기 위해 갈등하고 싸우는 인물에 더 가깝다. 미리엘 신부가 은식기를 훔친 장 발장을 용서해주지 않았다면 그는 여전히 쫓기는 죄수의 위치에 머물러 있었을 것이다. 미리엘 신부의 선의는 장 발장에게 전이되고 그것은 다시 팡틴과 코제트, 마리우스에게로까지 이어졌다. 장 발장이 코제트에게 전 재산을 주고 결혼을 시킨 뒤 말없이 떠나는 것과 마리우스의 목숨을 구해주고도 그 사실을 끝까지 숨기는 것도 그가 지닌 사랑의 무대가성과 이타성을 보여준다. 뮤지컬 〈레 미제라블〉을 위대하게 만든 것은 사랑의 무한성과 인간에 대한 무한한 신뢰와 헌신, 역사의 정의에 대한 강한 신넘 등에 힘입은 바가 클 것이다.

실패한 혁명이 만들어낸 감동

뮤지컬 〈레 미제라블〉을 좀 더 효과적으로 이해하는 방법은 시대적 배경, 즉 역사에 대한 이해에 있다. 빅토르 위고의 〈레 미제라블〉은 무엇보다도 19세기 초 프랑스와 파리의 하층민의 삶을 상세하고 정확하게 묘사하였으며 동시대의 역사를 흥미롭게 담아낸 사실주의 소설이자 역사 소설이기 때문이다. 말하자면 워털루 전투와 나폴레옹의 실각, 공화주의자들의 등장으로 소설이 시작되어 왕당파에 맞선 공화주의자들의 항쟁인 1832년 파리의 6월 봉기에서 소설은 그 절정에 이르게 된다. 6월 봉기는 1832년 6월 5일에서 6월 6일 사이 프랑스 파리에서 군주제 폐지를 기치로 일어난 항쟁이었다. 루이 필리프의 7월 왕정에 불만을 품은 공화주의자들은 그들에게 우호적이었던 라마르크 장군의 장례식을 기해 봉기를 일으켰다. 뮤지컬에서 보듯이 6월 봉기는 민중들의 외면 속에 처참하게 진압당하고 만다. 1832년의 파리 봉기 혹은 6월 봉기는 실패한 혁명이자 누구도 기억하지 않는 작은 사건이었다. 하지만 우리가 1832년 6월을 기억하고 있다면 그것은 빅토의 위고에 힘입은 바가 컸다. 빅토르 위고가 그 사건을 기억한 것은 6월 봉기가 실패한 혁명이었기 때문이다. 성공한 혁명을 기록하는 것이 역사가들의 몫이라면 반대의 경우는 작가의 몫이 될 수 있을 것이다.

뮤지컬 〈레 미제라블〉의 애호가라면 응당 빅토르 위고의 원작 소설에도 관심을 갖고 있을 것이다. 뮤지컬 혹은 소설『레 미제라블』의 애호가로서 작품에 대한 사랑과 이해의 폭을 넓히고 싶은 사람은『레 미제라블』과 관련된 다양한 이야기를 찾아내는 것도 좋을 것이다. 예를 들어 1862년 빅토르 위고의 망명 기간 중에 브뤼셀과 파리에서 출간된『레 미제라블』에 등장하는 에밀 바이아르의 삽화를 찾아볼 수 있을 것이다. 빅토르 위고가 소설을 쓰면서 영감을 얻었다고 하는, 1830년 들라크루아가 프랑스 7월 혁명을 기념하여 그린, 〈민중을 이끄는 자유의 여신〉을 다시 한 번 감상할 수도 있을 것이다. 소설과 영화에서 가브로슈가 잠자리이자 놀이터로 사용하는 거대한 코끼리 상이 나폴레옹의 지시로 바스티유 성채가 사라진 자리에 기념물을 만들기 위해 세워졌다는 사실도 흥미롭다. 장 발장이 부상당한 마리우스를 업고 도피한 파리의 하수구는 현재 파리의 관광 명소 중 하나가 되어있다.

뮤지컬 〈레 미제라블〉은 원작의 위대함, 노래와 가사, 연출, 무대 장치, 의상, 등장인물들의 개성, 극적 긴장감, 배우들과 관객의 호흡 등이 한 데 합쳐진 최고의 공연 예술이다. 뮤지컬을 현장에서 아직 감상하지 못한 독자에게는 공연장을 찾을 것을, 빅토르 위고의 원작을 아직 읽지 못한 뮤지컬 애호가에게는 이 책의 일독을 권하는 바이다.

편역자_ 박아르마

뮤지컬 감상 추천 넘버 영상

김호철 백석대학교 문화예술대학원 교수

뮤지컬 〈레미제라블〉은 1980년 프랑스 파리에서 초연 된 뒤 1985년 영국 런던과 1987년 미국 브로드웨이에서 큰 성공을 거두면서 30년이 넘는 동안 세계 팬들의 사랑을 받아 왔습니다. 특히 2012년에는 작품이 뮤지컬 영화로 만들어지면서 큰 반향을 불러일으켰고 뮤지컬 넘버 중 몇 곡은 누구나 한 번쯤 들어보았을 정도로 대중적인 사랑을 받았습니다. 이렇게 오랜 세월 대중적 사랑을 받은 뮤지컬인 만큼 많은 가수들이 노래를 불렀고 많은 명반들을 탄생시키기도 했습니다.

● 휴대전화로 QR코드를 찍어 추천음악을 감상해 보세요.

'I Dreamed a Dream'

    1985년 영국에서 발표된 영어버전 뮤지컬에서 새롭게 등장한 곡입니다. 숨겨놓은 아이가 있다는 사실이 알려지며 팡틴은 세상의 손가락질을 받게 되고 급기야 다니던 공장에서 쫓겨납니다. 이렇게 가난 속에 몰락해 가는 팡틴이 사랑스럽고 행복했던 자신의 과거를 떠올리며 고통스런 현실이 망가뜨리고 있는 자신의 꿈을 슬프고 애잔하게 호소하는 곡입니다. 2012년 영화로 제작된 〈레 미제라블〉에서 앤 해서웨이Anne Hathaway가 연기하여 미국의 빌보드차트 69위를 기록한 영상으로 곡을 감상해보세요.

I Dreamed a Dream을 생각하면 빼놓을 수 없는 영상이 또 하나 있습니다. 스코트랜드 출신의 수잔 보일Susan Boyle이 2009년 브리튼스 갓탈렌트라는 텔레비전 경연 프로그램에 참가하여 이 곡 을 부르며 인터넷 조회수가 3억 회를 넘었고, 그녀는 일약 세계적인 스타가 되었습니다.

'Master of the House'

극중 여관집 주인 테나르디에 부부가 손님들에게 바가지를 씌워 등쳐먹는 장면을 연기합니다. 코믹한 멜로디와 함께 극중 감초 같은 이 인물의 교활함을 부각시키며 뮤지컬의 맛을 더해주는 곡 입니다. 뮤지컬에서 흔히 '쇼 스토퍼'라고 불리는 이 장면과 노래는 코미디적 요소의 진수를 보여 줍니다. 뮤지컬 〈레 미제라블〉 10주년 기념 콘서트 영상으로 감상해 봅시다.

'Stars'

극중 자베르의 냉혈한 연기는 악역의 상징으
로 회자됩니다. 하지만 다른 시각에서 보면 그는
악역이라기보다는 빵 한 쪽을 훔쳤더라도 법대
로 심판해야 한다는 소신과 임무에 충실한 경찰
간부로 이해할 수도 있습니다. 'Stars'는 자베르라는 인물이 가진 정
의관을 독백 형식으로 연기하는 장면입니다. 오스트레일리아 출신
배우 필립 쿼스트Philip Quast는 마치 자베르를 연기하기 위해 태어난
듯합니다.

'One Day More'

뮤지컬 〈레 미제라블〉이 주는 감동을 한 마디
로 요약한다면 바로 이 넘버를 들 수 있겠습니다.
폭풍처럼 역사적 사건이 몰아치려는 혁명전야,
등장인물 각자의 심리와 각오가 너무나도 프랑
스적이고 너무나 혁명적인 화음 속에 우렁차게 진동합니다. 장 발
장의 두려움, 자베르의 자신감, 에포닌의 원망, 코제트와 마리우스
의 이별의 슬픔, 그리고 혁명군의 의지와 테나르디에 부부의 야비
함까지! 이 모든 것들이 응축되어 긴장을 자아내는 뮤지컬 속의
뮤지컬을 한번 감상해 보세요.

'One Day More'의 반복되는 가사인 "내일로~" 라는 인상적이고 파워풀한 피날레. 서로 다른 사람들이 꿈꾸는 서로 다른 내일의 모습, 그 서로 다른 내일이 하나의 함성으로 울려 퍼지는 라이브 영상도 추천합니다. 모두 다 함께 내일로!

'On My Own'

극중 에포닌은 마리우스를 사랑하고 있습니다. 하지만 이것은 그녀의 일방적인 짝사랑이기에 이루어질 수 없는 사랑입니다. 마리우스는 이런 사실조차 알지 못했고 다른 여자, 즉 코제트

를 사랑하고 있었으니까요. 상대가 알지 못하는 상상 속의 사랑 이야기를 인터넷 조회수 3천만 회를 넘긴 필리핀 출신의 뮤지컬 여신 레아 살롱가Lea Salonga의 연기로 감상해 보세요.

'Bring Him Home'

장 발장의 솔로 넘버입니다. 실패할 것을 알면서도 혁명에 참가한 마리우스! 딸의 연인인 그가 혁명의 소용돌이 속에서 무사히 살아남아 집으로 돌아갈 수 있기를 간절히 기도하는 장 발장의

마음이 담겨 있습니다. 영화 〈X-men〉의 히어로 배우 휴 잭맨Hugh Jackman의 목소리와 연기를 영화 O.S.T.로 감상해 보세요.

Bring Him Home은 싱어송라이터인 조쉬 그 로반Josh Groban의 음원 버전으로도 꼭 들어 보시 기를 추천합니다. 차분하면서도 호소력 있는 매 혹의 음성을 피아노 반주와 함께 감상할 수 있습 니다.

Do You Hear the People Sing?

뮤지컬 〈레 미제라블〉의 대미는 역시 혁명의 노래와 함께 마무리됩니다. 가슴을 끓어오르게 하는 이 곡은 뮤지컬 넘버 이전에 전 세계인들의 합창곡이 되었습니다. 더는 억압받지 않는 자유 인으로 살겠다는 민중의 열망을 담은 이 노래는 극의 절정을 장식 하며 감동을 더합니다. "영화 같은" 감동의 장면을 영화 속 한 장 면으로 감상하세요.

뮤지컬 〈레 미제라블〉 넘버 리스트

프롤로그

1. Prologue: Work Song

2. Prologue: On Parole

3. Prologue: Valjean Arrested, Valjean Forgiven

4. Prologue: What Have I Done?

1막

1. At the End of the Day

2. I Dreamed a Dream

3. Lovely Ladies

4. Fantine's Arrest

5. The Runaway Cart

6. Who Am I? / The Trial

7. Fantine's Death: Come to Me

8. The Confrontation

9. Castle on a Cloud

10. Master of the House

11. The Well Scene

12. The Bargain / The Th?nardier Waltz of Treachery

13. Suddenly

14. Look Down

15. The Robbery / 18. Javert's Intervention

16. Stars

17. ?ponine's Errand

18. ABC Caf? / Red and Black

19. Do You Hear the People Sing?

20. Rue Plumet ? In My Life

21. A Heart Full of Love

22. The Attack on the Rue Plumet

23. One Day More

2막

1. Building the Barricade (Upon These Stones)

2. On My Own

3. At the Barricade (Upon These Stones)

4. Javert's Arrival

5. Little People

6. A Little Fall of Rain

7. Night of Anguish

8. The First Attack

9. Drink with Me

10. Bring Him Home

11. Dawn of Anguish

12. The Second Attack (Death of Gavroche)

13. The Final Battle

14. Dog Eats Dog (The Sewers)

15. Soliloquy (Javert's Suicide)

16. Turning

17. Empty Chairs at Empty Tables

18. Every Day

19. Valjean's Confession

20. Wedding Chorale

21. Beggars at the Feast

에필로그

1. Valjean's Death

2. Do You Hear the People Sing? (Reprise)

3. Finale

번역 **이찬규**

서울 혜화동 출생. 숭실대학교 불어불문학과 교수. 성균관대학교 불어불문학과를 졸업하고 프랑스 리용 제2대학교 문예학 박사 학위를 받았다. 주요 저서로 『횡단하는 문화, 랭보에서 김환기로』, 『불온한 문화, 프랑스 시인을 찾아서』, 『글쓰기란 무엇인가』(공저), 『책으로 읽는 21세기』(공저), 『문학도시를 사유하는 쾌감』(공저), 『문장과 함께하는 유럽사 산책』(공저) 등이 있다.

번역 **박아르마**

서울대학교 대학원 불문학과에서 미셸 투르니에 연구로 불문학 박사 학위를 받았다. 현재 건양대학교 휴머니티칼리지 교수로 재직 중이며 글쓰기와 문학 강의를 하고 있다. 지은 책으로 『글쓰기란 무엇인가』, 『투르니에 소설의 사실과 신화』가 있고, 옮긴 책으로는 『로빈슨』, 『살로메』, 『에드몽 아부의 오리엔트 특급』, 장자크 루소의 『고백』, 『샤를리는 누구인가?』 등이 있다.

청소년 모던클래식 2

레 미제라블

초판 1쇄 발행 2014년 7월 15일
개정판 2쇄 발행 2022년 7월 30일

저자 빅토르 위고
편역자 이찬규·박아르마
펴낸이 박찬규
디자인 신미연
펴낸곳 구름서재
등록 제396-2009-000058호
주소 서울시 마포구 서교동 375-24 그린홈 403호
이메일 fabrice@naver.com
블로그 http://blog.naver.com/fabrice
ISBN 979-11-89213-19-0 (43860)

• 책값은 뒤표지에 있습니다.
• 잘못된 책은 구입한 서점에서 바꿔드립니다.

Les misérables

par Victor Hugo
1862